VITÓRIA

SÉRIE QUANTUM — LIVRO 03

MARIE FORCE

Vitória

Série Quantum — Livro 03

Marie Force

Publicado por HTJB, INC

ISBN: 978-1946136909

Copyright © 2015 por HTJB, INC

Tradução: Andréia Barboza

Copyright da tradução © 2019 por Andreia Barboza — Bookmarks Serviços Editoriais.

Copidesque da tradução: Luizyana Poletto.

Capa criada por: Kristina Brinton

Esta obra literária é ficção. Qualquer nome, lugares, personagens e incidentes são produto da imaginação do autor. Qualquer semelhança com pessoas reais, vivas ou mortas, eventos ou estabelecimentos é mera coincidência.

MARIE FORCE é marca registrada do Escritório de Marcas e Patentes dos Estados Unidos.

A melhor maneira de manter contato é assinar minha newsletter. Acesse marieforce.com e se inscreva na caixa na parte superior da tela que pede seu nome e e-mail. Se não receber mensagens regulares, verifique seu filtro de spam e configure seu e-mail para permitir o recebimento dos mesmos, assim você não irá perder lançamentos, a chance de participar de sorteios ou, quem sabe, uma possível visita minha em sua região.

Assine o meu blog para receber novidade, incluindo sorteio de brindes e outros prêmios ótimos. Vá até o blog e insira seu endereço de e-mail do lado superior direito.

Série Quantum

Livro 1: Virtude (Flynn & Natalie, parte 1)
Livro 2: Valentia (Flynn & Natalie, parte 2)
Livro 3: Vitória (Flynn & Natalie, parte 3)
Livro 4: Arrebatador (Hayden & Addie)
Livro 5: Voraz (Jasper & Ellie)
Livro 6: Delirante (Kristian & Aileen)
Livro 7: Escandaloso (Emmett & Leah)
Livro 8: Fama (Marlowe)

SINOPSE

Ele é um dominador sexual. Ela desistiu do sexo. Não há como fazerem um relacionamento dar certo... ou há?

O destino de Flynn e Natalie é selado nesta conclusão fascinante da trilogia inicial da série Quantum. Quando Flynn leva Natalie a seus limites absolutos, ela vai se apaixonar mais ou fugir dele para sempre?

De Nova York a Los Angeles, de Hollywood a Las Vegas, o caso de amor de Flynn e Natalie tem tudo: romance, paixão, sexo gostoso, um paparazzi implacável e um assassinato que pode ser sua ruína.

Série Quantum

Livro 1: Virtude (Flynn & Natalie, parte 1)
Livro 2: Valentia (Flynn & Natalie, parte 2)
Livro 3: Vitoria (Flynn & Natalie, parte 3)
Livro 4: Arrebatador (Hayden & Addie)
Livro 5: Voraz (Jasper & Ellie)
Livro 6: Delirante (Kristian & Aileen)
Livro 7: Escandaloso (Emmett & Leah)

Flynn

— Não posso acreditar que ela me deixou. — Ando de um lado para o outro no deck da casa de Marlowe, em Malibu, sem notar a vista maravilhosa do Pacífico. Sinto que meu coração foi arrancado do peito e atropelado por um tanque de guerra. Natalie se foi e a dor é excruciante. — Ela me *deixou* mesmo, apesar de ter prometido que nunca o faria. Ela me fez promessas, Mo.

— Flynn... você precisa se acalmar.

— *Me acalmar?* Como me *acalmo* quando minha esposa me *abandonou?*

— Estou com medo de você ter um ataque cardíaco ou algo assim. Seu rosto está todo vermelho e você está suando.

Esfrego o peito, sentindo como se estivesse realmente tendo um ataque cardíaco.

— O que vou fazer, Mo? Me diga o que fazer. — Só contei a Marlowe que Natalie me pegou em uma mentira e foi embora.

Ela me olha por bastante tempo antes de romper o contato visual e olhar para o mar sem fim.

— Não sei. Isso é complicado.

Me sento na cadeira ao seu lado, só porque estou exausto, desanimado e não consigo mais andar. Não consigo imaginar passar uma hora sem Natalie, muito menos uma semana ou mais. Esse foi o tempo que ela disse precisar para "pensar" antes de me ligar. Uma *semana*. Parece uma vida inteira.

— Quebrei uma janela de casa.

— Quando?

— Hoje de manhã, depois que ela foi embora.

— Avisou alguém para que possa ser consertada?

Balanço a cabeça. A janela foi a menor das minhas preocupações depois que a merda do FBI apareceu, cerca de cinco minutos após Natalie ter ido para o aeroporto.

Marlowe pega o telefone e faz uma ligação.

— Addie, é a Marlowe. O Flynn está aqui e está com uns problemas. Ele me pediu para te avisar que quebrou uma janela de casa. Uma das grandes, nos fundos. Pode chamar alguém para consertar? — Ela faz uma pausa. — Me deixe perguntar a ele. — Ela segura o telefone para mim. — Ela gostaria de falar com você.

Estou tentado a dizer não. A única pessoa com quem quero conversar é Natalie, mas isso não é possível. Estendo a mão para pegar o telefone de Marlowe.

— Oi.

— O que há de errado? — Como minha fiel assistente nos últimos cinco anos, Addie pode dizer com uma palavra que algo está muito errado. — Recebi uma ligação do piloto avisando que a Natalie pegou o avião que deveria levá-los para o México e foi para o Colorado – sozinha – e ela não está atendendo ao telefone.

Então ela foi ver a irmã, Candace. Não estou surpreso. Também me lembro de que o FBI está com o meu telefone e até que eu o recupere, Natalie não tem como me ligar. Essa é a primeira coisa a ser resolvida pela manhã.

— Eu, hum... — Não quero dizer as palavras em voz alta. Se eu continuar a dizê-las, vai se tornar real. — Nossos planos mudaram.

— Certo... então, o que há de errado?

— Natalie e eu... ela... nós... ela voltou para Nova York, passando pelo Colorado para ver a irmã.

— Por quê? Por quanto tempo?

— É uma longa história e eu não sei.

Depois de uma pausa, Addie pergunta:

— O que posso fazer por você?

— Resolver o conserto da janela?

— Já está resolvido. Enviei uma mensagem de texto pelo computador enquanto estávamos falando. Vou até lá para receber a equipe.

— Obrigado.

— O que mais?

— Não sei ainda.

— Estarei aqui quando você souber.

— Obrigado.

— Flynn... não a deixe ir embora. Não importa como, *não* a deixe fugir.

— Não vou. — Mas enquanto digo as palavras, me sinto petrificado por ela já ter me deixado para sempre.

— O que o FBI queria com você hoje de manhã? — Addie pergunta.

— Como sabe sobre isso?

— Ele apareceu no escritório primeiro.

— Aparentemente, a esposa de Rogers disse aos policiais que investigam o assassinato que eu o estava ameaçando e que ele temia por sua segurança.

— Você o ameaçou com uma ação legal, não provocando danos físicos.

— Foi o que falei ao Vickers.

— Ele ficou satisfeito com isso?

— Acho que sim. Ele foi embora. Por enquanto. Addie, preciso dizer que estou com um pressentimento ruim de que estão tentando me culpar pelo assassinato.

— Deixe-os tentar. Todos sabemos que você não fez isso.

— Não fiz, mas queria.

— Querer é muito distante de realmente cometer assassinato. Ele disse quando você terá seu telefone de volta?

— Falou que seria enviado para o escritório em algum momento do dia.

— Vou buscá-lo assim que chegar.

— Obrigado.

— Não desista, Flynn. Seja lá o que aconteceu entre você e Natalie, dá para se resolver. O amor de vocês é verdadeiro. Você não pode desistir.

Eu me apego às suas garantias de que isso pode ser resolvido, mas não estou certo de que esse seja o caso.

— Ferrei com tudo, Addie.

— Ela é louca por você. Precisa se lembrar disso independentemente do que tenha acontecido.

— Estou tentando.

— Vou deixar o vidraceiro consertar a janela e pego o telefone assim que for devolvido.

— Estou na Mo agora, mas vou para casa mais tarde.

— Te vejo, então. Aguenta firme, tá?

— Tudo bem. — Que escolha eu tenho? Natalie não me deixou outra alternativa a não ser esperar até que ela tenha tempo de entender o que aconteceu esta manhã. Termino a ligação com Addie e entrego o telefone de volta a Marlowe.

— Ela descobriu sobre o BDSM, não é? — Marlowe pergunta. Eu a considero minha "quarta irmã", mas é a única que sabe sobre isso.

— Sim. A vaca da Valerie contou a ela. Pode acreditar? — Quero encontrar a vadia da minha ex-mulher vingativa e matá-la de todas as maneiras em que eu puder pensar.

— Argh.

— As coisas ficaram piores, pois menti para ela a esse respeito quando Valerie já havia contado onde ela poderia encontrar o quarto na minha casa. Ela sabia que eu estava mentindo. — Fico de pé novamente, andando de um lado para o outro. — Fiz isso pelas razões certas, Mo. Você nunca vai me convencer do contrário. Ela não tem como lidar com esse meu lado depois de tudo que passou. Então escondi isso e a escolhi em vez do meu estilo de vida.

— Qual era o seu plano para quando você não pudesse mais esconder isso dela?

Começo a responder, mas ela levanta a mão para me impedir.

— Não é uma *escolha*, Flynn. É *quem você é*. Quem você sempre foi. Você já arruinou um casamento tentando ser alguém de quem é.

— É diferente. A Natalie não é a Valerie.

— Não, ela não é. É alguém muito melhor. A Valerie só pode sonhar em ser uma fração da pessoa que a Natalie é.

— Então o que você está dizendo?

— Se você não puder ser quem é, Flynn, de verdade e por inteiro, ela não é a pessoa certa para você. Todos nós tentamos ter relacionamentos fora do estilo de vida, e eles acabaram em desastre, porque nenhum de nós pôde negar quem e o que somos. Você sabe disso.

— Eu a amo, Mo. Amo como se nunca tivesse amado ninguém. Eu a amo mais do que a mim mesmo e é por isso que deixei o estilo de vida por ela. Ainda acredito que é a coisa certa a se fazer por ela.

— Mas é a coisa certa para *você*? *Você* é importante nesse relacionamento também.

— Ela é mais.

— Flynn... por favor.

— Tenho que ir. — De repente, não posso mais ficar aqui e continuar andando. Me sinto como um tigre reprimido que precisa se soltar e rugir da raiva e do medo que o dominaram.

Marlowe me segue.

— Não vá. Você não deveria ficar sozinho agora.

— Não posso ficar quieto. Tenho que fazer alguma coisa.

— Por favor, não faça nada de que possa se arrepender.

— O que poderia ser pior do que mentir para minha esposa e afastá-la?

— Um monte de coisas. — Ela aponta para a Ducati que está estacionada na frente da casa. — Como bater em um poste ou capotar na Pacific Coast Highway.

Beijo sua testa.

— Não vou fazer nada dessas coisas. Prometo. Obrigado por me ouvir.

— Me ligue mais tarde e me avise como você está.

— Pode deixar. — Pego a estrada, determinado a manter minha promessa de ser cuidadoso, mas me sinto tentado a apontar para um dos penhascos íngremes que margeiam a Pacific Coast Highway. Se eu perder Natalie para sempre, prefiro estar morto do que ser forçado a viver sem ela.

~

Natalie

DEPOIS DE CHORAR por todo o caminho até o LAX, entro no avião que deveria nos levar para nossa lua de mel no México. Os rapazes da segurança não deram a mínima quando avisei que pegaria um voo comercial, o que é bom, já que meu cartão de crédito está quase no limite.

Dois dos seguranças de Flynn, Josh e Seth, insistem em me acompanhar, apesar de eu ter dito que não era necessário. Os rapazes dizem que receberam ordens e que isso não depende de mim.

Ótimo. Como, aparentemente, estou presa a eles, decido ignorar a presença dos dois enquanto nos preparamos para a decolagem. Tento manter o foco no fato de que vou ver minha irmã, Candace, pela primeira vez em oito anos. Se pensar em Candace — e apenas nela — posso respirar. Se me permito pensar em Flynn e na cena desta manhã, meu peito começa a doer e tudo que quero fazer é chorar.

Me afastei dele há apenas algumas horas e já sinto sua falta como se não o visse há um ano. Ainda assim, fiz a coisa certa. Eu me recuso a ficar em um casamento baseado em mentiras. Ele mentiu para mim por semanas. Se casou comigo sem me dizer que é um dominador sexual. A parte difícil é que entendo e até gosto do motivo pelo qual ele fez isso.

Flynn estava pensando no meu passado doloroso como vítima de violência sexual. Ele foi profundamente afetado pelo episódio na nossa noite de núpcias, quando segurou minhas mãos enquanto fazíamos amor, provocando um *flashback* do ataque. Gritei e chorei, mas ele se manteve ao meu lado o tempo todo. Eu o amo por isso. Adoro cada minuto que passei com ele, até os mais difíceis.

Mas não posso suportar o fato de que ele me olhou nos olhos esta manhã e mentiu para mim depois que eu já havia descoberto a verdade sobre seus desejos sexuais, graças a uma ligação da sua ex-esposa rancorosa. Estou mais confusa do que nunca. Meu coração está clamando por ele, mas a razão me diz que preciso dessa pausa para descobrir como lidar com o que descobri sobre o meu marido sem sua presença esmagadora influenciando os meus pensamentos.

Lágrimas deslizam pelo meu rosto e eu, imediatamente, as enxugo. Embora confie na equipe de segurança que Flynn contratou, agora desconfio do que até os melhores profissionais possam fazer por um trocado. Não posso me dar ao luxo de ser vista chorando pouco tempo depois que me casei com Flynn. Não posso fazer isso com ele, então luto para manter a compostura.

Tento não pensar na última vez que estive em um avião com meu marido e em como fizemos amor no quarto do jatinho particular. Desta vez, estou sentada sozinha, só com Fluff no colo para me fazer companhia.

O voo para o Colorado é turbulento e a comissária de bordo não pode se levantar para nos servir. Não posso deixar de pensar nas vezes em que Flynn segurou minhas mãos nos voos turbulentos de Teterboro e do LAX, sua proximidade acalmando minha ansiedade. Não tenho tanto conforto agora, então, além de estar com o coração partido, também estou petrificada.

Quando chegamos ao aeroporto de Fort Collins-Loveland, duas horas e meia depois, me sinto um verdadeiro desastre e absolutamente sem condições de visitar minha irmã. Mas nada vai me afastar dela agora que estamos, finalmente, no mesmo lugar ao mesmo tempo.

Josh e Seth se posicionam, um na minha frente o outro atrás de mim, o que faz com que eu me sinta ridícula. Ninguém vai me reconhecer no aeroporto, porque ninguém está me esperando aqui. Por que estariam? A minha vida com Flynn é em Nova York e Los Angeles, não no Colorado.

Estou enjoada do voo tenso e do fato de não ter comido nada desde a noite passada, não que eu pudesse, mesmo se tentasse. Pensar em comer me faz sentir pior.

Fluff está louca de entusiasmo quando saímos do avião e faz xixi na pista.

Subimos um lance de escadas e entramos no aeroporto tranquilo. Meu coração bate mais rápido a cada passo. A qualquer momento, verei Candace, que prometeu estar me esperando no aeroporto quando eu chegasse. Essa coisa toda foi organizada em uma troca de mensagens enquanto eu soluçava a caminho do aeroporto depois de deixar Flynn.

Pretendo voltar a Nova York amanhã para colocar minha vida de volta em andamento, mas não posso esperar mais para ver minha irmã, por isso a parada no Colorado. Minha bagagem é disponibilizada em uma esteira rolante e, finalmente, lá está ela. Minha irmãzinha está linda e crescida aos 19 anos. Me esqueço da tristeza e da confusão que o meu casamento se tornou e corro para ela.

Candace envolve meu corpo com os braços e nos abraçamos por bastante tempo, as duas chorando. Meu primeiro pensamento é que ela ainda usa o mesmo perfume que costumava usar aos 11 anos e o cheiro familiar enriquece esse momento, há muito esperado. No momento em que nos separamos, o rosto dela está manchado de lágrimas e vermelho. Só posso imaginar como deve estar o meu depois de chorar por horas. Seus olhos são cor de avelã e seus longos cabelos ruivos, da mesma cor que os meus costumavam ser antes de eu mudar a aparência. As bochechas rechonchudas que ela tinha da última vez que a vi desapareceram e foram substituídas pelas maçãs do rosto bem definidas de uma mulher adulta. Ela é impressionante e nunca fiquei tão feliz em ver alguém.

Fluff está enlouquecida, exigindo minha atenção. Eu a pego para que ela possa ver sua tia Candace, de quem ela parece se lembrar.

— Espero que seu apartamento permita cães.

— Não, mas vamos contrabandeá-la.

— Hum. — O estrondo de uma voz profunda me lembra que não estou sozinha. — Você não irá para o apartamento dela — Seth avisa. — Temos reservas em um Marriott na cidade.

— Vou ficar com a minha irmã.

— Não vai, não.

Quero retrucar que ele não pode me dizer o que fazer, mas o homem só está fazendo o seu trabalho. Minha raiva precisa ficar concentrada em Flynn e não no seu mensageiro. Para Candace, pergunto:

— O que acha de uma noite no Marriot?

— Parece ótimo! Vamos lá.

Candace não tem carro e pegou um táxi para me encontrar, então ela vem comigo enquanto os seguranças nos levam em direção a um SUV preto. Devem encomendá-los em massa, pois parecem estar em todos os lugares em que estou ultimamente.

— O que é tudo isso? — Candace sussurra, apontando para os seguranças e o carro.

— Meu marido. Ele é paranoico com relação a segurança.

— Eu meio que esperava que ele viesse com você — ela fala com um sorriso bobo que me permite saber que ela é fã do trabalho dele. Quem não é?

— Ele não conseguiu vir desta vez. — Não tenho intenção de arruinar meu encontro com Candace ao revelar meus problemas conjugais.

— Droga. Mal posso esperar para conhecê-lo.

Como não tenho certeza se isso irá acontecer, não falo nada. O pensamento de nunca mais vê-lo faz todo o meu corpo doer.

— O que há de errado, April? — Candace pergunta quando nos instalamos na parte de trás do SUV e nos dirigimos para o hotel.

Forço um sorriso.

— Não há nada de errado. Estou muito feliz em te ver.

— Mesmo que não nos vejamos há muito tempo, você ainda é minha irmã. Assim que dei uma olhada em você, soube que algo está muito errado. — Ela segura minha mão. — Me deixe te ajudar.

— Minha irmãzinha não é mais um bebê, não é? — Estou triste por ter perdido tantos anos com ela e Livvy.

— Deixei de ser quando um monstro atacou minha irmã mais velha e arruinou nossas vidas.

Nunca, em todos os anos desde a última vez que as vi, me ocorreu que o que aconteceu comigo também pudesse ter arruinado a vida delas.

— Imaginei que vocês tivessem seguido em frente como se nada tivesse acontecido.

— Não foi assim. Ficamos de coração partido. Nada nunca foi o mesmo sem você. — Ela cobre nossas mãos unidas com a outra mão. — Só queria estar perto de você de novo.

— Era o que eu também queria. Mais do que você pode imaginar.

— Fale comigo, Ap... quero dizer, Natalie. Fale comigo, Natalie.

— Pode me chamar de April. Não tem problema.

— Você criou uma nova vida como Natalie. É quem você é agora e quero respeitar isso. A Livvy também.

— Ela também está tão crescida. Não posso acreditar que suas notas são tão altas e nas opções de faculdades dela.

— Natalie...

Suspiro, percebendo que não posso esconder meu tormento da minha irmã.

— Flynn e eu estamos dando um tempo. — Mantenho a voz baixa para que só ela possa me ouvir.

— Você acabou de se casar!

— Acredite em mim, eu sei.

— O que poderia ter dado errado tão rápido?

— Ele me escondeu algo. Uma coisa importante. E então, quando descobri e o confrontei, ele mentiu para mim.

— Ah, droga. Poxa. Vocês pareciam tão felizes na TV. Assisti a cada segundo do *SAG Awards*. Mal podia acreditar que era minha *irmã* em rede nacional!

— Foi uma noite muito emocionante. — Me lembrar que Flynn ganhou dois prêmios, que fizemos amor na limusine a caminho de casa e depois comemos hambúrgueres e batatas fritas na sala de

Hayden me faz chorar novamente. As semanas que passei com Flynn foram as mais doces da minha vida e não tenho ideia do que fazer sem ele.

— Então acabou mesmo? — Candace pergunta com timidez.

— Não sei. — Não sei de nada além de que ele mentiu para mim e tive que me afastar para conseguir alguma perspectiva.

— Bem — ela fala depois de uma longa pausa — se ele está te fazendo ficar em um hotel, suponho que esteja pagando, então podemos também aproveitar ao *máximo*. Tenho que trabalhar amanhã, mas não o me importo. Podemos ficar acordadas a noite toda assistindo filmes, conversando e pedir serviço de quarto.

A alegria e a personalidade otimista de Candace são um bálsamo para minha alma ferida. Seu plano parece celestial e é exatamente o que preciso.

2

Flynn

Estou enlouquecendo. Não há outra maneira de descrever o desespero que me atinge. Não consigo comer, dormir, respirar ou pensar em outra coisa além de Natalie e o que posso fazer para consertar as coisas entre nós. Não posso viver sem ela — nem por um minuto, um dia ou uma semana. Vou enlouquecer se não a vir por uma semana.

Ela me disse para deixá-la sozinha, mas não que eu tinha que ficar em L.A. para isso.

Fiel à sua palavra, Addie traz meu celular por volta das cinco da tarde.

— Preciso pegar um voo para Nova York. Esta noite.

— Não tenho certeza se consigo um avião particular com tão pouco tempo de antecedência.

— Então vou pegar um voo comercial.

Ela hesita e sei que está pensando que me pediram para não fazer isso por causa do alvoroço que minha presença causa nos aeroportos. Em momentos assim, odeio a fama que vem com a minha profissão.

— Quanto tempo a Natalie está planejando ficar no Colorado? — Addie pergunta.

— Não sei. — Não digo a ela que nem sabia que ela estava indo para lá. — A segurança está com ela, certo?

— Dois caras. Estão hospedados em um Marriott e não na casa da irmã. Tomei a liberdade de enviar para o hotel os cartões de crédito e débito que você pediu. Espero que tenha sido a coisa certa a fazer.

— Sim. Quero que ela tenha dinheiro, mesmo que não me queira mais.

— Ela ainda te quer. Vi o jeito que ela te olha. Seja o que for, você nunca vai me convencer de que não pode ser resolvido. — Ela tira o celular do bolso. — Ainda quer ir para Nova York?

Penso sobre isso por um momento.

— Você disse que quando falou com Candace sobre vir para cá, ela estava enrolada com a programação da faculdade, certo?

— Sim e um trabalho de meio período também.

— Então, provavelmente será uma visita curta. Vou para Nova York. Natalie vai acabar indo para lá cedo ou tarde.

— Vou ver o que posso fazer. — Addie aperta meu braço antes de sair para fazer os arranjos. Uma equipe de vidraceiros está terminando de substituir a janela. Preciso controlar minha raiva. Isso não vai ajudar em nada nessa situação.

Verifico as ligações e mensagens que perdi desde que o FBI pegou meu telefone e vejo duas ligações da minha mãe. Como ela geralmente me manda mensagens, decido que é melhor ligar, mesmo que eu não queira falar com ninguém — exceto Natalie.

— Oi, mãe, o que houve?

— Aí está você. Estava começando a me perguntar se vocês dois sairiam em busca de ar.

O lembrete de que eu deveria estar em lua de mel me atinge como uma flecha no peito.

— Os dias estão meio loucos.

— Acredito — ela fala com uma risada baixa. Ela e meu pai estão emocionados com a minha escolha de esposa. O que eles pensariam se soubessem que minha necessidade de sexo dominador e o fato de que menti para minha esposa a respeito disso fizeram sua nora fugir? —

Queria falar com você sobre a recepção de casamento que gostaríamos de fazer para você e Natalie.

Meus olhos se enchem de lágrimas e me sento no sofá, pressionando o polegar e o indicador nos olhos. Naquele momento, fica muito claro que se eu a perder de forma permanente, nunca vou superar.

— Flynn?

— Sim, mãe, estou aqui. Me deixe falar com a Natalie e ver o que ela acha. Te aviso, tá?

— Claro. Como quiserem. Estamos muito animados para comemorar com vocês e receber Natalie em nossa família.

Meus pais têm sido maravilhosos com ela, tão receptivos e apoiadores durante a tempestade que se seguiu quando seu doloroso passado foi divulgado. Não suporto desapontá-los confessando o quanto estraguei as coisas com ela. Espero nunca ter que dizer isso a eles.

— É muito legal da sua parte querer fazer isso. Obrigado.

— Você está brincando? É puramente egoísta. Estou muito feliz em vê-lo apaixonado por uma mulher doce e carinhosa que o ama pelos motivos certos. Você não tem ideia de quanto tempo esperei por este momento. Pode apostar que vamos comemorar.

É tudo que preciso para cair em soluços, implorar para minha mãe vir até aqui e me dizer que tudo vai ficar bem. Mas não faço. Não posso fazer isso.

— Estamos ansiosos por isso. Te ligo de volta.

— Nos falamos em breve. Te amo, lindo.

Linda. É assim que chamo a Natalie.

— Também te amo, mãe.

Durante muito tempo depois que encerro a ligação, olho para a piscina no quintal, tentando imaginar a vida sem Natalie. Não há vida sem ela. E hoje, passei bastante tempo sentindo pena de mim mesmo. Está na hora de consertar isso.

∿

Natalie

MINHA IRMÃ e eu continuamos exatamente de onde paramos e, no final da nossa tarde juntas, parece que não passou tempo algum desde que nos vimos pela última vez. Falamos sobre tudo e todos que conhecemos em Nebraska. Ela me coloca a par de todas as fofocas de Lincoln e o que aconteceu com as garotas de quem eu era amiga antes da minha vida implodir.

— Elas perguntaram a seu respeito por anos — Candace fala. — Nunca soubemos o que responder. Nosso pai avisou que não deveríamos falar com ninguém sobre você. Foi bizarro demais. Era como se você estivesse morta, mas sabíamos que não estava. Nosso pai ficou louco. Ele não podia acreditar. Não conseguia engolir que *uma das suas filhas* tivesse feito isso, como se você fosse a culpada e não o Oren. Ele cancelou o wi-fi de casa para que não pudéssemos ver as notícias sobre o julgamento, mas lemos os jornais da biblioteca da escola para sabermos o que estava acontecendo. E então, quando Oren foi condenado... ele ficou pior que nunca.

— Nunca vou entender como um pai escolhe um amigo no lugar da própria filha em uma situação como esta.

— Quer ouvir a nossa teoria? Minha e da Livvy?

— Hum, *sim?*

Ela ri da minha curiosidade.

— Achamos que eles estavam apaixonados um pelo outro e fingindo viver uma vida hetero, porque, naquela época, Oren nunca teria tido chance na política se tivesse se assumido como gay.

Estou atordoada e sem palavras.

— Isso com certeza explicaria muito.

— Pense nisso: alguma vez você viu nosso pai agir de forma afetuosa com a nossa mãe? Já os viu abraçados, se beijando, de mãos dadas ou qualquer coisa do tipo?

— Não. Nunca. Achei que eles mantinham essas coisas em particular. É uma bomba, mas faz todo sentido.

— Não, não faz, porque, ainda assim, ele deveria ter te protegido. Não importava o que ele sentia por Oren, você era a *filha* dele. Merecia muito mais do que recebeu. — Ela me olha parecendo hesitante. — Depois que te viram no hospital, eles tiveram a maior briga de todos os tempos. Nossa mãe ficou louca quando ele a forçou a te deixar lá sozinha.

— Se você realmente acha que Oren e nosso pai eram gays e apaixonados, como ele poderia ter me violentado daquele jeito?

— A Livvy e eu achamos que nosso pai estava resistindo a fazer alguma coisa e te atacar era uma forma de Oren pressionar. Também achamos que ele era um pervertido.

— Mas você sabe que os dois tinham filhos... como ele poderia... ter me violentado daquele jeito... se não gostasse de mulheres?

— Comprimidos para ereção — ela responde sem rodeios. — Achamos que os dois eram bissexuais, mas teriam escolhido um ao outro em relação às esposas em um segundo, se tivessem essa opção. Mas não tinham, não se Oren quisesse seguir a carreira política para qual sua família o havia preparado desde sempre. Acho que isso era meio triste, exceto pelo fato de que eram um casal de monstros sem lei que machucaram muitas pessoas. Quando Oren morreu na cadeia, nosso pai ficou inconsolável por semanas. Ele nunca foi o mesmo depois disso.

— Meu Deus...

— Claro, tudo isso é especulação da nossa parte.

— Não, faz todo sentido. Os comprimidos também explicariam como ele pôde ser tão... implacável... durante o ataque. — Olho para cima e vejo Candace piscando rapidamente.

— Essa é a única coisa que nunca fomos capazes de ler a respeito. Não podíamos suportar.

— Estou feliz que não o tenham feito. Já é ruim o suficiente essas imagens estarem na minha cabeça. Vocês não precisam delas também.

— Eu me perguntei... se você foi capaz... com Flynn...

— Sim e foi incrível. Pelo menos para mim. — A pergunta é um lembrete do porquê eu o deixei, e a dor me atravessa quente e afiada.

— Você não acha que para ele também foi?

Me levanto da cama onde estamos relaxando e caminho até a janela.

— Ele disse que foi. — Mas como vou saber se ele estava dizendo o que achava que eu queria ouvir ou a verdade? Tudo está em questão agora.

— Você não acredita nele?

Por mais que eu queira contar os detalhes do que aconteceu entre nós para a minha irmã, não posso. Tenho que proteger nossa privacidade. Confio nela, mas também tenho que reconhecer que não a conheço mais como antigamente. Espero que isso mude com o tempo, mas se ela disser a qualquer um sobre as preferências sexuais de Flynn... não, não posso contar a ela nem a ninguém, por mais que eu aprecie ter a opinião de Candace sobre a situação. Percebo que ela está esperando que eu responda.

— É meio complicado.

— E pessoal, tenho certeza. Não quero me intrometer.

— Tudo bem. Só é difícil por ele ser quem é para o mundo. Não posso colocar tudo para fora tanto quanto gostaria.

— Eu entendo. Não se preocupe. — Ela me dá um sorriso insolente. — Desde que eu possa conhecê-lo algum dia.

— Espero que você o conheça. — *Espero vê-lo de novo...*

O telefone de Candace toca, e ela solta um grito, acordando Fluff, que está descansando na outra cama.

— É a Livvy no FaceTime. — Ela aceita a ligação. — Você não vai acreditar quem está aqui comigo.

— Quem?

— Natalie. — Candace vira o telefone para mim, e eu aceno para Livvy. Embora eu tenha conversado com as duas por FaceTime nas últimas semanas, ainda quero chorar vendo minha irmã mais nova, que também está crescida e linda aos 17 anos. Ela tem o cabelo escuro e os olhos que puxou do lado do nosso pai e realmente se parece comigo agora que escureci o cabelo.

— O que você está fazendo aí?

— Vim ver a Candace e espero te ver em breve também.

— A assistente do Flynn nos chamou para ir a Los Angeles nas próximas semanas.

Meu estômago dói com a menção dele.

— Espero que possamos fazer isso acontecer.

— Ele está aí? — Ela olha em volta, esperando por um vislumbre do cunhado famoso.

— Não, ele não pôde vir e eu não podia mais esperar para ver Candace. Ou você. Espero que possamos fazer isso em breve.

— Nós vamos. Tenho um fim de semana prolongado em fevereiro, se não antes. Escutem essa, garotas... — Com essas três palavras, parece que voltamos aos velhos tempos. — A mamãe está namorando, e ele é bem normal. Ela está com ele agora.

— A mamãe está *namorando*? Tipo, um *cara*? — Candace pergunta.

— Não, um alienígena — Livvy diz com sarcasmo. — Sim, um cara! Alguém com quem ela trabalha. Ela fala sobre ele há meses e agora estão saindo e tudo mais.

— Isso é muito importante — Candace me explica. — Ela não namora ninguém desde o divórcio.

Ainda mais importante para mim é como, depois de apenas alguns minutos na presença das minhas irmãs, sinto que pertenço à família novamente.

UMA BATIDA na porta no início da manhã deixa Fluff agitadíssima, me lembrando que preciso levá-la para fora em algum momento. O pensamento de sair naquele tempo frio não me atrai.

— Vou atender — digo para Candace, que não se move. Ela sempre teve o sono muito pesado e passamos metade da noite conversando.

Josh está do lado de fora com um grande envelope que me entrega.

— Isso chegou para você.

Começo a perguntar quem sabe que estou aqui, mas é claro que Flynn sabe. Ele está pagando pela segurança, o hotel e o avião.

— Gostaria que eu levasse a Fluff para dar uma volta? — Josh pergunta.

— Tem certeza de que não se importa? Isso não faz parte do seu trabalho.

— Tudo bem. Vou sair para tomar café mesmo.

— Se importa de comprar dois cafés a mais?

— Fico feliz por fazer isso também.

Coloco a coleira em Fluff e a entrego para ele.

— Muito obrigada.

— Sem problemas. Volto em breve.

Levo o envelope para a cama. Usando a lanterna do celular, encontro um bilhete de Addie junto com um cartão de conta corrente e um American Express com o nome *Natalie Godfrey* escrito em alto relevo. O bilhete de Addie diz: *Flynn queria que você os recebesse e os usasse para qualquer coisa que precise. O código do caixa eletrônico é 1901.*

— Não deixo de notar que a data do nosso casamento é a senha.

E então começo a chorar, soluçando alto. Minha irmã acorda.

Ela vem até a minha cama e me abraça enquanto deixo as lágrimas caírem. Sinto falta do meu amor, meu marido, o melhor amigo que já tive. Odeio que ele tenha mentido para mim, mas não tenho mais certeza se isso importa, não se dói tanto ficar sem ele.

— Você deveria ligar para ele — Candace fala enquanto acaricia meu cabelo, me fazendo sentir amada e cuidada.

— Não posso. Ainda não. — Não até descobrir o que vou dizer a ele.

Candace tem que trabalhar hoje e tem aula à noite, então, depois de um café da manhã entregue pelo serviço de quarto, nos preparamos para seguir caminhos separados por enquanto. Estou muito agradecida por este tempo com ela, mesmo que eu tenha ficado arrasada e com o coração partido pela maior parte do tempo.

— O que quer que tenha acontecido com Flynn, espero que vocês consigam se entender — ela fala enquanto estamos no SUV em direção a sua casa. — Você parecia tão feliz na TV. Parecia real. Livvy e eu somos da mesma opinião.

— Foi real. — Foi a coisa mais verdadeira que já passei. — Não conte a ninguém sobre eu estar chateada com ele. Por favor, Candace... causaria muitos problemas se isso acontecesse.

— Não vou dizer uma palavra. Prometo.

Eu a abraço novamente.

— Eu te amo e estou muito feliz por ter te visto.

— Também te amo. Nos encontramos de novo em breve.

— Vamos, sim. Me liga. Mande mensagem. Vamos conversar pelo FaceTime. Quando quiser. O tempo todo.

— Pode deixar. Você também.

Quando chegamos ao seu prédio, nos abraçamos novamente e ficamos agarradas como se estivéssemos com medo de nos separarmos.

— Você não vai desaparecer de novo, vai? — Ela soa como a garotinha que deixei há oito anos.

— Nunca mais. Prometo.

— Certo, então vou deixar você ir. Por enquanto.

Fico feliz em ver onde ela mora, mas como ela está atrasada para o trabalho, eu não entro, o que é bom. Não sinto vontade de entrar lá arrastando a segurança atrás de mim. Ela me abraça mais uma vez antes de sair do carro e entra no prédio acenando.

Quando ela desaparece, o SUV decola como um raio para o aeroporto, e sou forçada a confrontar a dor que consegui colocar em espera enquanto aproveitava o encontro com a minha irmã. O sentimento me atinge de novo e quando chegamos ao aeroporto, preciso me esforçar para não pedir que me levem para L.A. em vez de Nova York.

Tenho que voltar ao trabalho antes de precisar usar o dinheiro que Flynn disponibilizou para mim. Não me sinto bem em tirar dinheiro dele depois de tê-lo deixado.

O voo no avião particular é melhor que o de ontem, mas os pilotos avisam que está nevando muito em Nova York. O clima só piora meu humor melancólico. Me consolo pensando no apartamento aconchegante que divido com minha boa amiga, Leah. Decisões precisam ser tomadas, e ela vai me ajudar a descobrir quais serão meus próximos passos.

Quando recebemos a notícia de que Teterboro está fechado para aterrisagens devido ao clima, somos obrigados a pousar no LaGuardia e a atravessar o terminal, o que é péssimo. Uma mulher no saguão grita meu nome ao me ver, o que atrai a atenção de todos em um raio de oitocentos metros. Eu tinha convicção de que ninguém me reconheceria a menos que Flynn estivesse comigo. Fluff começa a latir e rosnar para as pessoas que estão gritando, então a pego no colo.

Josh e Seth entram em ação, me escoltando através da multidão que nos rodeia rapidamente. Não tenho tempo para fazer qualquer coisa além de baixar a cabeça e seguir em frente. Sou profundamente grata pela presença deles e por Flynn se importar o suficiente para garantir a minha segurança. Eu não faria ideia de como lidar com isso sozinha.

Fluff está enlouquecendo em meus braços, latindo, rosnando e tentando se libertar.

Depois que sou descoberta, Josh e Seth se movem rapidamente para me tirar de lá, ignorando o setor de devolução de bagagens para me colocar diretamente em um SUV que nos espera do lado de fora. Como eles organizam essas coisas do jeito que fazem é uma fonte de assombro constante para mim.

Quando se acomoda no banco do motorista, Seth se vira para mim.

— Sabia que a sua escola anunciou que lhe ofereceram seu emprego de volta?

— N-não. Eles não me disseram que fariam isso.

— Os paparazzi cercaram seu prédio, o do sr. Godfrey e a escola. Não podemos te levar para casa. De jeito algum podemos te deixar lá.

Estou temporariamente petrificada pela ideia de que não tenho para onde ir. Acabar desabrigada já foi meu maior medo quando estava cursando a faculdade com um orçamento apertado, sempre um passo à frente do desastre.

— Onde... para onde vamos?

— Podemos levá-la para o apartamento do sr. Godfrey através da garagem.

Antes que eu possa dizer que não quero ir ao apartamento do sr.

Godfrey, Josh se acomoda no banco do passageiro e saímos do aeroporto. Se eu disser que não quero ir ao apartamento de Flynn, como posso ter certeza de que eles não vão contar a alguém que falei isso? Estou muito preocupada em fazer algo para chamar mais atenção ao nosso relacionamento. Já tivemos mais do que suficiente.

Então não digo nada. Não é como se o apartamento dele não fosse adorável. Não será difícil passar tempo lá. E ainda tem aquela banheira incrível que ele nunca usa, uma lembrança que leva lágrimas aos meus olhos. Não posso imaginar como será estar lá sem ele.

Aconchego Fluff mais perto de mim.

— Temos uma a outra, certo, Fluff?

Ela lambe meu rosto e sou imensamente grata pelo único ser com quem posso contar, não importa o que aconteça. Passamos por tudo juntas.

No edifício de Flynn, os fotógrafos estão posicionados na frente da entrada, então damos a volta no prédio até a entrada da garagem, nos fundos. A mera visão do edifício e do portão da garagem é o suficiente para ressuscitar algumas das mais doces lembranças da minha vida e estou novamente à beira das lágrimas.

Seth digita o código para abrir a grande porta de metal. Ele entra com o SUV e fecha a porta antes que os fotógrafos possam se mobilizar.

Olho para a inestimável Bugatti de Flynn, me lembrando de quando ele a usou para me buscar no nosso primeiro encontro e quando o provoquei por amar o lindo carro mais do que a mim. Minha mão enluvada sobre a boca é a única coisa que impede meu soluço de escapar.

— Levaremos sua bagagem, sra. Godfrey. Pode ir em frente.

Me sinto cambalear ao ser chamada de sra. Godfrey pela primeira vez por alguém que não seja meu marido. Limpo a garganta.

— Eu, hum, não tenho a chave. Comigo. — Adiciono a última parte, porque não quero que eles saibam que nunca a tive. Bem, isso não é exatamente verdade. Flynn me deu uma na noite em que nos conhecemos para que eu pudesse usar sua incrível banheira sempre que eu quisesse. Deixei sobre a cômoda, porque não me sentia bem em pegá-la.

— Estaremos por perto se precisar — Seth fala. — Basta enviar um SMS. — Carregando a minha bagagem, ele usa o seu cartão-chave para me enviar ao apartamento no último andar. Deixo Fluff sair da coleira no elevador. As portas se abrem no foyer da casa de Flynn, e Fluff entra no apartamento como se fosse a dona do lugar. Em seguida, começa a latir, rosnando e grunhindo.

Puxo a bagagem para fora do elevador e sigo para a sala de estar, onde vejo que ela está latindo para Flynn.

— Natalie... — Ele está horrível. Seu rosto lindo está devastado pelo desespero. Posso dizer com um rápido olhar que ele não dormiu desde que o vi pela última vez.

Ainda estou com raiva porque ele mentiu para mim. Ainda não sei como me sinto sobre descobrir que ele é um dominador sexual com desejos que não consigo entender. Não tenho ideia de onde podemos ir a partir daqui.

Mas nada disso importa quando comparado com o quanto eu o amo. Tudo que vejo quando o observo é o homem que veio correndo até mim no meu momento mais difícil, que me defendeu, doou meio milhão de dólares para minha amiga doente e me deu o sol, a lua e as estrelas. Vejo o meu melhor amigo e meu amor.

Corro para ele.

Ele me encontra no meio do caminho e solta um gemido baixo enquanto me abraça ferozmente, me tirando do chão com seu abraço.

Eu me agarro a ele, sentindo seu cheiro familiar e o alívio me toma. A turbulência dentro de mim sossega e se acalma. Estou de volta ao lugar onde pertenço e é a única coisa que sei com certeza agora.

— Sinto muito, linda — ele sussurra. — Isso foi tudo culpa minha. Eu deveria ter contado tudo. — Seu rosto roça o meu, deixando um rastro de lágrimas. Seu choro parte meu coração mais uma vez. — Farei qualquer coisa... o que for preciso para consertar as coisas. Não posso viver sem você, Nat. Te amo muito. Me diga que você ainda me ama.

— Sim, Flynn. Ainda te amo.

E então ele está me beijando, feroz e intensamente, e é como se fosse a primeira vez de novo, naquele dia na rua de Aileen, quando ele me beijou como se fosse morrer se não pudesse fazer aquilo naquele momento. Envolvo meus braços ao redor do seu pescoço e retribuo, desesperada por ele.

Ele empurra meu casaco dos ombros, que cai no chão atrás de mim. Em seguida, ele me levanta e me leva para o quarto. Caímos na cama embolados um no outro, tudo sem interromper o ritmo do beijo. Suas mãos estão por toda parte, como se ele estivesse fazendo um inventário e se certificando de que voltei para ele inteira e intacta.

Não posso chegar perto o suficiente, mesmo com meus dedos entrelaçados em seu cabelo, as pernas nas dele e sua língua na minha boca. Não é o suficiente. Não está nem perto o suficiente.

— Flynn... — Interrompo o beijo, ofegando.

— Fale, linda. Me diga o que você quer.

— Você. Quero você. — Puxo sua camiseta, que rapidamente desaparece sobre sua cabeça. Acariciando seu peito musculoso e sentindo o conforto no suave toque do seus pelos contra o meu rosto, estou em casa.

Ele tira meu suéter, abre o sutiã e desabotoa a calça jeans. Eu me atrapalho com o botão da sua calça, e ele me ajuda.

No segundo em que estamos nus, ele me abraça e penetra meu corpo em um movimento suave que me estica até o ponto da dor. É a dor mais extraordinária que já experimentei. Seus olhos se fecham e sua testa encosta na minha. O alívio que vejo em seu rosto é tão profundo que me leva às lágrimas.

Por muito tempo, nenhum de nós se move. Simplesmente ficamos ali, juntos, respirando o mesmo ar. Nossos corpos unidos, os corações batendo como um só novamente.

— Natalie... — Ele beija meu rosto, lábios, pescoço e depois volta para os meus lábios.

Envolvo as pernas em seus quadris, na esperança de encorajá-lo a se mover, mas ele continua imóvel de uma forma enlouquecedora.

— Eu te amo tanto — ele sussurra contra meus lábios. — Quase perdi a cabeça sem você. Estraguei tudo, mas vou consertar. Farei qualquer coisa, mas por favor, não me deixe de novo. Por favor.

— Não vou a lugar nenhum. — Para o bem ou para o mal, ele é meu marido, e eu o amo. Cada batida do meu coração é para ele.

Seu gemido torturado parece ter sido arrancado direto da alma, suas lágrimas umedecem meu rosto e pescoço quando ele começa a se mover, entrando em mim, se retirando e repetindo os movimentos sem parar. Ele engancha os braços sob as minhas pernas, puxando-as para cima e entrando mais profundamente em mim.

Ele me observa daquele jeito perspicaz e atento, procurando por sinais de problemas. Mas não há nenhum. Só um prazer imenso quando seus movimentos fortes provocam um poderoso orgasmo que me faz gritar com a pura magia que criamos juntos. Pelo menos para mim é mágico. Mas não tenho certeza se ele sente o mesmo.

Me penetrando profundamente, ele inclina a cabeça para trás, seus olhos fechados e a mandíbula tensa quando goza. Nunca vi nada mais magnífico do que meu marido perdido em paixão e em mim.

No entanto, por mais incrível que possa parecer, volto a me perguntar se ele está tão satisfeito quanto eu.

Ele solta minhas pernas, que ainda estão tremendo. Eu o abraço forte, seu rosto aninhado na curva entre o meu pescoço e ombro. Sua respiração pesada provoca arrepios que fazem meus mamilos tensionarem.

Ele geme.

— Faz isso de novo.

— O que eu fiz?

— Aperte sua boceta ao redor do meu pau.

Sua linguagem vulgar, que seria desanimadora vinda de qualquer outra pessoa, me provoca uma enorme excitação. Dou o que ele quer.

— *Puta merda.* Já estou duro de novo.

Fico surpresa quando ele se afasta de mim e cai de costas, seu pênis grande e duro se estendendo acima do umbigo. Me surpreendo — e a ele — quando fico de joelhos e me inclino para levar aquela linda parte sua para minha boca.

Seu suspiro de surpresa me faz sorrir. Ele me ensinou como fazer, como dar prazer a ele do jeito que ele gosta — de um jeito profundo, apertado e molhado. Começo envolvendo os lábios ao redor da cabeça larga e sugando — com firmeza.

Ele arqueia os quadris, as mãos segurando meu cabelo.

— Nat, caramba... *Natalie*... não mereço isso ou você.

Solto um gemido, deixando meus lábios vibrarem sobre a cabeça sensível. Ele me ensinou muito nas últimas semanas, coisas que eu nunca teria considerado antes de amá-lo.

Ele se solta da minha boca.

— Não, Nat.

— Fiz errado? — Será que agora sempre vou me perguntar se o estou agradando? Como vou saber?

— Suba aqui. — Ele estende os braços para mim.

Eu me acomodo sobre ele, sua ereção pressionada firmemente contra a minha barriga e meus seios contra seu peito.

Com as mãos no meu rosto, ele me encara.

— Fui incrivelmente injusto com você. Sabia disso enquanto acontecia e lutei contra isso. Preciso que você saiba.

— Eu sei. Até entendo porque você não me contou.

— Sinto muito por ter mentido no outro dia. Estou olhando nos seus olhos e te prometendo, jurando pela minha vida que isso nunca mais vai acontecer. Preciso que você acredite em mim quando eu te disser...

Coloco o dedo sobre seus lábios.

— Acredito. Acredito em você.

— Me matou saber que te magoei tanto, que fiz o mesmo com você...

— Não, Flynn, não. Não chegou nem perto disso. Me magoou, sim, mas você mentiu porque me ama e achou que estava me protegendo.

— Sim — ele fala, parecendo aliviado por saber que eu o entendo.

— Não é a mesma coisa que aconteceu comigo antes. Você... você é...

— O que, linda? O que eu sou?

— *Tudo*.

Ele fecha os olhos enquanto sua bochecha pulsa.

— No dia em que nos conhecemos — ele fala baixinho, sem abrir os olhos —, quando Hayden me disse que não havia lugar na minha vida para uma garota doce como você... — Ele abre os olhos e vejo a agonia que sentiu. É óbvio agora. Ela esteve ali o tempo todo, mas não percebi, porque não sabia como procurar. — Ele tinha toda razão. Eu sabia disso na época e parte de mim sabe disso agora. Mas o meu coração te reconheceu naquele dia no parque. Sabia que você era minha. É por isso que fui atrás de você. Por isso que fiz tudo que fiz. Esse momento de reconhecimento conduziu todas as escolhas que fiz no que se refere a você.

Estou profundamente tocada por suas palavras sinceras.

— Depois do nosso primeiro encontro, quando você não me ligou... você me disse que havia sido por sua causa, não por mim. Era isso o que você queria dizer?

— Sim. — Ele mantém uma mão no meu rosto e levanta a outra para passar os dedos pelos seus cabelos. — Há muito a esse respeito. Nem sei por onde começar.

— Comece pelo começo. Quero te conhecer, Flynn. Quero saber *tudo* a seu respeito, até mesmo as partes que você acha que me assustam ou perturbam. Quero tudo com você.

Acariciando minha bochecha, ele fala:

— Você já teve mais de mim - mais das partes que realmente importam - do que qualquer outra pessoa.

— Então me dê o resto também.

Seu suspiro profundo me deixa saber que isso não é fácil para ele. Ele nos vira, nos acomodando de lado, de frente um para o outro, compartilhando o mesmo travesseiro. Ele puxa o edredom sobre nós.

Fluff pula na cama e se acomoda atrás de mim bufando. Suas costas estão pressionadas contra as minhas. O alívio de ter a nossa pequena família de volta quase me faz esquecer que estamos longe de ter passado por cima das dificuldades, apesar do nosso encontro apaixonado.

— Quero te contar tudo. Quero te dizer, porque você merece saber e você tem que acreditar que confio em você com a minha vida. Mas o que vou dizer envolve outras pessoas também e é imperativo que você nunca fale sobre isso com ninguém. Nunca.

— Você tem a minha palavra, Flynn. Pode confiar em mim para guardar seus segredos da mesma maneira que confio em você para guardar os meus.

Seu rosto se ergue em um meio sorriso, mas seus olhos ainda demonstram preocupação.

— No verão em que estávamos com 21 anos, Hayden foi com o pai fazer um filme em Amsterdã. Ficaram lá o verão inteiro, e ele se tornou amigo do ator principal do filme, um jovem astro cujo nome você reconheceria. O rapaz apresentou Hayden a um mundo totalmente novo que nenhum de nós sabia que existia. Recebi mensagens enigmáticas dele dizendo que eu não acreditaria na merda que ele estava fazendo. Quando finalmente retornou para Los Angeles, ele era uma pessoa diferente. Como qualquer rapaz que teve as melhores experiências sexuais, ele queria falar sobre isso. E como qualquer cara jovem cujo amigo tenha feito uma loucura, eu queria ouvir. Porém, em vez de me dizer, ele me mostrou. Me levou para alguns clubes em Los Angeles onde pude dar uma olhada, para dizer o mínimo. Não era só o sexo, mesmo que fosse incrível — tanto para se assistir quanto para participar. Eu estava igualmente fascinado pela troca de poder, a emoção, a conexão.

— Fui criado para respeitar as mulheres e foi o que sempre fiz. Fui criado por uma mãe que abriu seu próprio caminho de sucesso no show business e fui muito influenciado por três irmãs mais velhas de temperamento forte. Então, descobrir que havia mulheres voluntariamente submissas era revelador, para dizer o mínimo. Mas era mais do que isso... eu me sentia como se uma parte minha que havia ficado adormecida durante a vida toda estava acordando para descobrir quem eu realmente deveria ser. Não tenho certeza se isso faz algum sentido.

— Faz muito sentido. Eu me sinto assim desde que te conheci.

— Eu me senti da mesma maneira, Nat. Mesmo que houvesse

coisas que eu escondia de você, me senti mais vivo e determinado desde que te conheci.

— Como isso é possível se você também estava negando essa grande parte de si mesmo para estar comigo?

3

—————

Flynn

sso é doloroso. Não suporto vê-la duvidando da nossa conexão ou pensando que tenho encontrado falhas nela quando isso não poderia estar mais longe da verdade.

— É possível, porque eu te amo muito.

— Acredito quando você diz isso, acredito mesmo. Mas ainda não entendo como você pode me amar tanto se isso significa não poder ser você mesmo comigo.

Olho para a parede atrás dela por algum tempo, tentando encontrar uma maneira de explicar algo que tive dificuldade em entender.

— Depois que nos conhecemos e você me contou como se sentia em relação ao sexo, percebi logo que algo terrível havia acontecido com você. Tive que resistir à tentação de contratar alguém para descobrir o que era. Decidi deixar você me contar quando estivesse pronta. Depois do que aconteceu na nossa noite de núpcias e quando ouvi a história toda... soube que nunca poderia te deixar ver o meu lado dominador, porque isso te assustaria.

— Então você estava preparado para viver sem isso pelo resto da vida?

— Se isso fosse necessário para te fazer feliz.

— Mas e quanto a *você* e o *que precisa*?

— Estava disposto a viver sem se isso significasse que poderia ter você.

— Flynn... você não deveria ter que fazer isso.

Eu me aproximo para passar o dedo sobre o seu lábio inferior inchado.

— Passei um dia sem você e senti como se fosse morrer. Acredite em mim, se a alternativa é te perder, posso viver sem nada – exceto você.

Ela me olha com os olhos cheios de lágrimas e emoções que não tenta esconder.

— Enquanto estive fora, revivi cada minuto que passamos juntos, cada segundo, cada toque, cada beijo, todas as vezes que fizemos amor. Pensei em todas as coisas que você fez por mim quando minha história foi a público, como você ajudou a Aileen e trouxe meus alunos para me verem antes de sairmos de Nova York... você me fez sentir tão segura e amada, mesmo quando minha vida estava desmoronando.

— Não há nada que eu não faria por você, Natalie. Nada mesmo.

— Então vai me mostrar o que quer de mim? Vai me deixar ver seus desejos mais sombrios?

— Não.

— É isso? Apenas não?

Enrolo uma mecha do seu longo cabelo ao redor do meu dedo.

— Você me deu um presente de valor inestimável confiando em mim depois do que suportou tão jovem, me deixando fazer amor com você, me permitindo unir meu corpo ao seu e que eu ficasse assim com você. Me mataria, literalmente me *mataria*, se eu fizesse qualquer coisa para arruinar essa confiança ou te assustar tanto que você não fosse capaz de suportar meu toque.

— Como saberemos se posso aguentar se nunca tentarmos?

— Você não tem ideia do que está pedindo.

— Então me diga! Me mostre. Me ensine. Mas não me deixe no escuro imaginando o que você realmente quer e fazendo com que me pergunte se você está insatisfeito toda vez que fizermos amor.

Fico olhando para ela, incrédulo.

— Não estou insatisfeito.

— Mas você quer mais.

— Sim, quero mais! Sempre quero mais com você. Mas estou satisfeito com o que tenho e isso é o suficiente.

— Por quanto tempo vai ser? Quanto tempo vai demorar até que você tenha fantasias sobre fazer comigo as coisas que fez com outras mulheres?

Desvio o olhar, porque isso já aconteceu, mas em sonhos sobre os quais não tenho controle.

— Flynn?

Prometi ser honesto e pretendo cumprir essa promessa.

— Já tive essas fantasias. Sonhei em estar no clube e no porão com você.

— Aquele dia em Los Angeles... quando te perguntei o que estava errado e achei que tinha dito algo durante o sono que te aborreceu...

— Tive um sonho que me deixou abalado, mas lidei com isso.

Ela fica quieta por um momento muito longo e inquietante.

— No que você está pensando?

— Não sei se posso fazer isso.

Suas palavras despertam o medo em meu coração e ele se espalha pelo meu corpo inteiro.

— O que você não pode fazer?

— Isso. Nós. Qualquer coisa disso.

— Natalie, vamos lá. Esta é apenas uma parte do nosso relacionamento. O resto é perfeito pra cacete. Você realmente jogaria tudo fora por causa disso?

— Não posso responder a essa pergunta sem saber o que *isso* implica.

— Você quer detalhes?

— Seria uma boa forma de começar.

Quase posso sentir a pressão sanguínea avançando para a zona de perigo com o pensamento de detalhar meu sonho erótico para ela. Minha doce e linda Natalie não tem a menor ideia do que está pedindo. Ela nunca mais vai me olhar da mesma forma se eu contar a ela e não posso arriscar.

Saio da cama e pego um moletom.

— Aonde você vai?

— Preciso de uma bebida. — Deixo o quarto e vou para a cozinha, onde me sirvo de algumas doses de Bowmore, meu malte escocês favorito. A bebida queima por dentro, me lembrando que não comi quase nada nas últimas vinte e quatro horas miseráveis.

Natalie aparece usando meu roupão, que está enorme nela. Ela é como minha consciência, me fazendo perceber que não vai deixar esse assunto de lado.

Me sinto encurralado, preso, incapaz de escapar da confusão que criei para mim mesmo. Prometi a verdade a ela. Mas como posso cumprir e ainda preservar nosso vínculo precioso, que se tornou frágil com minhas mentiras?

Depois de me servir outra dose de uísque, levo o copo para a sala de estar, passando por ela quando saio da cozinha.

Ela me segue.

— O que você quer que eu diga? — pergunto a ela, derrotado. Não há como fugir dela ou dessa conversa que ela insiste que devemos ter, mesmo que eu tenha certeza de que isso vai arruinar tudo entre nós.

— Me conte sobre seus sonhos, os que você teve comigo.

Estremeço quando um calafrio me atinge e o uísque ameaça voltar. Me afastando dela, me concentro em respirar para afastar a náusea.

— Não sei se posso.

— Por que não? Eram sobre mim, não é? Não tenho o direito de saber?

Quero discutir com ela. Não, ela não tem direito a todos os meus pensamentos particulares, assim como não tenho direito aos dela. Mas estou em uma pista escorregadia aqui, bem ciente de que, apesar do nosso encontro apaixonado e suas palavras de amor, ainda tenho um longo caminho a percorrer para reparar totalmente os danos que causei.

— Quando fui casado antes — digo com relutância, avaliando quanto pensar em Valerie ainda me enfurece —, levei 2 anos para contar a ela o que eu realmente queria. Na cama... ela... ela disse que eu era depravado, repugnante e doente. Em seguida, me traiu e fez com que eu os pegasse no ato, assim eu saberia o quanto ela me achava nojento. Tive que ameaçá-la com processos judiciais para impedi-la de ir a público contar o que descobriu a meu respeito. Eu realmente tinha medo de que ela cedesse à tentação e contasse a verdadeira história por trás da nossa separação e a minha carreira fosse prejudicada de forma irreparável pela sua versão da verdade.

Natalie vem até mim e apoia as mãos no meu peito, seu calor aquecendo a parte de mim que está fria.

— Eu nunca, jamais, de jeito nenhum diria a alguém o que acontece entre nós. *Nunca.*

— Você diz isso agora, quando está apaixonada por mim. O que acontece se isso mudar? Se você ficar tão desapontada comigo que não consiga mais me amar?

— Flynn... eu não sou a Valerie. Mesmo que tudo corra mal e eu não possa lidar com essas coisas, nunca vou falar da nossa vida privada com ninguém.

— E se eu te assustar tanto que você sinta que não me conhece?

— Mesmo assim. — Ela inclina a cabeça de um jeito adorável. — Quer que eu assine algo que te garanta isso?

— Não.

— Então como posso te fazer acreditar que pode confiar em mim com tudo? Cada parte sua?

A mesma doçura que me matou desde o começo, me deixa de joelhos mais uma vez. Sou incapaz de resistir, mesmo quando ela está me pedindo coisas que nunca pretendi lhe dar. Reconheço a derrota enquanto olho para o seu lindo rosto.

— No meu sonho — começo hesitante, desejando mais coragem proporcionada pela bebida —, você não é vítima de estupro.

— Nos meus sonhos também não sou.

— Nat...

— Tudo bem — ela fala com um sorriso irônico. Em seguida, segura a minha mão e me puxa para sentar ao seu lado no sofá, envolvendo uma manta de cashmere ao nosso redor.

Preferiria ficar em pé e andar pela sala para essa conversa, mas ela está desejando proximidade, então dou o que ela precisa.

— Estamos no Club Quantum, em Nova York.

— Tem um clube?

— Sim — digo com um suspiro —, aqui e em Los Angeles. No porão dos nossos edifícios.

— Então... todos vocês...

— Sim, e essa é a parte da qual você nunca pode falar.

— Juro por Deus, pela vida das minhas irmãs, nunca falaria nada.

Como sei que não há maior garantia que ela possa me dar, me forço a continuar. Revivo os sonhos que tive com ela tantas vezes que os conheço de cor.

— No sonho, vamos ficar em público pela primeira vez, e você sente medo. Gosto que você se sinta assim. Me deixa excitado. Estamos ensaiando esse momento há meses, e todos estão lá para sua primeira cena pública. — Quero olhá-la, para avaliar sua reação, mas tenho muito medo do que posso ver. — Faço você tirar o roupão, mas você está hesitante, tímida, o que é insuportavelmente sexy. Suas mãos tremem quando você puxa o laço, mas faz o que digo, porque estou no comando. Você me cedeu o controle do seu prazer. Te coloco sentada em uma mesa que fica no centro de uma grande sala e relembramos a sua palavra segura, que ainda é Fluff. Coloco suas pernas em estribos e puxo seu traseiro para a beirada da mesa. Você me pergunta o que estou fazendo e digo que vou te depilar, porque prefiro você sem nada. Já falamos sobre isso antes, mas não havia te contado que pretendia fazer isso naquela noite.

Ela respira fundo, interrompendo a cadência da minha história.

Arrisco um olhar na sua direção e vejo que suas bochechas estão coradas e seus lábios entreabertos. Minha história está mexendo com ela, o que me dá confiança para continuar. Toda vez que penso sobre esses sonhos, fico tão duro que dói. Desta vez não é exceção.

— Quando te depilo, suas pernas estremecem. Seu corpo inteiro está corado e quente. Sua boceta está tão molhada que posso ver e sentir o cheiro da sua excitação. Lubrifico meus dedos e os pressiono em seu traseiro, te preparando para receber um plug. Você protesta e luta comigo. *Aí, não*, você diz. Mando você se calar e te lembro da sua palavra segura. Se não quiser isso, é a única maneira de parar tudo.

Esta é a primeira vez que te toco lá e posso ver que você está chocada, mas também excitada.

Ela se remexe no assento ao meu lado.

— Quer que eu pare? — pergunto sem ter certeza se ela está desconfortável, chocada ou o quê.

— Não se atreva a parar.

Essas quatro palavras me provocam uma esperança irracional. Ela está intrigada, interessada e talvez até excitada. Não está me afastando nem dizendo que sou doente ou depravado.

Alimentado pela esperança, continuo.

— Você tenta manter meus dedos longe, mas faço você tomá-los. Quero que você saiba tudo o que é possível. É uma batalha, mas sempre vou ganhar a menos que você me pare com a única palavra que acaba com tudo. Quando meus dedos estão enterrados profundamente em seu traseiro, lambo sua boceta, focando em seu clitóris até que você esteja se contorcendo e gemendo. Eu te lembro que seu orgasmo me pertence, e só a mim. Eu digo quando, não você. Você me implora, usando meu nome e também te lembro do que você deveria me chamar quando estamos ali.

— Do quê? — ela pergunta em um sussurro rouco.

— Senhor. Sou seu mestre, e você tem que me dar o respeito que mereço enquanto estamos em uma cena.

— E-e quando não estamos em uma cena? Deveria te chamar assim o tempo todo?

— Não, linda. Não gosto da coisa toda de mestre-escrava. Gosto da dominação no sexo e na conexão emocional que encontramos através dele. Não tem relação com os outros aspectos da nossa vida. Não tenho vontade de te dominar em qualquer lugar, exceto no quarto. — Sorrio para ela. — Bem, talvez no calabouço, no clube e alguns outros lugares , mas só em relação ao sexo. Tenho a sensação de que você pode ser capaz de me dominar do lado de fora do quarto.

Isso tira um sorriso dela.

— Nunca se sabe.

Levo nossas mãos unidas aos meus lábios.

— Mal posso esperar para descobrir.

Ela olha para mim, hesitante.

— Aconteceu algo mais? No seu sonho?

Assentindo, falo:

— Muito mais. Quer ouvir o resto?

— Sim, por favor.

— Tão educada. Isso me agrada muito.

Ela abaixa os olhos em perfeita súplica.

— Meu objetivo é te agradar.

Sou eletrificado por suas ações e palavras.

— Natalie... caramba.

— Foi a coisa errada a dizer?

— Não, foi perfeito pra cacete. Você é perfeita. — Como não consigo resistir a ela por mais um segundo, tomo-a em meus braços e a beijo com a paixão selvagem que cresceu e se multiplicou dentro de mim enquanto descrevia minhas fantasias eróticas para ela.

Ela retribui minha paixão com a sua, encontrando o ritmo da minha língua até que estamos deitados, eu sobre ela, abraçados um ao outro.

Termino o beijo devagar, suavemente, com relutância.

— Você não está fugindo com medo de mim.

— Não. Muito pelo contrário, na verdade.

— O que você quer dizer?

— Estou morrendo de vontade de ouvir o resto. Vai me contar?

Pressiono meu pau duro contra o seu osso púbico.

— Posso ficar aqui?

Ela desliza os dedos pelo meu cabelo.

— Gostaria que ficasse.

Acaricio seu pescoço.

— Eu te pergunto se você fica excitada em ver as outras pessoas enquanto penetro seu traseiro com os dedos.

Ela inspira profundamente.

— Você tenta negar, mas está muito molhada. Seu corpo não pode mentir para mim. Pergunto se você sabe o que acontece com doces submissas que mentem para seus Doms. Seus olhos estão arregalados de medo, desejo e curiosidade enquanto você balança a cabeça em negativa. Digo que eles espancam seus traseiros até ficarem verme-lhos, quentes e doloridos demais até para se sentarem por dias. Você nega quando pergunto se isso te excita, então o faço para provar que você está errada. Bato na sua bunda arrebitada com tanta força que ecoa através da grande sala. — Para demonstrar, passo a mão por baixo dela e aperto seu traseiro, provocando um profundo gemido que me deixa louco de desejo. — Penetro seu traseiro de forma firme com os dedos e então eu os puxo, quase ao ponto de removê-los antes de levá-los de volta enquanto sugo seu clitóris. Você goza tão forte que seus músculos quase quebram meus dedos, e eu adoro isso. Mas não lhe dei permissão para gozar, então você sabe o que isso significa.

Ela me olha, corada e febril, seus lábios inchados dos nossos beijos e úmidos pelo toque da sua língua.

— Tenho que ser punida?

— Isso mesmo — digo, encantado por ela.

— Como?

— Afasto os dedos do seu traseiro tão rapidamente que você fica sem ar pela perda. Você adorou a sensação de ter meus dedos lá. Imagine como seria receber meu pau ali?

— Nunca se encaixaria.

— Ah, linda — digo com uma risada baixa —, encaixaria, sim.

Ela balança a cabeça.

Sorrio para ela, e meu coração se enche de possibilidades.

— Eu faria com que fosse tão bom que você me imploraria por mais.

— Nunca.

— Está desafiando seu Dom, pequena sub?

— Talvez. É... é assim que você me puniria? Me mandando fazer isso?

— Não, linda. Nunca faria disso uma punição. Isso é algo que precisa ser feito com cuidado e muita preparação para que você não se machuque.

— Ah — ela diz, parecendo aliviada. — Como seria possível não doer?

— Eu não disse que não dói, mas o objetivo não é te machucar.

Percebe a diferença?

— Se dói, por que alguém iria querer fazer isso?

Caramba, eu a amo tanto e adoro o fato de que estamos deitados juntos, falando sobre coisas que pareciam tão longe das possibilidades.

— Porque depois que para de doer, o prazer é diferente de tudo que você já experimentou.

— Como você sabe? Já fez isso?

— Quer saber se eu já fiz isso em mim?

— Sim.

— Não.

— Então como você sabe que é bom depois que para de doer?

— Porque as pessoas que amam de verdade dizem que é um orgasmo diferente de qualquer outro.

Ela pondera minhas palavras de maneira pensativa.

— Como você me pune?

— Aperto seus mamilos, o que te faz gritar com o prazer doloroso. Quando pergunto se você precisa da sua palavra segura, você nega, mesmo quando as lágrimas escorrem pelas suas bochechas macias. Fico tão orgulhoso de como você é corajosa e focada. Você se esqueceu completamente das pessoas que estão nos assistindo e pensa só em mim e no que estamos fazendo juntos. Você me deixa muito orgulhoso. — Eu a beijo com suavidade e doçura, porque sinto que ela precisa de carinho agora.

— O que acontece depois?

— Te viro, te colocando curvada sobre a mesa e bato em seu traseiro até que ele esteja quente e vermelho. Em seguida, insiro um plug em você. É grande, mas não tanto quanto eu e, eventualmente, quero que você seja capaz de me tomar. Mais uma vez, você luta comigo e contra a invasão, mas não pode resistir a mim. O brinquedo erótico se encaixa, e você grita com o choque. Te acaricio com a língua, do clitóris ao traseiro, amando o jeito como o plug te estica. Em seguida, penetro em você, o que não é fácil com o plug ocupando tanto espaço. Fica apertado e seus músculos lutam comigo. Isso faz parecer que você está gozando sem parar. É incrível. Mexo com o plug para lembrá-la que está lá.

— Como se eu pudesse esquecer — ela fala com ironia, me fazendo rir.

— Entro e saio de você com mais firmeza que nunca e você me leva ao limite da loucura. Quero que você goze junto comigo, então acaricio o seu clitóris. Libero os grampos de mamilo com a outra mão. Dou permissão para você gozar e você atinge o orgasmo com muita força, gritando pela dor ocasionada pelo sangue retornando aos seus mamilos, me fazendo gozar também. Você me faz ver estrelas. É diferente de qualquer coisa que já senti com qualquer outra pessoa. Isso é só com você.

Ela está se movendo embaixo de mim enquanto pressiono de forma rítmica contra ela.

— Flynn...

— O que, amor?

— Quero você dentro de mim. Agora mesmo.

Como ela está nua sob o roupão, faço pouco esforço para afastá-lo e deslizar para dentro dela.

— Caramba, você está muito molhada. Incrivelmente quente e molhada.

— Nunca estive mais excitada em toda a minha vida.

— Não está enojada? — pergunto, entrando e saindo dela repetidamente enquanto seus dedos cravam em meus bíceps.

Ela morde o lábio inferior e balança a cabeça.

— O que mais? Do que mais você gosta?

Mantendo o ritmo constante, eu me perco nela enquanto as palavras saem de dentro de mim.

— Quero suas mãos amarradas em fita vermelha que me lembra de como você fica linda com seu casaco vermelho. Amo te ver nessa cor. Quero você amarrada e aberta para mim, para receber tudo que eu quiser te dar. Seus mamilos e clitóris presos com uma corrente os conectando. Assim, enquanto eu transar com você, posso puxar a corrente sempre que eu quiser te lembrar de quem está no comando. Quero te ouvir gritando, sua boceta apertando meu pau com muita força. Nunca senti nada parecido. Você é a mulher que eu amo, a submissa ideal que esperei toda a minha vida para encontrar. Quero te fazer ficar de joelhos para chupar meu pau, me levando até a garganta e engolindo meu gozo. Quero que façamos de tudo. Tudo no que pudermos pensar.

Saio da névoa em que entrei para perceber que estou transando com ela mais intensamente do que nunca, mas ela está bem ali comigo, recebendo tudo que dou. Olhando para seu rosto lindo, vejo apenas amor e paixão, mas nenhum sinal de medo.

— Você confia em mim?

— Com a minha vida.

— Me ama?

— Vou te amar para sempre.

Saber disso me dá a coragem que tanto preciso agora. Dei a minha verdade e ela ainda me ama. É o mais inestimável de todos os presentes que ela me deu.

— Quero suas mãos.

Sem afastar o olhar do meu, ela levanta os braços, oferecendo as mãos para mim.

— Junte-as.

Ela coloca as palmas das mãos uma contra a outra.

Observando intensamente o seu rosto, coloco a mão ao redor dos seus pulsos e os levanto sobre sua cabeça, segurando-os contra o travesseiro. Estamos bem conscientes de que este é um grande teste. Se pudermos fazer isso, talvez, apenas talvez, possa haver mais para nós.

Dou a ela bastante tempo para expressar objeção, mas minha forte e corajosa Natalie nem pisca. Em vez disso, ela ergue os quadris, me pedindo para me mover. Retomo o ritmo, acariciando-a enquanto procuro cuidadosamente por qualquer sinal de problema. Quando não vejo nenhum, me arrisco a desviar o olhar para sugar um dos mamilos vermelho-cereja que está em plena atenção.

Então faço algo que não fiz antes. Mordo o mamilo com força suficiente para provocar uma pontada de dor.

Ela ofega e sua boceta me aperta, quase provocando meu orgasmo. Mas aprendi a adiar minha gratificação, às vezes por horas, então sou capaz de me controlar.

— Fale comigo, Nat. Me diga como você se sente. Se você falar comigo, posso continuar fazendo isso. — Passo a língua sobre o mamilo que agora está mais vermelho que antes. — Em vez de te observar para ter certeza de que está tudo bem.

— Estou bem. Faça isso de novo... o que você fez antes...

Vou para o outro lado e começo com movimentos suaves da língua, sugando um pouco depois de alguns minutos.

— Assim?

— Mais.

— Me fale. Quero ouvir suas palavras.

— Morda. Como fez antes. Por favor...

— Você me mata quando é educada, Nat.

— Vou te matar se não fizer isso.

Mordo o mamilo com mais força do que da outra vez.

Ela grita quando goza.

— Afundo nela mais uma vez, tomando meu próprio prazer dentro da minha esposa. Soltando suas mãos, acaricio seus seios, passando a língua suavemente sobre as pontas, acalmando e acariciando enquanto ela relaxa debaixo de mim, seu corpo submisso para mim.

— Flynn...

— Humm? — Estou muito ocupado apreciando seus lindos seios.

— Quero fazer o que você sonhou.

Suas palavras me param. Levanto a cabeça para encontrar o seu olhar.

— Qual parte?

— Tudo. Quero tudo o que você quiser. Mais do que qualquer coisa, quero ser tudo o que você sempre sonhou em uma esposa e amante.

Fico chocado e abalado por ter, de alguma forma, conquistado o amor dessa mulher incrível.

— Caramba, Nat, você já é.

— Ainda não, mas serei. Vai me ensinar como ser tudo o que você quer e precisa?

Estou tão impressionado e grato que mal posso falar.

— Sim, linda, eu vou te ensinar.

4

Natalie

— O que acontece agora? — pergunto muito mais tarde, enquanto comemos nosso jantar favorito do restaurante italiano nas proximidades: *piccata* de frango e salada Caesar. Flynn abre uma garrafa de Chardonnay e serve uma taça para cada um de nós. Dormimos por horas depois da conversa importante que tivemos mais cedo e acordamos famintos — por comida e um pelo outro.

Está escuro agora e o vento está uivando lá fora. O entregador disse a Flynn que já está com mais de oito centímetros de neve no chão e deve aumentar durante a noite.

— Agora — Flynn diz depois de tomar um gole de vinho — elaboramos um contrato.

— Tipo um contrato de verdade?

— Sim. Espere aí. — Ele se levanta e atravessa a sala indo em direção ao seu escritório.

Olho para ele, apreciando vê-lo usando apenas cueca boxer e nada mais. Ele é magnífico e todo meu. Embora eu ainda esteja me recuperando de tudo o que aconteceu antes, não estou mais me angustiando com o que será de nós. Estamos nisso juntos e é tudo que importa.

Flynn retorna com vários papéis na mão.

— O contrato entre nós não tem efeito jurídico, mas é um acordo de compromisso para o nosso relacionamento em que delineamos nossos limites rígidos e flexíveis. Em outras palavras, coisas que você não fará de jeito algum e coisas que te deixam apreensiva, mas que você está disposta a tentar. Tudo é negociado com antecedência para que não haja mal-entendidos durante uma cena.

— Posso fazer uma pergunta?

— Claro.

Esta requer coragem, então tomo um grande gole de vinho.

— Este... hum... arranjo... envolve outras pessoas?

— Não.

— Apenas não? Sem nenhuma discussão? Você não fez isso antes?

— Sim — ele diz com firmeza. — Já fiz, mas de jeito algum vou te compartilhar com alguém. Só de pensar em outro homem te tocando... esse é um limite rígido para mim.

— Muito bem... — Estou comovida por sua reação ferozmente protetora, mas não significa que eu não esteja interessada em pressioná-lo um pouco mais. — E outra mulher?

Seus olhos se arregalam e ele começa a dizer algo que morre em seus lábios.

— Desculpe, estou um pouco surpreso por você ter perguntado isso.

Começo a rir e não consigo parar.

— Depois de tudo que me disse hoje, *isso* te choca?

— Vindo de você, sim.

— Sinto muito. Acabei com as suas ilusões sobre a sua doce e inocente esposa?

— Estou descobrindo que a minha doce e inocente esposa pode não ser tão inocente quanto eu pensava.

— Ah, ela é, confie em mim. Mas eu pesquisei.

— É mesmo?

— Aham. Queria saber por que este estilo de vida é cercado por tanto segredo. O que importa se as pessoas sabem?

— A maioria das pessoas mantém suas preferências sexuais em segredo, porque a sociedade, como um todo, não as entende. Muitos confundem excentricidade com perversão e não se pode considerar que dois adultos, com consentimento mútuo, que estejam fazendo algo acordado com antecedência, sejam pervertidos. A necessidade de sigilo, no meu caso e no dos meus sócios, é que esse tipo de julgamento prejudicaria nossas carreiras.

— É meio triste quando se pensa sobre isso.

— É a realidade — ele responde, dando de ombros. — As pessoas temem o que não entendem. É mais fácil e menos problemático manter isso em particular. Além disso, não é da conta de ninguém.

— Verdade.

— Outra coisa que as pessoas não entendem é que não tem só a ver com o sexo. Tem muito mais a ver com a emoção. Quando duas pessoas estão totalmente envolvidas em uma cena, pode ser a experiência emocional mais intensa que já se teve – e isso antes de alguém fazer sexo. — Ele emoldura meu rosto e desliza o polegar sobre a minha bochecha. — Isso é ampliado mil vezes quando se está em uma cena com alguém que ama.

É difícil imaginar nossa vida amorosa mais intensa do que já é, mas percebo pelas suas palavras que há mais — muito mais — nisso.

— O que mais tem nesse contrato?

— Uma lista de possibilidades. Mas primeiro, quero que você leia e veja o que acha. Na maioria das vezes, essas coisas são discutidas verbalmente. Mas pelas pessoas que somos e o que temos a perder, fazemos contratos na Quantum. Tudo nesse estilo de vida e no nosso acordo é baseado em três crenças fundamentais: seguro, sensato e consensual. Tudo o que fazemos é baseado nessas três coisas ou não acontecerá.

Ele me entrega duas páginas que descrevem nosso relacionamento Dominante/Submissa. O logotipo do Club Quantum fica no topo das duas páginas.

— Quem tem acesso aos clubes?

— Meus cinco sócios, nossa equipe e os membros que aceitamos ao longo dos anos.

— Como conseguem manter algo assim em segredo?

— Somos muito seletivos em relação a quem admitimos e custa

um milhão de dólares para ingressar como membro regular. Todos que são admitidos no clube têm algo sério a perder se falar a nosso respeito, nossas atividades ou o clube. Temos pessoas envolvidas em processos de custódia, funcionários proeminentes de grandes empresa fora do ramo do entretenimento, pessoas cujas famílias não fazem ideia de que estão no estilo de vida.

— A sua família sabe?

— Não.

— E a Addie?

— Não.

— Ela deve suspeitar de algo depois de trabalhar tão próxima de você por tanto tempo.

— Não quero ser irreverente sobre nossos problemas recentes, mas você se casou, dormiu, fez amor, passou semanas comigo e apenas comigo, e não sabia.

— É verdade, mas eu nem sabia que tal coisa existia até que encontrei o quarto de Hayden.

— Não tenho certeza de que a Addie saiba que isso existe.

— É por isso que o Hayden não vai atrás dos seus sentimentos por ela?

— Sim.

— Muitas coisas fazem sentido neste novo contexto.

— E ainda sinto que tenho que dizer de novo: as coisas do Hayden são dele e só dizem respeito a ele. Até você, nunca contei a outra alma viva sobre o envolvimento dele no estilo de vida, assim como tenho certeza de que ele nunca contou a ninguém sobre o meu.

— Estou honrada por você ter me considerado confiável para saber de tudo isso, Flynn. Mais uma vez, juro que nunca vou falar sobre isso com ninguém. Você tem a minha palavra.

— Mesmo se o nosso casamento se desintegrar em um desastre de Hollywood? — Ele pergunta com um sorriso irônico que não chega aos seus olhos. Sei que ele não tem vontade de discutir o possível fim do nosso casamento, no entanto, é sábio estar preocupado.

— Mesmo assim.

Ele segura a minha mão e a leva aos lábios.

— Obrigado por isso, por tudo hoje, por me dar a chance de explicar, de te trazer até a minha vida. Estou muito grato por tudo isso.

— É estranho, porque antes disso já me sentia muito perto de você, mas agora... me sinto ainda mais. Obrigada por me deixar entrar no seu mundo, mesmo que você não quisesse.

— Não é que eu não quisesse. Era a minha tentativa equivocada de te proteger que saiu pela culatra e enfraqueceu tudo o que construímos juntos.

Aperto sua mão, que ainda está em volta da minha.

— Isso não é algo que achei que queria, mas te ouvir descrevendo seu sonho... — Abano o rosto, fazendo-o rir. — Não sei se posso fazer tudo isso, mas estou curiosa e interessada.

— Esse é um primeiro passo importante. Agora termine seu jantar e leia o contrato.

— Sim, senhor.

Minha resposta faz com que seus olhos fiquem muito escuros e a conexão entre nós, naquele momento, é absolutamente incendiária.

— *Leia* — ele fala em um grunhido baixo.

Sorrio para ele antes de voltar minha atenção para os documentos.

O contrato começa descrevendo o prazo para nosso acordo, que foi deixado em branco. O texto continua descrevendo uma série de itens relacionados à segurança, bem como os limites rígidos e flexíveis que ele já mencionou e o uso do que é chamado de sistema de semáforo, no qual verde significa continue, amarelo significa que a submissa está próxima dos seus limites e vermelho significa que tudo precisa parar imediatamente. Abrange a importância da comunicação aberta e honesta entre o Dom e a Sub e a forma de tratamento adequada entre uma submissa e seu dominador.

Em seguida, trata da disponibilidade da Sub, que é praticamente o tempo todo, exceto quando ela está no trabalho, dormindo ou envolvida em suas próprias atividades. Então leio um parágrafo que diz que os termos do acordo são executáveis pelo Dom se o casal estiver em casa ou em público.

Olho para Flynn, que está me observando atentamente.

— O quê? — ele pergunta.

— Em casa ou em público?

Ele ri, o que suaviza toda a sua postura.

— É aí que você tem sorte. Por ser quem sou para o resto do mundo, não vou te mandar me fazer gozar no banheiro masculino do LaGuardia.

— Graças a Deus pelos pequenos favores.

— Acredito que você disse uma vez que não há nada de pequeno nisso.

Seu comentário me faz gargalhar. Adoro o fato de estarmos rindo do que poderia ter sido uma conversa tensa e desconfortável. É tudo menos isso. A cada cláusula e parágrafo que leio no acordo, me sinto mais próxima dele, de entender quem ele é realmente e do que gosta. Quero saber disso. Quero saber tudo sobre ele.

— Defina público para mim então. O que isso significa para nós?

— Possivelmente, quando você estiver pronta e eu me sentir confiante de que você pode lidar com isso, faríamos uma cena no clube.

— Na frente das pessoas que conhecemos.

— Sim. — Ele me olha com a cabeça inclinada. — O que você acha?

— Não sei se posso fazer isso.

— Tudo bem.

— É isso? Apenas tudo bem?

— Por enquanto, vamos colocar cenas públicas na sua lista de limites flexíveis e podemos revê-la mais tarde. Não tenho intenção de te mergulhar nisso de uma vez só, Nat. Vamos te inserir aos poucos e dar um passo de cada vez. No começo, seremos nós, experimentando, jogando, tentando coisas novas em particular. Uma cena pública no clube só aconteceria bem mais para frente, se ou quando nós dois decidirmos que está na hora.

— E se eu nunca chegar lá?

— Ainda assim vou te amar com todo o meu coração e agradecer todos os dias por você ser a minha esposa e também minha submissa sexual.

— Eu poderia... nós poderíamos... talvez, em algum momento... ir ao clube? Juntos?

— Isso pode ser arranjado.

— Eu adoraria ver e entender melhor o que acontece lá.

— Então é isso que vamos fazer.

Suas garantias me ajudam a relaxar enquanto leio sobre o respeito entre as partes, bem como as expectativas e os direitos do Dom. Isso inclui o direito de disciplinar sua Sub a qualquer momento, mas garante que ele nunca fará nada que possa ser considerado perigoso, que deixe marcas permanentes no corpo da Sub ou provoque lesões que exijam intervenção médica.

— Como funciona a punição?

— Bem, há uma variedade de formas diferentes que podem ser usadas. Pode ser uma surra, que se destina a machucar mais do que provocar. Posso fazer você ficar nua em um canto por um período de tempo em que você deve pensar sobre o comportamento que provocou a punição e, depois, conversaremos a respeito. Às vezes, pode ser as duas coisas juntas — um tempo no canto seguido de uma surra. Há dominadores que usam chibatas, chicotes e todo tipo de implementos para disciplinar suas submissas, mas não estou realmente disposto a infligir esse nível de dor. O pior que você terá de mim é uma surra por ofensas realmente sérias.

— Havia chicotes na sua sala de jogos ou, pelo menos, é o que pareciam para mim.

— Pertencem a um amigo.

— Ah. — Engulo em seco com o pensamento de ser chicoteada. — E o que seria considerado uma ofensa realmente séria?

— Desrespeitar seu dominador, respondendo, se recusando a fazer o que lhe é dito, deixando de me agradar de alguma forma. — Ele faz uma pausa antes de comentar. — Posso ver suas engrenagens girando. No que você está pensando?

— Não posso imaginar como seria ser espancada por te responder.

— Isso é só durante o sexo. Sinta-se à vontade para implicar comigo o quanto quiser no resto do tempo. Quando estivermos lá — ele diz, apontando para o quarto —, eu estou no comando e você faz o que digo ou enfrenta as consequências. É assim que isso funciona. Ao aceitar este acordo, você cede o poder da sua satisfação sexual e bem-estar pessoal para mim, o que significa que precisa fazer o que eu disser e confiar em mim para saber o que você precisa. É assim que faço a minha parte e garanto a sua segurança e satisfação.

Penso no que ele disse de todos os ângulos e posso ver como isso faz sentido.

— E se... — Balanço a cabeça. — Não importa.

— O que quer que esteja pensando, apenas fale. Coloque para fora e vamos conversar a respeito. Não quero que você tenha preocupações ou receio sobre como as coisas vão funcionar.

— E se depois de descobrir tudo o que sei agora eu não estivesse mais interessada? O que aconteceria?

— Se esse fosse o caso, eu ficaria triste por não ter a chance de explorar este mundo com você, mas voltaríamos a ser como antes, só que sem o segredo entre nós.

— Por quanto tempo você ficaria satisfeito com isso?

— Pelo resto da vida. Eu já tinha decidido que poderia viver sem o estilo de vida para não te perder. — Com as mãos nos meus ombros, ele olha diretamente nos meus olhos. — Se o que você está me perguntando é se eu procuraria outra pessoa para atender a essas necessidades, a resposta é um enfático não. Nunca vou te trair, Nat. Jamais. Já passei por isso e nunca me odiei mais do que quando me rebaixei ao nível da Valerie, fazendo-a provar do seu próprio veneno. Nunca farei isso de novo, especialmente com você. Se não fizer sexo — de qualquer tipo — com você, não vou fazer com mais ninguém. Juro. Ainda que você não acredite em qualquer coisa que eu lhe diga, nisso você pode confiar.

— Acredito em você, porque você me contou como esse incidente fez você se sentir.

— Foi horrível. O ponto mais baixo da minha vida, ou foi até você me deixar ontem.

— Tive que fazer isso, Flynn. Eu não conseguia pensar sobre o que aconteceu ao seu lado.

— Eu sei, mas me deixe perguntar uma coisa...

— O que você quiser.

— Se eu não estivesse aqui quando chegou, você me ligaria?

Assentindo, eu digo:

— Eu ia te ligar hoje. Estava tão infeliz sem você quanto você estava sem mim.

Ele coloca os braços ao meu redor e nos abraçamos por bastante tempo.

— Podemos prometer um ao outro nunca mais ir embora quando as coisas ficarem difíceis? Que vamos ficar juntos e tentar resolver, não importa o que seja?

— Prometo.

— Eu também.

Se inclinando, ele me beija, emoldurando meu rosto com suas grandes mãos e acariciando minhas bochechas com os polegares. Ele me faz sentir muito cuidada e amada.

Com a expressão sonolenta, Fluff sai do quarto e vai até minha banqueta, pulando para tentar me alcançar.

— Aposto que alguém precisa sair para fazer xixi — Flynn fala, se levantando. — Vou pedir a alguém para levá-la lá fora, já que nenhum de nós pode fazer isso sem ser cercado.

— Quanto tempo você acha que isso vai durar?

— Não sei. A escola meio que nos surpreendeu com o anúncio que fizeram sobre te oferecerem seu emprego de volta. Acreditamos que eles estão tentando salvar a reputação deles com o público. Liza está lidando com isso. Precisamos conversar a esse respeito também. E quero ouvir tudo sobre a sua visita à Candace. Comecei a te perguntar mais cedo, mas nos desviamos.

— Desvio? — pergunto com uma risada. — É assim que vamos chamar isso?

Ele se inclina para me beijar novamente.

— É mais como se tivéssemos voltado ao caminho certo. — Indicando os papéis com a cabeça, ele fala. — Continue lendo. Faça anotações. Voltaremos a falar sobre isso. — Depois de uma ida ao quarto para colocar jeans e camiseta de manga longa, Flynn assobia para Fluff, que vai correndo até ele quando o ouve pegar sua coleira.

Tenho que rir de como ela foi conquistada por ele quando no começo não parecia que o deixaria chegar perto de mim sem ter que ouvi-la grunhir e rosnar. Depois que o elevador chega, me sirvo de mais vinho e volto à leitura do contrato.

A próxima seção é sobre funções e responsabilidades da submissa, o que inclui palavras que me fazem arrepiar, incluindo "obedecer", "servir" e "propriedade" do seu mestre. *Argh*. Também paro bruscamente na frase que determina que a submissa deve pedir permissão antes de tocar seu Dom.

— Isso vai ter que sair — digo em voz alta. É nesse momento que percebo que também tenho poder nesse arranjo. Tenho o poder de dizer não a qualquer momento. Tenho o poder de negociar os termos que me agradam. É isso o que Flynn quis dizer com o termo "troca de poder".

Finalmente, o contrato detalha as exigências do Dom para sua Sub nas áreas de saúde, higiene, métodos contraceptivos e masturbação, o que só pode acontecer com sua autorização. Isso não é um problema para mim, porque nunca me permiti me dar prazer. Até conhecer Flynn, evitei o sexo de todas as formas. Agora me vejo desejando a conexão com ele, assim como o prazer ardente que sempre sinto em seus braços. Passei de nunca ter tido um orgasmo na vida para ter mais do que posso contar com ele. Como o meu despertar sexual ainda é novo, não posso imaginar querer isso sem ele comigo.

Um adendo inclui uma lista exaustiva de limites. As instruções no topo me dizem para marcar cada um como limite rígido ou flexível e incluir definições precisas dos dois termos que correspondem ao que Flynn me disse anteriormente. Alguém, presumo que seja Flynn, riscou uma linha em muitas das escolhas e, depois de lê-las, percebo porquê. Algumas dessas coisas são repugnantes para mim e, aparentemente, para ele também.

Das que ele deixou em aberto para discussão, paro em vendar e amordaçar. Não sei se poderia lidar com ter os olhos vendados depois de ter sido violentada. Esse pensamento me deixa enjoada e ansiosa, então marco como um limite rígido. Em amordaçar, faço um ponto de interrogação: como vou usar uma palavra segura se for amordaçada?

Apanhar é um limite flexível, assim como brincadeiras anais. Nunca imaginaria gostar disso, mas Flynn já me mostrou como pode ser bom. Pensar em sexo anal real é um pouco menos certo, porque não estou convencida de que isso seria possível, mas, assim como antes, ele me assegurou o contrário. Marco como um limite flexível também. Estou disposta a tentar.

Descubro que há uma série de variedades quando se trata de *bondage*, um tipo de fetiche onde a principal fonte de prazer está em amarrar ou imobilizar o parceiro com cordas. Marco a forma leve de *bondage* como um limite flexível, bem como *bondage* com faixas, que recebe o nome de *scarf play*, e o resto como limites rígidos.

Marco fantasias médicas e de exames como um limite rígido, pois não consigo imaginar nenhum cenário em que eu achasse isso excitante depois de sofrer com o trauma de um exame de estupro. A masturbação voluntária e forçada são limites flexíveis, assim como os grampos de mamilo. Depois de ouvir a fantasia de Flynn mais cedo, admito estar intrigada com o que seria isso. O prazer doloroso é um termo novo para mim.

Como me sinto sobre controle de orgasmo? Significando que eu desistiria do controle do meu orgasmo para Flynn. Ele diria quando e eu ficaria à sua mercê. Penso sobre isso por um minuto antes de marcar como um limite flexível.

Ah, caramba, o próximo da lista é a fantasia de estupro.

— Risque esse — ele fala por cima do meu ombro, me assustando. Estava tão entretida que não o ouvi retornar com Fluff. — Isso está fora de negociação.

Faço o que ele me pede.

— Eu deveria ter riscado isso da lista antes de te dar. Me desculpe.

— Tudo bem.

— Não, não está. Meu trabalho é cuidar de você e deixando isso como opção, não fiz o que deveria.

— Está tudo bem, Flynn. Você me deu a opção de marcar o que são limites rígidos para mim, e isso é, então estamos bem. — Olho para ele. — Você já...

Ele balança a cabeça.

— Nunca fiz isso, mas não coloquei na minha lista de limites rígidos e é por isso que ainda está aí. Mas é a partir de agora. — Analisando a página, ele verifica o que eu marquei até agora.

Chego à parte de brinquedos sexuais, incluindo pênis de borracha, plugs anais, vibradores e contas, bem como o uso público de qualquer um ou de todos.

— Como isso funciona? — pergunto, apontando para a palavra *público*.

— Por exemplo, eu poderia insistir que você usasse um vibrador tipo borboleta dentro da calcinha quando estiver indo para algum lugar e, em seguida, usar o controle remoto para ligá-lo durante o passeio.

Cruzo as pernas.

— Ah. Uau. Bem...

Ele ri da minha reação.

— Não descarte até tentar, linda.

— Soa bastante... interessante. Teria outro exemplo?

Me abraçando por trás, ele empurra meu cabelo para fora do seu caminho e pressiona os lábios no meu pescoço.

— Eu poderia inserir um plug anal antes de um evento como o Oscar, por exemplo, e você passaria a noite inteira sentada ao meu lado, com o traseiro sendo esticado pelo plug para que eu pudesse levá-la para casa depois e substitui-lo pelo meu pau.

Um tremor ondula pelo meu corpo ao pensar em tal cenário.

— Minha garota gosta disso, hein?

— Não sei. Eu ficaria mortificada.

— Ninguém saberia, exceto você e eu. Esta é a parte da excitação desse acordo. Você sai da sua zona de conforto comigo e a recompensa é um prazer como você não pode imaginar.

Quando levanto a caneta para marcar os brinquedos como limite flexível, ele toca seus lábios no meu ouvido.

— Alguns dos plugues vibram. Isso é o máximo.

Depois de uma breve hesitação em imaginar um vibrador como parte do meu traje no Oscar, marco os brinquedos como um limite flexível, assim como o voyeurismo, o que também parece interessante.

Acho que eu gostaria de ver outras pessoas fazendo sexo, mesmo que não esteja convencida de que elas poderiam me assistir.

— Essa é a minha garota — ele sussurra. — Tão corajosa e destemida.

— Quase destemida, mas o que você me disse? Tente tudo uma vez ou duas antes de descartar?

— Palavras para levar para a vida. — Depois de olhar mais de perto a página de limites, ele aponta para o ponto de interrogação que coloquei ao lado de mordaça.

— Qual é a dúvida?

— Como eu uso uma palavra segura se eu for amordaçada?

— Essa é uma ótima pergunta e a resposta é renegociar a palavra segura, mudando para um gesto. Talvez você estalar os dedos duas vezes para desacelerar e uma vez para parar. Ou você faz o sinal de positivo quando estiver bom ou eu lhe perguntar e o polegar para baixo para parar. Vamos combinar isso antes.

— Ah, tudo bem.

— Não sou grande fã disso. Gosto de ouvir a reação da minha parceira para o que estou fazendo e, particularmente, gosto de ouvir suas reações, então vamos tirar isso da nossa lista. — Ele pega a caneta da minha mão e risca a palavra. — Há muitas outras coisas que as pessoas fazem nesse estilo de vida, mas se não estiver nessa lista, não é de interesse para mim. Em nosso clube, todo dominador tem sua própria lista de coisas que gostam e cada submissa pode determinar seus limites com base na lista do dominador.

— Então, homens podem ser submissos e mulheres dominadoras?

— Sim. A Marlowe é dominadora. Tem sempre muita procura por sócios do sexo masculino interessados em ser dominados e submissos a ela.

— A Marlowe é uma *Domme*?

— Aham.

— Uau, isso é incrível.

— Espere até vê-la em ação. Basta dizer que nenhum de nós ousaria transar com ela quando estivesse empunhando um chicote. — Ele volta para o seu lugar ao meu lado e enche as duas taças de vinho.

— Há mais uma coisa que quero acrescentar ao nosso contrato pessoal. Posso?

Ainda processando o que descobri sobre a minha nova amiga, Marlowe Sloane, entrego as páginas para ele.

Ele pega a caneta e começa a escrever no verso da segunda página. Quando termina, empurra para mim para que eu possa ver o que ele escreveu. Percebo que é a primeira vez que vejo sua caligrafia distinta.

— A sua letra poderia ser uma fonte. Fonte Flynn Godfrey. Venderia muito.

— Apenas leia — ele fala rindo.

O trecho que ele acrescentou diz: *Este contrato entre Flynn e Natalie Godfrey é um compromisso com o objetivo de melhorar seu relacionamento sexual, já espetacular. Se, a qualquer momento, Flynn ou Natalie decidirem encerrar este contrato, ele não terá qualquer influência em seu contrato de vida como melhores amigos, amantes, marido e mulher ou pais para seus futuros filhos. Os votos de casamento de Flynn e Natalie têm precedência sobre todos os outros contratos e acordos estabelecidos aqui.*

— Isso significa — ele diz baixinho, me olhando enquanto fala —, que você pode desistir disso a qualquer momento sem colocar em risco outros acordos mais importantes já estabelecidos entre nós.

— Obrigada por isso. É incrivelmente gentil da sua parte saber que preciso dessa garantia.

— Você sempre tem uma saída, linda, seja através das palavras seguras, decidindo que a coisa toda não é para você ou que seus limites mudaram. Apesar de como isso pode parecer, é você quem está no comando aqui.

— Gosto disso — falo, lhe dando um sorriso atrevido.

Seu grunhido baixo me faz rir.

— Vou gostar de dar umas palmadas nessa bunda bonita quando você for atrevida comigo.

— Talvez eu vá falar com você assim *só* para você dar umas palmadas na minha bunda.

— *Puta merda*, Nat — ele fala, sua respiração escapando em um longo assobio. — Você não faz ideia do que provoca quando fala coisas assim, quando brinca comigo. Você é o meu par perfeito de todas as maneiras possíveis. — Ele me alcança e me puxa perto o suficiente para me beijar. — Tenho a sensação de que você vai ser uma submissa espetacular.

— Quero ser a melhor que você já teve.

— Você já é, meu amor. Só em conversar comigo sobre isso, ler o contrato e considerar tudo sem me julgar ou decidir que algo está errado comigo por querer essas coisas... você é perfeita.

Assino meu nome na linha que Flynn fez para mim depois do parágrafo que ele adicionou. É a primeira vez que escrevo as palavras Natalie Godfrey e me emociono ao ver meu novo nome.

A julgar pelo seu sorriso largo, Flynn também gosta.

— Então o que acontece agora? — pergunto a ele, formigando com antecipação.

— Agora, quero falar sobre o seu trabalho e o que vamos fazer a esse respeito.

5

Flynn

Posso dizer que a peguei de surpresa com a minha resposta. Ela imaginou que eu ia direto ao assunto agora que discutimos os detalhes. Há outras coisas a serem vistas antes de jogarmos, mas vou abordar isso depois de falarmos sobre o seu trabalho.

— Achei que você gostaria de... você sabe, agora que concordamos com tudo...

— Está com pressa? — pergunto com um sorriso provocante destinado a deixá-la à vontade.

— Não, bem... acho que estou curiosa.

Sua curiosidade é um enorme incentivo. Saber que ela está interessada e disposta a tentar... nem posso pensar nisso agora, quando outras decisões precisam ser tomadas.

— Chegaremos lá, mas temos outras coisas para conversar, como o seu trabalho e a visita a Candace. Como foi vê-la novamente depois de todos esses anos?

— Foi como se não tivéssemos nos separados em momento algum. Retornamos exatamente ao ponto em que paramos. A Livvy conversou conosco pelo FaceTime, então nós três ficamos juntas. — Seus olhos brilham de alegria enquanto fala sobre as irmãs que não via há muito tempo. — Elas estão muito crescidas, são divertidas e lindas.

— Claro que são. Puxaram a você, não é?

Ela sorri para o elogio.

— Senti muita saudade das duas, mas prometemos ficar em contato a partir de agora. A Livvy disse que pode vir nos visitar no mês que vem, quando tiver um fim de semana prolongado.

— Vamos organizar isso. Você vai vê-la em breve.

— Nos divertimos muito no hotel.

— Espero que tenham usado bastante o serviço de quarto.

— Com certeza usamos. A Candace disse que se você estava nos fazendo ficar lá e pagando a conta, deveríamos aproveitar ao máximo.

Rindo, eu falo:

— Posso ver que preciso me preocupar com minhas novas cunhadas. Elas parecem ter certa reputação.

— São ótimas garotas e estão ansiosas para conhecê-lo. Você vai amá-las.

— Não tenho nenhuma dúvida. — Seguro sua mão. — Vamos nos acomodar. — Levamos as taças de vinho e a garrafa quase vazia para o sofá. Quando estamos confortáveis debaixo de um cobertor quente e Natalie aconchegada em mim, acaricio seus cabelos com meus lábios. — Fale comigo sobre o trabalho, Nat.

Ela solta um suspiro profundo.

— Adoraria voltar para minha classe e terminar o ano letivo, mas acho que não posso.

— Por que acha isso?

— A escola anunciou que ofereceu meu emprego de volta e, agora, meu apartamento, sua casa, a escola... estamos cercados e há uma tempestade de neve acontecendo. E eles *continuam* atrás de nós. Por um tempo, quando estávamos esperando para saber o que aconteceria, achei que realmente poderia voltar se me recontratassem e as coisas voltariam ao normal. Mas depois da entrevista com a Carolyn e o *SAG Awards*, percebi que meu normal mudou e não há como voltar a ser quem eu era antes de me tornar sua esposa.

Suas palavras são como uma facada no meu coração, me

lembrando que enquanto a minha vida mudou para melhor desde que nos conhecemos, a dela foi virada de cabeça para baixo.

— Sinto muito, linda.

— Por favor, não se desculpe. A culpa não é sua. Eu sabia no que estava me metendo quando te aceitei. Bem, achei que sabia...

Uma risada ressoa através de mim. Fico feliz que ela possa brincar com o assunto que quase nos arruinou. Comecei o dia imaginando se a veria novamente e agora tudo é possível.

— Estou com muito medo de que se eu voltar, as coisas enlouqueçam de novo com paparazzi cercando a escola e fazendo com que o conselho se arrependa de me recontratar. Se isso acontecer e eu tiver que sair de novo... não posso fazer isso com meus alunos, mesmo que eu sinta saudades e queira estar com eles. Não posso mexer com eles assim.

— Gostaria que você pudesse ter tudo o que quer e também a mim. Se lembra de quando nos conhecemos e eu tentei descrever a desvantagem de ser celebridade? É isso.

— Há algo mais...

— O quê?

— A Fundação. Desde que você me pediu para fazer parte, só consigo pensar nisso quando não estou pensando em você e em tudo o que aconteceu conosco. Estou muito animada por estar envolvida com uma causa tão importante e por mais que eu deseje voltar a lecionar, fazer parte do esforço para extinguir a fome infantil neste país é muito empolgante.

— Você não tem ideia de como me faz feliz te ouvir dizer isso. Sabia que estava pedindo à pessoa certa para liderar a fundação. Você também deve saber que minha equipe de gerenciamento ficou sobrecarregada com pedidos para que você se torne modelo, atue em alguns papéis, além de uma ampla variedade de outras ofertas, incluindo convites de entrevista dos principais nomes que você possa imaginar.

— Mentira.

— É sério. Eu disse que você seria bem requisitada depois da entrevista com a Carolyn.

— Uau. Querem mesmo que eu seja *modelo*? O que eu sei sobre isso?

— Sua aparência fez sucesso e não posso dizer que estão errados. Também te acho linda. Posso pedir que a Danielle, minha empresária, envie as ofertas mais interessantes, assim você pode dar uma olhada.

— Não sei, Flynn. O *show business* faz parte da sua vida, não da minha.

Dou de ombros.

— Também pode fazer da sua se você quiser. Não precisa decidir nada de imediato. Se concentre na fundação por enquanto e veja o que acontece.

— Acho que posso fazer isso. É muito estranho que as pessoas saibam quem sou e estejam interessadas em mim. Vai levar um tempo para que eu me acostume.

— Você tem o resto da vida para se acostumar a isso. Leve todo o tempo que precisar. — Beijo sua testa e depois sua bochecha. — Posso confessar que estou feliz e aliviado por não estarmos perdendo tempo em regiões opostas?

— Pode, sim — ela responde com um sorriso. — Também estou.

— Então você vai avisar à escola que vai recusar a oferta de emprego?

Assentindo, ela fala:

— Vou escrever para cada um dos meus alunos e explicar por que não vou voltar e dar nosso endereço para que eles possam me escrever. Tudo bem quanto a isso, não é?

— Não podemos passar nosso endereço real, mas tenho uma caixa postal que você pode usar.

— Perfeito. — Ela me olha com excitação e antecipação. — Então, isso significa que estou oficialmente me mudando para L.A?

— Em breve. Caso não tenha notado, estamos meio sem roupa por enquanto. — Aceno para as janelas, onde a neve está realçada pelo brilho laranja das luzes de segurança de um prédio vizinho. — Não vamos a lugar nenhum pelos próximos dias.

Ela desliza o dedo pelo interior da minha coxa, provocando uma reação imediata.

— O que faremos com todo esse tempo livre?

— Bem, tenho uma gaveta cheia de filmes e a banheira que você adora.

Se virando para que possa me ver, ela dá uma boa olhada para avaliar se estou falando sério.

— Admito estar confusa.

— Admito estar incrivelmente excitado pelo fato de você estar tão ansiosa para continuar com nossos planos. Mal posso esperar para jogar com você. Mas antes de fazermos isso, precisamos conversar com alguém para saber se é uma boa ideia tendo em vista tudo o que você passou.

— Estou bem, Flynn. Conversei com o dr. Bancroft na semana passada.

Isso é novidade para mim.

— Você não sabia tudo isso na semana passada.

— Mas, ainda assim, falamos sobre sexo... e tudo mais.

Daria tudo o que tenho para saber como foi essa conversa.

— Você falou sobre sexo incomum? Sobre dominação, submissão e tudo o que acontece nisso?

— Bem, não, mas...

— Sem mas, linda. Temos que ter certeza de que isso não vai desencadear *flashbacks* antes de tentarmos. *Preciso* ter essa garantia. Precisamos ver o dr. Bancroft ou alguém especializado em estresse pós traumático e aconselhamento de vítimas de violência sexual.

— Ele é especialista nas duas coisas e foi por isso que a justiça me mandou para ele.

— Se você já está familiarizada, não me importaria de conversar com ele.

Ela me olha, parecendo avaliar minha sinceridade.

— Você é muito... discreto... sobre essa parte da sua vida, tanto que nem me contou. Está mesmo disposto a conversar com um estranho sobre isso?

— Se isso significa ter certeza de que você pode realmente lidar com o que estamos considerando, então sim, farei isso em um piscar de olhos. Temos que acreditar que já tivemos nossa cota de profissionais ruins para esta vida com o Rogers.

— Verdade. Conheço o Curt muito bem. Podemos confiar nele. Ele salvou a minha vida, Flynn. Não estaria aqui conversando com você e me sentindo capaz de ter esse relacionamento sem ele.

— Então já tenho uma enorme dívida de gratidão. Pode ligar e marcar um horário para que possamos conversar com ele?

— Sim, pode deixar e obrigada por estar tão preocupado comigo.

— Estou muito preocupado com você.

— Vou mandar um SMS para Curt agora e ver se ele pode nos atender amanhã.

Adoro que ela queira continuar com nossos planos, que esteja curiosa e interessada em vez de fechada e chocada. Isso a torna tão diferente da minha primeira esposa quanto possível, mas já sabia que Natalie era alguém muito melhor do que Valerie poderia sonhar em ser. Valerie... preciso fazer algo sobre o problema que ela causou entre Natalie e eu. Vou cuidar disso quando voltar para Los Angeles. Enquanto isso, aproveito o fato de Natalie ter ido buscar seu telefone e olho para o meu pela primeira vez em algum tempo.

Uma mensagem de Liza me chama a atenção:

Fotos da Natalie chegando ao LaGuardia estão sendo publicadas na internet. Você não vai gostar. Vou enviá-las na próxima mensagem, caso queira ver.

— Filhos da puta — sussurro enquanto vejo as fotos em que ela parece encurralada, assustada e muito pequena ladeada pelos homens fortes. Começo a me perguntar como vou deixá-la sair da minha vista novamente. O pensamento do meu precioso amor estar com medo ou cercada me deixa nervoso.

— O que há de errado? — ela pergunta quando se junta a mim no sofá, puxando o cobertor de volta sobre nós.

Como aprendi que não adianta tentar esconder nada dela, entrego meu telefone e a observo atentamente enquanto ela estuda as três fotos que Liza enviou.

— O que você está pensando?

— Pareço do mesmo jeito que durante o julgamento de Oren.

— Odeio que você pareça estar com tanto medo.

— Não estava tão apavorada. Josh e Seth estavam bem ao meu lado, e eles se apressaram para me tirar de lá. Nunca estive em perigo. Acho que fiquei mais surpresa do que qualquer outra coisa. Aconteceu muito rápido.

— É por isso que sempre quero alguém com você daqui para frente. Se eu não puder estar presente, alguém precisa estar para se certificar de que você não seja ferida ou assustada. Ficaria louco se alguma coisa acontecesse com você porque você não teve bom senso ao se casar comigo.

Ela abaixa o telefone e se senta no meu colo, me abraçando.

Agradavelmente surpreendido por sua assertividade, seguro sua bunda e a puxo com força contra a minha ereção instantânea.

— Casar com você foi a melhor coisa que já fiz. Não espero me arrepender disso.

— Você se arrependeu ontem?

Balançando a cabeça, ela passa os dedos pelo meu cabelo, arrumando-o ao seu gosto.

— Nem por um segundo. O tempo que passamos juntos parece um conto de fadas. Não importa o que mais aconteça, sempre será assim para mim.

— Tem sido como um conto de fadas para mim também. Depois que você foi embora ontem, fiquei fora de mim. Joguei um vaso contra uma janela e, em seguida, a campainha tocou. Pensei que era você, mas era aquele agente do FBI. Quis matá-lo por não ser você.

— Espere, por que ele esteve lá e por que você não me contou?

Faço um gesto com as mãos para afastar suas preocupações.

— Ele esteve conversando com a esposa do Rogers, e ela disse que o homem se sentiu ameaçado por mim. Garanti ao Vickers que a única maneira de ameaçar Rogers era legalmente. Por que eu o mataria quando poderia ter tido o prazer de vê-lo ficar arruinado durante anos pelo que fez com você?

— Você disse isso para o Vickers?

— Sim. Disse a ele que estava desapontado por Rogers ter sido assassinado, porque estava ansioso para transformar sua vida em um inferno.

— E agora, onde isso te deixa com ele?

— Preciso permanecer disponível para possíveis novas perguntas, o que eu concordei. Não temos nada a esconder no que diz respeito a Rogers.

— Não tenho nada a esconder, graças a ele — ela diz em tom amargo.

— Eu o odeio pelo que fez com você, Nat, mas, de certa forma, estou grato por não termos mais segredos entre nós.

Ela deita a cabeça no meu ombro.

— Também estou.

— Odiava esconder as coisas de você. Me pareceu errado desde o começo. Você nunca vai saber o quanto desejei te contar a verdade e quanto quis te poupar de ter que lidar com algo que não sabia se você poderia entender. Todos nós sabemos como as minhas tentativas de deixar você foram mal sucedidas.

— Você não pode me deixar depois de tudo isso. Fui capaz de seguir em frente apesar de tudo o que aconteceu comigo antes, mas algo me diz que nunca vou superar se perder você.

Aperto meus braços ao seu redor.

— Isso é algo com que você nunca vai ter que se preocupar.

Ela gira os quadris sugestivamente sobre o meu pau.

— Podemos ir para a cama? Por favor?

Como se eu fosse dizer não a esse pedido.

— O que você quiser, linda.

6

Natalie

Conseguimos alguém para levar Fluff lá fora, mas ela se recusa a fazer xixi na tempestade de neve. Espero não encontrar sujeira quando acordarmos, mas Flynn me diz para não me preocupar com isso e que ele também não ia querer fazer xixi no frio.

No quarto, ele desamarra o roupão que usei o dia todo e o empurra dos meus ombros, me deixando nua enquanto seu olhar apaixonado vai do meu rosto aos dedos dos pés e volta. Ele tira o short e levanta as cobertas para eu me deitar na cama junto com ele.

Estou congelando até que ele enrosca seu corpo quente ao meu, me puxando com força em sua direção.

— Sabe qual foi a pior parte de ontem? — pergunto a ele.

— O quê?

— Dormir sem você. Detestei isso.

— Nem fui para a cama, porque não conseguiria dormir também.

— Você deve estar muito cansado.

— Estou. — Sua mão se move da minha barriga para a área entre os seios. Sua ereção é pressionada entre minhas nádegas.

Apesar da sua óbvia excitação e do meu interminável desejo por ele, nenhum de nós se sente compelido a se mexer. Tudo o que queremos é conforto e segurança. A sensação da sua pele contra a minha é tudo o que preciso para soltar a respiração profundamente pela primeira vez desde que saí de L.A. ontem, sem saber quando ou se o veria novamente.

Nas duas últimas semanas, todo o meu mundo foi transformado por esse relacionamento. Agora, acomodada em seus braços, sem segredos entre nós e com as decisões sobre o nosso futuro tendo sido tomadas, me sinto pronta para o próximo passo que estamos planejando dar. Estou animada. Claro, também estou nervosa, mas estou mais animada do que nervosa.

Confio em Flynn para fazer com que qualquer experiência que tenhamos juntos seja incrível para mim, porque é o que ele faz desde o começo. Quero tornar isso incrível para ele também. Quero dar tudo o que ele sempre quis em uma amante. Ser perfeita para ele em todos os sentidos.

Pensando em todas as coisas com as quais concordei em tentar, caio no sono, imaginando quanto tempo ele vai me fazer esperar antes que o nosso contrato se torne realidade. Sonho com coisas que preferia esquecer: o terrível fim de semana com Oren Stone que destruiu minha inocência e mudou minha vida para sempre. Em meu sonho, vejo a cena se desdobrar como uma observadora. Tenho uma visão da primeira fila do meu próprio ataque, cada detalhe chocante jogado diante dos meus olhos horrorizados.

Aconteceu há muito tempo e isso fez com que muitas das lembranças se desvanecessem um pouco. Mas o horror geral permaneceu. Como testemunha, sou forçada a reviver tudo mais uma vez. Ele está em cima e dentro de mim, me machucando, me fazendo sangrar, me fazendo gritar de dor até perder a consciência, flutuando e me lançando através da escuridão com tanta profundidade que talvez eu nunca encontre a saída.

Acordo com os latidos frenéticos de Fluff e o baixo estrondo da voz de Flynn.

— Nat, amor, o que há de errado?

Embora meu coração esteja acelerado, eu esteja suando e abalada, sei imediatamente que não posso contar que sonhei com o ataque pela primeira vez em anos. Ele verá o momento como um sinal de que não sou capaz de lidar com o que concordamos em fazer.

— N-nada. Foi só um sonho estranho. Me desculpe ter te acordado.

— Você estava gritando. — Apoiado em um cotovelo, ele se inclina para acariciar meu rosto. — E está chorando. — Ele beija meu ombro. — Amor...

— Estou bem. — Pego sua mão e a seguro com força.

— Tem certeza?

— Humm. Aham. — Fluff se acomoda entre as minhas pernas e deixa escapar um bufo de indignação por ter sido despertada de um jeito tão rude.

— Você está tremendo, baby.

— Estou com frio.

— Posso resolver isso. — Ele me puxa com firmeza contra si, envolvendo os braços ao meu redor e entrelaçando as pernas nas minhas. — Melhor?

— Muito melhor.

Eu era jovem e sozinha quando Stone me atacou. Agora não estou mais. O amor e a devoção de Flynn só me fortalecem mais do que conseguiria sozinha. Mas o sonho e o *timming* fazem com que me questione se poderei sustentar nosso acordo até o fim.

Mais uma vez, um telefone tocando nos acorda de manhã. Flynn geme enquanto pega o celular na mesa de cabeceira.

— Sim, Emmett. Você acordou cedo.

Como ele volta a me abraçar imediatamente, também posso ouvir o lado de Emmett da conversa.

— Acabei de receber uma ligação do Vickers.

Sinto Flynn ficar tenso atrás de mim.

— O que ele queria?

— Ver você e a Natalie o mais rápido possível.

— Mas por quê?

— Tudo o que ele disse foi: "perguntas de acompanhamento".

— Isso está beirando o assédio. Devemos ligar para Washington?

— Não, Flynn. Pedir favores faz parecer que você tem algo a esconder quando não tem.

— Não gosto que ele queira ver a Natalie também.

— O FBI está descartando vocês dois. Meu conselho é que o encontrem logo e acabem com isso. Em quanto tempo vocês podem voltar para cá?

— Não sei se soube, mas tivemos uma nevasca aqui ontem à noite.

— Soube, sim — Emmet fala com uma risada. — Está em todos os jornais.

— Acho que conseguiremos voltar amanhã.

— Vou marcar uma reunião para segunda-feira de manhã então. Tudo bem para vocês?

— Tem que estar, não é? Deixe-o saber que se o meu nome ou da Natalie aparecer na imprensa relacionado ao assassinato desse cara, farei com que ele seja demitido.

— Já fiz isso.

— Você é bom, Em.

— Só estou fazendo o meu trabalho. Te vejo em breve.

Me viro para encarar Flynn, procurando garantias de que não temos nada com que nos preocupar. Ele está usando óculos e digitando freneticamente em seu telefone.

— O que está fazendo?

— Pedindo a Addie para organizar a nossa volta a L.A. amanhã para que possamos lidar com isso de uma vez por todas.

— Você está assustado?

— Não, linda. Não estou. Não temos nada com o que nos preocupar, porque não fizemos nada. — Ele envia o SMS e coloca o telefone na mesa. — Venha cá.

Me aconchego a ele, apoiando a cabeça em seu peito e ele me abraça. Traço a leve cicatriz em suas costelas, onde ele foi atacado por um fã com problemas mentais no ano passado.

— Vai ficar tudo bem. O FBI está em uma caça às bruxas. Isso faz parte. Dei a eles um motivo com o que falei na entrevista da Carolyn, então a investigação está sendo conduzida pelo caminho mais fácil e óbvio, direto para mim. Se acham que temos algo a ver com isso, terão que provar. — Ele acaricia meu cabelo. — Temos contatos na Casa Branca, incluindo o presidente. Ele e o meu pai são amigos. Se isso ficar mais fora de controle, vamos pedir alguns favores.

— Você se encontrou mesmo com o presidente?

— Muitas vezes. Você também deverá encontrá-lo, já que solicitei uma reunião com ele para discutir sobre a fundação. Quero o apoio dele.

— Caramba. Você não perde tempo.

— Não ficou claro pelo jeito que me casei em menos de duas semanas depois de te conhecer?

— Acho que havia sinais desta sua característica.

Seus dedos percorrem minhas costelas, me apertando apenas o suficiente para me fazer cócegas.

— Pare!

Se aninhando em meu pescoço, ele pergunta:

— E se eu não quiser?

— Fluff.

Sua mão para imediatamente. Ele levanta a cabeça para me olhar.

— Viu como foi fácil? Não gosto de sentir cócegas.

— Que tal se eu beijar?

— Beijar é bom. Cócegas é ruim.

— Humm, gosto de pensar que posso ser ensinado. — Ele beija a parte da frente do meu corpo, do espaço entre os seios até as costelas, refazendo o caminho de seus dedos.

— E eu que pensei que *você* fosse me ensinar.

— Vamos ensinar um ao outro. Meu objetivo é sempre o seu maior prazer.

Voltando para cima, ele acaricia meus seios, se movendo devagar e preguiçosamente, como se tivéssemos todo o tempo do mundo, o que, aparentemente, temos. Sua língua circunda o mamilo esquerdo enquanto seus dedos apertam o direito apenas o suficiente para me fazer suspirar.

— Amo o jeito que você responde a mim — ele fala, sua voz é um sussurro rouco e sua respiração quente está contra o meu mamilo úmido — toda vez que eu te toco. Amo a forma como você se arqueia na minha direção, tentando se aproximar. E o gemido que vem do fundo da sua garganta... me deixa louco toda vez que o ouço, sabendo que fui eu que provoquei. E saber que sou o único que vai te tocar desse jeito me deixa muito grato por você ter me escolhido.

— Como se você tivesse me dado escolha — falo com um sorriso provocante.

— A escolha sempre foi sua, meu amor. — Ele mordisca meu mamilo enquanto seus dedos mergulham entre as minhas pernas, onde estou quente e pronta para ele. Sempre pronta para ele.

— *Puta merda*, Nat... caramba, você está tão molhada para mim. — Ele substitui os dedos pelo pau e pressiona em mim, parando imediatamente quando estremeço. — Dói?

— Estou um pouco dolorida de ontem.

Ele se afasta.

— Não, Flynn. Não pare. Por favor, não pare.

— Não quero te machucar.

— Você não vai me machucar. Só vá devagar no começo. — Passo as mãos pelas suas costas para segurar seu traseiro musculoso e firme. Adoro as covinhas na parte inferior da sua coluna e as sinto com meus polegares.

Ele suspira.

— Natalie...

— Gosta disso?

— Amo sentir suas mãos em mim – em qualquer lugar –, mas quando você arrasta as unhas sobre a minha bunda assim... — Ele estremece.

Saber que posso fazer isso com ele me enche de alegria e prazer.

Ele se move para dentro de mim lentamente, com movimentos suaves, entrando e saindo, me dando tempo para me ajustar. Ele é grande e estou dolorida, o que deveria ser uma combinação ruim, mas sua entrada lenta e constante me faz esquecer toda a dor enquanto anseio pela plenitude, conexão e magia.

Em cima de mim, apoiado nos cotovelos, sua testa descansa na minha enquanto ele me observa daquele jeito intenso, se certificando de que nada me machuca. Envolvo os braços e as pernas ao seu redor, levantando meus quadris para levá-lo mais fundo.

Seu gemido baixo me faz sorrir e aperto meus músculos internos ao seu redor, sabendo que isso o deixa louco.

— *Caceeeeeteee* — ele fala em um longo murmúrio.

Faço várias vezes até que ele se esquece de que queria ir devagar e começa a entrar e sair de mim do jeito que eu mais gosto: selvagem e sem restrições. Seus dedos seguram meus ombros enquanto a outra mão alcança meu traseiro e agarra minha bunda. Em seguida, ele morde meu mamilo, o que provoca meu orgasmo.

Ele me penetra profundamente, entrando e saindo com força quando goza também, caindo sobre mim e respirando com dificuldade.

— Merda.

Afasto os fios de cabelo encharcados de suor da sua testa.

— O que foi?

— Fui ríspido e você está dolorida.

— Você foi perfeito, e eu adorei. Eu te amo.

— Também te amo. Queria que você soubesse o quanto.

— Tenho uma boa ideia.

Por muito tempo, ficamos exatamente onde estamos, com os braços em volta um do outro, ainda unidos enquanto pulsamos com tremores secundários, seu suor se misturando ao meu.

— Não posso imaginar isso ficar melhor do que já é.

— Na verdade, não é ficar melhor, é ter *mais*. Quero compartilhar mais coisas com você, quero que você experimente mais. — Ele beija meu pescoço e o queixo no caminho até meus lábios. — Sabe o que eu quero fazer agora?

— Tenho mesmo que adivinhar?

Sorrindo para mim de um jeito lindo e sensual, ele fala:

— Quero trepar com você no chuveiro.

Meu corpo inteiro reage às suas palavras ditas desse jeito vulgar.

— Estou me sentindo um pouco suja — falo, entrando na brincadeira. Para demonstrar, aperto os músculos internos ao redor dele de novo. É quando percebo que ele já está duro novamente.

— Chuveiro. Agora mesmo.

Descubro que sou uma grande fã de sexo no chuveiro depois de ter meu peito pressionado contra os azulejos e ser completamente tomada por trás pelo meu marido voraz. Seus dedos apertam meus quadris com tanta força que não tenho dúvidas de que vou ficar com marcas. Mas adoro cada segundo disso, mesmo estando realmente dolorida.

— Há outras coisas que poderíamos fazer — ele me lembra quando digo que precisamos fazer uma pausa pelo resto do dia.

— Que outras coisas?

Ainda de pé atrás de mim, ele segura meu traseiro, pressionando sua ereção contra meu anus.

— Poderíamos brincar aqui.

Toda vez que ele me toca ali, fico tonta com desejo e curiosidade ardente.

— Brincar como?

— Com os dedos, brinquedos, minha língua, meu pau... — Sua ereção é quente contra as minhas costas, como se ele não tivesse gozado duas vezes em meia hora.

— Agora?

— Não até falarmos com seu amigo médico.

Gemendo em sinal de frustração, eu falo:

— Vou ligar para ele logo depois de sairmos do chuveiro.

Rindo, Flynn desliga a água e me faz rir também.

Tiro a toalha, coloco o roupão de novo e vou pegar meu celular. Então vejo que recebi uma resposta de Curt.

Vou trabalhar de casa — tivemos neve também. Me ligue a qualquer hora. Vou ficar feliz em conversar com você e o Flynn.

. . .

— ELE DISSE que podemos ligar a qualquer momento.

— O que você está fazendo agora, sra. Godfrey?

— Respondendo ao Curt.

Usando só uma cueca boxer apertada, Flynn se dirige para a porta.

— Aonde você está indo?

— Preciso de café para essa conversa e vou pedir que alguém leve a Fluff lá fora.

— Vista uma roupa. Não quero que ninguém te veja assim.

Ele vem até mim.

— Se sentindo possessiva com o que é seu?

— Sim. Isso é permitido?

Erguendo meu queixo, ele me beija.

— Tudo é permitido, linda.

Enquanto ele cuida de Fluff e faz café, respondo a mensagem de Curt. Ele sugere uma conversa pelo Skype e me envia as informações que precisamos para nos conectar.

— Você está bem com isso? — pergunto a Flynn.

— Claro, estou disposto ao que for preciso.

— Certo, vou avisar a ele que ligamos em meia hora. — Volto para o quarto para vestir jeans e um suéter de gola alta. Abrindo as persianas, olho para a maravilhosa vista de inverno que Nova York se tornou durante a noite. Naturalmente, há um mar de táxis amarelos espalhando a sujeira que as máquinas de limpar neve deixaram para trás.

Me junto a Flynn para um rápido café da manhã com cereais e frutas.

— Você está bem? — Flynn pergunta.

Percebo que fiquei olhando para o espaço, pensando no meu sonho de ontem à noite. Decidi que o momento foi coincidência. Se eu ponderar a possibilidade de que não foi...

— Estou bem. Vamos ligar?

— Vamos lá.

Pego Fluff quando saio da cozinha e sigo para o escritório, onde há um monitor grande que Flynn conecta ao laptop. Ele traz uma segunda cadeira da cozinha, e eu me sento ao seu lado.

Um minuto depois, Curt aparece na grande tela diante de nós. Ele quase não mudou, talvez esteja um pouco mais grisalho nas têmporas.

— Ah, aí está você — ele fala. — Você está maravilhosa. E a Fluff também.

— Ela continua forte aos 14 anos. Curt, este é o meu marido, Flynn. — Eu rio. — Acho que é a primeira vez que o apresento como meu marido.

— Estou honrado em ser o primeiro — Curt fala. — E é um prazer conhecê-lo, Flynn. Sou um grande fã do seu trabalho.

— Obrigado, é um prazer te conhecer também. Obrigado por apoiar a Natalie quando ela precisou.

— Sempre foi um prazer trabalhar com ela. O que posso fazer por vocês?

Trocamos olhares, e Flynn acena para que eu vá em frente.

— Sei que não é preciso dizer que estamos um pouco desconfiados depois do que aconteceu com David Rogers.

— O que foi um absurdo. Eu o conheci e não consigo entender o que poderia tê-lo levado a te trair desse jeito... vocês não têm que se preocupar comigo. Garanto a minha total discrição.

— Eu disse a Flynn que podíamos contar com você. Obrigada por isso. — Me sentindo nervosa de repente, limpo a garganta. — Desde que conversamos na semana passada — digo, hesitante —, descobri algumas facetas adicionais da personalidade do meu marido. Especificamente, que ele é um dominador sexual.

— Ah, entendo.

— Escondi isso da Natalie antes de nos casarmos, porque me convenci de que poderia viver sem isso antes que pudesse viver sem ela.

— E como a Natalie descobriu? — Curt pergunta.

— Através de uma série de eventos infelizes — Flynn responde. — Assumo total responsabilidade por não dizer a Natalie algo que ela deveria saber a meu respeito antes de se unir a mim por toda a vida e por ter ouvido sobre isso de alguém que não fosse eu.

— Como você se sente sobre isso, Natalie?

— Embora eu concorde que ele deveria ter me dito, entendo

porque ele não o fez. Ele estava pensando em mim e é difícil ficar com raiva quando ele estava disposto a sacrificar muito para ser o que preciso.

— Desde que tudo isso foi descoberto, a Natalie expressou um interesse genuíno em explorar o estilo de vida comigo. Embora tenhamos conversado profundamente sobre o que implicaria e chegarmos ao ponto de negociar um contrato consensual, estou relutante em avançar antes de termos algum aconselhamento profissional sobre o impacto que isso poderia ter sobre sua recuperação do trauma sofrido pelo estupro.

— Acho que é muito sensato garantir que esteja tudo bem antes de prosseguirem — Curt fala. — Natalie, pode me contar sobre seu interesse nas atividades que Flynn propôs?

— Estou curiosa — eu digo, olhando para Flynn, que está me observando do jeito que sempre faz. — Intrigada.

— Percebi que você não disse que está com medo.

— Estou nervosa, claro, e um pouco ansiosa sobre o que pode acontecer se eu não gostar ou não puder ser o que ele quer...

— Preciso te interromper, Nat. Você é o que eu quero. — Para Curt, ele acrescenta: — Já disse isso a ela de todas as formas que pude imaginar. Já fizemos sexo duas vezes hoje – sexo ótimo, do tipo que as pessoas sonham em ter. A conexão entre nós é inflamável. As coisas sobre as quais estamos falando só complementariam uma vida sexual já incrível. Mas se tudo que ela conseguir fazer é o que já temos, seria suficiente para mim.

— Então, por que adicionar esse elemento? — Curt pergunta.

— Deixe que eu responda — falo, apoiando a mão no braço de Flynn. — Eu disse a Flynn recentemente que sinto que estive dormindo a vida toda até que ele despertou esse meu lado. Com ele, descobri desejo, paixão e satisfação que nunca sonhei ser possível. Passei de pensar que nunca teria um relacionamento sexual normal para fazer sexo várias vezes ao dia e aproveitar mais do que jamais pensei que faria.

— O estágio da lua de mel se desgasta depois de um tempo — Curt fala com um sorriso.

Olho para o meu marido.

— Não sei se será o nosso caso. — Aperto seu braço, tirando um sorriso dele. — Flynn me diz que pode haver mais, e eu quero tudo. Contanto que eu esteja com ele, sei que serei cuidada, apreciada e amada a cada passo do caminho. Confio nele mais do que em qualquer pessoa da minha vida.

Flynn entrelaça a mão na minha e a aperta.

— Qual é a sua opinião, doutor? A Natalie ficará bem se seguirmos esse caminho?

— O estresse pós-traumático, em todas as suas formas, pode ser uma coisa complicada. Você acha que está bem, então algo acontece, como a coisa com as mãos na noite de núpcias, e tudo muda. Estou relutante em dar garantias de que a Natalie vai ficar totalmente bem. Existem muitos obstáculos, momentos de medo genuíno, flashbacks ou até mesmo gatilhos que trazem de volta o trauma do passado. Dito isso, parece que você conseguiu superar esses desafios antes e pode ser capaz de fazê-lo no futuro.

— *Pode* ser capaz — Flynn repete. Ele foca nisso. — E se a Natalie não conseguir passar por isso?

— Então eu recomendaria que qualquer atividade que causasse a reação cessasse imediatamente e, possivelmente, de forma permanente.

— Mas você não está recomendando que não experimentemos? — Flynn pergunta.

— A Natalie disse que está intrigada, curiosa e interessada. Em momento algum disse que está com medo. Isso é importante.

— Não estou. — Engulo em seco, tentando suprimir a lembrança do sonho que reabriu feridas antigas. Sei que deveria contar a eles a respeito, mas estou cansada de revisitar o passado. Quero seguir em frente com meu marido incrível. Quero que tenhamos tudo o que desejamos e merecemos. — Quero viver sem medo.

— Você entende por que eu a amo tanto? — Flynn pergunta baixinho.

— Eu sei — Curt responde, sorrindo. — Eu te encorajo a viver sem medo, Natalie, mas também peço que aja com cautela. Dê passos de bebê. Abra esse caminho aos poucos para ver o que funciona ou não para você. Não tenha medo de usar qualquer palavra que vocês tenham combinado que pare tudo. E mantenha as linhas de comunicação abertas. Falem sobre isso depois, sobre o que você gostou ou não, o que gostaria de fazer novamente e o que não gostaria. Isso será fundamental para garantir uma experiência bem-sucedida.

— Estamos ficando ótimos em conversar — Flynn diz, olhando para mim.

Eu aceno em concordância.

— Essa é uma excelente forma de começar — Curt concorda. — Gostaria que você conversasse comigo, Natalie. Talvez semanalmente por um tempo, se estiver bem para você.

— Claro, isso seria ótimo.

— Estou a um telefonema de distância se precisar de mim – a qualquer hora. Não hesite em ligar.

— Muito obrigada, Curt.

— Sim, obrigado — Flynn concorda. — E vou enviar uma mensagem de texto com as informações para onde enviar sua cobrança.

— Não há cobrança. É um prazer ver você bem e tão apaixonada, Natalie. Não consigo pensar em ninguém que mereça mais esse tipo de felicidade do que você.

Flynn coloca o braço ao meu redor e beija minha têmpora.

— Não posso concordar mais.

— Obrigada novamente, Curt. Te ligo na semana que vem.

— Estou ansioso por isso.

Flynn aperta o botão para terminar a conexão.

— Ele é ótimo e, obviamente, gosta muito de você.

— Ele me fez superar um pesadelo.

— Por isso ele sempre terá minha gratidão, assim como a sua.

— Se sente melhor agora que falamos com ele?

— Me sinto menos preocupado do que antes.

— Entãããããooo... e agora?

Mais uma vez, ele se inclina para perto de mim e seus lábios tocam minha orelha.

— Agora preciso trabalhar um pouco.

— Ah. Tá bom.

— Mas hoje, às oito horas, quero você nua e ajoelhada aos pés da cama. Suas mãos devem estar apoiadas sobre as pernas e a sua cabeça baixa em sinal de submissão enquanto espera que eu diga o que quero. Entendeu?

Meu corpo inteiro aquece enquanto registro suas palavras.

— Eu... sim, entendi.

— Hoje, quero que você releia nosso contrato e repasse todos os detalhes que negociamos para que você se lembre do que pode acontecer depois.

— Certo.

— Qual é a maneira correta de me responder neste contexto?

— Sim, senhor.

— Melhor. Agora me beije e me deixe trabalhar.

Espero um beijo rápido, mas deveria ter imaginado. Ele me beija profundamente e depois me deixa cambaleando quando se afasta. Coloco Fluff no chão e me levanto da cadeira, que levo comigo quando saio do escritório, com as pernas trêmulas. Falta mais de dez horas para as oito. Como vou suportar o pulsar insistente de desejo entre minhas pernas por tanto tempo?

7

Flynn

Estou duro como concreto quando a vejo sair. Sua reação às minhas instruções me faz querer esquecer tudo sobre o poder da antecipação e começar a jogar agora. Mas prometi a Hayden que vou trabalhar um pouco todos os dias, então começo a checar os e-mails acumulados durante o tempo que passei com Natalie.

Participo de uma teleconferência com a equipe de produção que inscreveu o filme para análise da Academia e rejeito uma longa lista de ideias que a equipe de marketing nos apresenta ao final da reunião de duas horas.

Hayden me lembra que estamos muito atrasados para tomar decisões sobre nosso próximo projeto e me encaminha um e-mail contendo sua lista de sugestões.

— Vou dar uma olhada e te dou um retorno com as minhas ideias.

— Ótimo, obrigado. É bom te ter de volta, mesmo em meio período.

— Digo o mesmo.

A ligação termina e ligo imediatamente de volta para Hayden no celular.

— Não acabei de falar com você?

— Queria conversar em particular e não confio que todos desligariam caso eu pedisse durante a conferência.

— Bem pensado.

— Especialmente por causa do assunto que quero falar. A Natalie sabe.

— Sabe o quê?

— Tudo. — Deixo que aquela única palavra fale por mim.

— Como foi?

— Nossa velha amiga Valerie decidiu que ela precisava saber.

— Está brincando, né?

— Queria estar.

— Uau, ela é corajosa. Isso você tem que reconhecer.

— Talvez sim, mas quando eu voltar para a cidade, precisamos fazer algo. Não seria preciso muito para arruinar sua carreira. Quase ninguém quer trabalhar com ela mesmo.

— Não posso acreditar que ela teria coragem de ferrar com você desse jeito. E então, como a Natalie reagiu?

— Passamos por alguns dias difíceis, mas agora está melhor. Muito melhor. Ela quer ir ao clube.

— Está interessada?

— Intrigada e curiosa foram as palavras que ela usou.

— Muito melhor do que depravado e repugnante.

— Prefiro muito mais as palavras da Natalie.

— Uau, Flynn... parabéns. Você tirou a sorte grande. Encontrou uma mulher que realmente te ama *e* está disposta a fazer parte do estilo de vida também. Você é um cretino sortudo.

Posso ouvir o anseio em seu tom. Talvez alguém que não o conhecesse tão bem quanto eu deixaria de notar isso, mas eu, não.

— Nunca se sabe o que é possível a menos que se tente.

— Não vai acontecer.

— Como sabe...

— Tenho que ir. Alguém está me ligando. Te vejo quando você voltar.

A linha fica muda, e eu balanço a cabeça achando engraçado e me sentindo frustrado por meu melhor amigo ter rejeitado minha sugestão. Ele e Addie seriam ótimos juntos, mas Hayden tem muito medo do que poderia acontecer se ela descobrisse seu envolvimento com o estilo de vida. Mais do que tudo, acho que ele teme perder a amizade dela, não que ele tenha falado. Droga, ele mal admitiu seu interesse por ela, muito menos falou qualquer outra coisa.

Espero que ele consiga criar coragem e decida se dar uma chance. Eu, por exemplo, diria a ele que as recompensas superam os riscos, apesar de eu não ter arriscado uma amizade de longa data com Natalie. É uma situação difícil, especialmente porque acredito que Addie gostaria de ser mais do que amiga de Hayden — não que ela e eu tenhamos falado sobre isso.

Natalie aparece na porta e todos os outros pensamentos deixam minha cabeça, exceto aqueles que a envolvem.

— Me desculpe por interromper.

— Não está interrompendo. O que houve?

— Falei com a Aileen e ela não parece muito bem. Ela fez quimioterapia na sexta-feira e as crianças estão em casa hoje por causa da neve. Estava pensando em ir até lá e entreter as crianças para que ela possa descansar. Tudo bem para você?

— Só se eu puder ir também.

— Achei que você tinha que trabalhar.

— Já trabalhei e agora não tenho mais nada marcado até as oito da noite.

Ela baixa os olhos e suas bochechas ficam vermelhas com a menção do nosso encontro.

— Ah, bem, se você quiser vir, tenho certeza de que as crianças adorariam.

— Você deveria checar com a Aileen primeiro. Não quero fazê-la se sentir desconfortável.

— Tenho certeza de que ela não vai se importar, mas vou perguntar se podemos sair com eles para que ela possa descansar. — Ela envia um SMS e recebe uma resposta imediata. — Ela disse que eles adorariam e que não devemos olhar diretamente para ela ou para as condições do apartamento.

Rio da resposta fofa, mas triste.

— Mas não podemos ir de carro. Com todos em casa por causa da neve, nunca conseguiremos estacionar. Vamos pegar um táxi.

— Como vamos sair daqui sem sermos notados?

— Tenho a solução perfeita.

— Não vou usar aquele chapéu de pelos russo.

— Não sonharia em fazer isso. Tenho algo ainda melhor. — Ele desaparece no quarto e retorna carregando dois gorros. Quando ele entrega um para mim, vejo que são máscaras de esqui com buracos para os olhos, nariz e boca que cobrem todo o rosto.

— Ninguém vai olhar duas vezes na nossa direção, porque todo mundo está usando isso.

— Sempre achei essas coisas meio assustadoras.

— Vêm a calhar em dias como este. E assim podemos deixar os seguranças em casa.

— Onde eles ficam quando estamos aqui?

— Em um escritório no prédio ao lado. Eu ligo quando precisamos deles.

— Isso deve custar uma fortuna.

— É, mas vale a pena.

Colocamos as roupas mais quentes que podemos encontrar e saímos pouco tempo depois com Fluff liderando o caminho. Além das máscaras, estamos embrulhados em cachecóis, casacos e luvas quentes.

— Gostaria de estar com as minhas botas. — O melhor que ela conseguiu foi um par de tênis pretos.

— Eu te carrego se encontrarmos alguma poça.

O porteiro chama um táxi e enquanto saímos pela porta, Fluff para na calçada para fazer xixi. Natalie e eu rimos, o que chama a atenção dos fotógrafos acampados do lado de fora do prédio.

— Rápido. — Gesticulo para o táxi que está esperando. Pego Fluff no segundo em que ela para de fazer xixi e entramos no carro antes que os fotógrafos possam se organizar.

Quando nos acomodamos, tiramos as máscaras.

— Não posso acreditar que eles estão parados na neve esperando por um vislumbre de você — ela fala.

— E de você.

— Mas principalmente de você.

— Não sei... a Liza diz que fotos suas estão valendo um bom dinheiro também.

Depois de uma viagem lenta pela lama e gelo, chegamos ao prédio de Aileen. A neve está tão alta que tenho que cumprir minha promessa de pegar Natalie — e Fluff — no colo e carregá-las até o vestíbulo.

— Nosso herói — ela fala.

— Sou especialista em cuidar de donzelas em perigo.

Subimos um lance de escada e Natalie aperta o botão do interfone de Aileen. Uma campainha soa abrindo a porta. Do lado de fora do apartamento, Logan está esperando por nós e solta um gritinho feliz quando vê Natalie. Ela o pega em um grande abraço.

— Você cresceu uns 30 centímetros desde a última vez que te vi.

— Isso não é possível, srta. Bryant.

Ela o mantém em seus braços quando entramos no apartamento.

— Pode me chamar de Natalie agora que não sou mais sua professora.

— Srta. Natalie — uma voz fraca soa do sofá.

Com um simples olhar, fica óbvio que Aileen não está passando bem. O rosto dela está pálido de um jeito fantasmagórico e ela não se levanta quando entramos na sala, que parece como se um ciclone tivesse passado por ali.

— Estamos um desastre — ela diz.

— Você não vai mais ser minha professora? — Logan pergunta com pesar. — Disseram que você ia voltar.

Aperto o ombro de Nat enquanto a ajudo a tirar o casaco.

— Logan, querido — Aileen fala —, deixe a Natalie tirar o casaco antes de começar a fazer perguntas.

Natalie se senta na namoradeira e dá um tapinha na almofada ao seu lado, convidando Logan a se juntar a ela.

— A questão é a seguinte... você sabe que o meu marido, Flynn, é famoso.

— Ele faz filmes que a mamãe diz que não tenho idade para ver.

— É verdade.

— Então ele é como o Bob Esponja, só que para adultos, certo?

Natalie se esforça para não rir, mas não consegue.

— Exatamente — ela fala olhando para mim, o riso fazendo seus olhos brilharem de alegria. — Como sou casada com ele agora, há muito interesse em nós dois, o que seria uma grande distração para todos os alunos.

— O que é *distrição*?

— *Distração* é quando acontecem coisas que tiram nossa atenção do trabalho escolar.

— Como videogames?

— Ótimo exemplo.

Observo sua paciência com o menino e mal posso esperar para vê-la com nossos filhos. Ela vai ser uma mãe incrível.

— Estou com medo de voltar e depois ter que sair de novo da escola quando as distrações se mostrarem excessivas. Não quero fazer isso com vocês, então decidi não voltar, ainda que eu fosse amar continuar a ser sua professora. Mas vou te dar o meu endereço para que possamos escrever um para o outro e ligar sempre para você, sua mãe e a Maddie, tá?

— Acho que sim — ele fala, embora esteja claramente triste. Quem poderia culpá-lo? Senti o mesmo quando Natalie me deixou, mesmo tendo sido só por um dia.

— Sinto muito por tudo isso, amigo.

— Eu sei.

— Ei, Logan — chamo, ansioso para terminar essa conversa pelo bem de Nat —, quer ir brincar na neve com a Maddie?

Seus olhos se iluminam quando a irmã solta um gritinho.

— Podemos, mãe?

— Você não quer fazer isso — Aileen fala.

— Se não quisesse, não teria convidado. Adoraria levá-los ao parque se você concordar.

— Claro, eles vão adorar. Estão pedindo para sair a manhã toda, e eu só... — Seus olhos se enchem de lágrimas. — Não pude.

— Sem problemas. Eu os levo. Por que você não vem também, Nat, assim podemos deixar a Aileen dormir um pouco?

— Não tenho bota.

— Qual o seu tamanho? — Aileen pergunta.

— Trinta e seis.

— Tenho uma trinta e sete. Use a minha.

— Certo, então estou dentro!

Enquanto ajudo as crianças a se agasalharem, Natalie leva Aileen para o quarto e a acomoda para tirar uma soneca. Ela sai de lá com lágrimas nos olhos e as botas na mão.

— É difícil vê-la assim — ela sussurra.

— Eu sei. — Beijo sua testa e deixo que ela passe por mim no corredor. Os quartos das crianças estão repletos de brinquedos bagunçados, as camas desfeitas e roupas sujas estão no chão. Enquanto as crianças vestem as calças de neve, tiro o celular do bolso e envio uma mensagem para Addie.

Estamos na casa da Aileen, e ela está precisando de ajuda. Pode arranjar uma agência por aqui que tenha enfermeiras, babás e faxineiras? Peça que enviem as três para cá amanhã.

Pode deixar. Vou ver isso agora.

Você é a melhor.

Eu sei!

Adoro sua resposta insolente assim como a adoro. Estaria perdido sem ela. Nada que eu peça é demais, além de ser infinitamente eficiente e organizada. Faço valer a pena seu tempo e esforço, mas a verdade é que eu pagaria o dobro para mantê-la.

Guardo o telefone e vou ajudar Natalie com as crianças. No caminho para fora, Logan pega um trenó de plástico do armário da frente. Descemos as escadas em um grupo barulhento, Natalie e eu com as máscaras de esqui cobrindo nossos rostos. As crianças acham hilárias, e gosto mais dessa descrição do que assustador.

Na calçada, acomodo as crianças no trenó e as puxo pela neve, estendendo o braço livre para minha esposa. Deixamos Fluff dormindo no sofá de Aileen. No parque, passamos mais de uma hora fazendo bonecos, jogando bolas de neve um no outro e fazendo anjos de neve. Quando as crianças começam a demonstrar sinais de cansaço, as acomodamos de volta no trenó e partimos para casa, parando no caminho para comer pizza e tomar chocolate quente.

A surpresa equipe do restaurante imediatamente nos reconhece, mas peço que não façam estardalhaço na frente das crianças. Felizmente, respeitam meus desejos. Vou pedir a Addie para enviar uma foto autografada para mostrar meu apreço.

Voltamos ao apartamento com as crianças cansadas e bem alimentadas, que se divertiram muito.

— Obrigada por isso — Natalie diz enquanto os seguimos pelas escadas.

— Foi divertido. — E foi mesmo. Os prazeres simples da vida tendem a se perder no mar de loucuras da vida de celebridade que me cerca. Gosto do fato de que Natalie e suas amigas me ajudaram a lembrar do que é realmente importante.

— Pessoal — digo para as crianças que estão se preparando para invadir o apartamento. — É provável que a mamãe esteja dormindo, então vamos ficar bem quietos, ok?

— Ok, sr. Flynn — Maddie responde muito séria.

Nós os ajudamos a tirar as roupas de inverno e as botas do lado de fora da porta.

— Quero que façam uma outra coisa por mim.

— O quê? — Logan pergunta.

— Quero que vão até seus quartos, recolham todos os brinquedos e os guardem. Depois vocês precisam arrumar suas camas e recolher as roupas sujas. Podem fazer isso?

— Se for preciso mesmo... — Logan diz com tristeza.

— Vamos ver quem pode arrumar o quarto mais rápido? — O desafio desperta certo interesse neles, que correm para os quartos.

— Você vai ser um pai incrível — Natalie fala.

— Engraçado, estava pensando o mesmo a seu respeito mais cedo. — Beijo o seu nariz. — Uma mãe incrível.

— Vai ser divertido — ela fala, sorrindo para mim.

— Mal posso esperar.

— É mesmo?

— Para te ver por aí com o nosso bebê? — Esse pensamento me dá um nó no estômago e acelera meu coração. — Mal. Posso. Esperar.

Ela envolve o braço ao redor do meu pescoço e me beija.

— Eu te amo — sussurra.

— Também te amo.

— Vou limpar a cozinha.

— Vou dar uma olhada nas crianças e, em seguida, dou um jeito na sala de estar.

— Isto é muito mais do que chamam de deveres de marido.

Eu me inclino para perto, assim meus lábios tocam sua orelha.

— Você pode me recompensar mais tarde.

Eu a deixo com esse pensamento e vou pegar os brinquedos, travesseiros, cobertores e jornais espalhados pela sala de estar de Aileen.

Natalie

ENQUANTO CUIDO da montanha de louças sujas na pia de Aileen, penso em como Flynn foi ótimo com Logan e Maddie. Ele os puxou no trenó, supervisionou a construção de um boneco de neve e participou de uma guerra de bolas de neve. Ele foi incrível com os meninos, que adoraram cada minuto da atenção recebida.

Não sei qual é o problema com o pai deles, só que ele não é presente.

Quando termino na cozinha, vou procurar Flynn. Ele está deitado no chão do quarto de Logan com as duas crianças presas a ele.

— Natalie, me ajude! Fui tomado como refém!

As crianças riem loucamente enquanto ele tenta fazer cócegas.

Aileen se junta a mim na porta, sorrindo ao ouvir o som da risada dos filhos.

— Que coisa legal de se ouvir.

— Nos divertimos muito — digo a ela.

— Parece que eles também. — Ela olha com mais atenção o quarto de Logan. — Você arrumou o quarto dele?

— Não, ele mesmo arrumou.

— Como conseguiu esse milagre em particular?

— O crédito é todo do Flynn. Ele desafiou os dois para ver quem conseguia arrumar o quarto mais rápido.

— Uau. Ele é bom.

— Também acho. Está se sentindo melhor?

— Muito. Não posso te agradecer o suficiente pelo que fez hoje.

— Acredite em mim quando digo que o prazer foi nosso. Nos divertimos muito brincando na neve com as crianças.

— Logan, devagar — Aileen fala. — Deus nos livre de causar algum estrago neste rosto inestimável.

— Isso mesmo — Flynn responde. — Está assegurado em milhões.

Reviro os olhos e compartilho uma risada com Aileen. Enquanto nos preparamos para ir embora um pouco depois, Flynn avisa que providenciou ajuda.

— Você já fez mais do que o suficiente — ela fala em protesto, se referindo ao meio milhão de dólares que ele doou para sua família no levantamento de fundos que fizemos na escola.

Flynn coloca as mãos em seus ombros e beija a sua testa.

— Deixe-nos ajudar. Não há necessidade de você tentar fazer tudo sozinha. Você tem amigos que se importam e se morássemos aqui em tempo integral, poderíamos vir todos os dias para ver vocês. Mas como não moramos, esta é a melhor forma, tá?

— Você consegue dizer não para ele? — ela me pergunta.

— Raramente — respondo com uma piscadela maliciosa que faz os dois rirem.

— Obrigada — ela fala, apontando para o apartamento impecável e as duas crianças no sofá, assistindo a um filme em silêncio. — Nunca vou me esquecer disso, nem eles.

— Nos divertimos muito. — Eu a abraço e a sensação dos seus ossos tão aparentes sob minhas mãos me abala quando me inclino para pegar Fluff. — Te ligo amanhã, tá?

— Estarei aqui.

— Tchau, meninos — digo para as crianças.

— O que vocês devem dizer ao Flynn e a Natalie?

— Obrigado!

— Disponha. Nos vemos em breve.

Flynn chamou um Uber que está nos esperando do lado de fora do prédio de Aileen. Ele segura a porta para mim e me segue para dentro.

Depois de um longo período de silêncio, seguro a mão dele.

— Estou preocupada com ela.

— Eu também.

— Seus ossos... ela está...

— Eu sei, linda. Também senti. Meu pai tem um amigo que é um cirurgião importante aqui. Vou pedir a ele para conseguir uma indicação. Quero que o melhor especialista em câncer de mama da cidade cuide dela.

Inclino a cabeça em seu ombro.

— Estou com medo por ela. Por todos eles.

— Faremos tudo que pudermos.

— Obrigada por fazer dos meus amigos seus.

— É impossível não gostar da Aileen e das crianças. Gostei de conhecê-los.

Flynn pede ao motorista que nos leve até a garagem para evitar os fotógrafos, ainda parados em frente ao prédio. O motorista faz toda a confusão habitual por causa do Bugatti, mas ainda que ele seja amigável, Flynn não se oferece para tirar fotos.

No elevador, ele comenta:

— Comeria um bom bife esta noite. Preciso de um pouco de proteína para aumentar minha força. — Ele balança as sobrancelhas, me lembrando dos nossos planos para a noite. Como se eu pudesse esquecer. Durante a tarde toda com as crianças, estive pensando sobre como esta noite se desdobraria.

Mas depois de ver Aileen em um estado tão ruim, não tenho certeza se consigo me concentrar nele.

— Nat?

— Hum?

— Você está bem?

— Claro. — Forço um sorriso para não preocupá-lo, mas ele não se convence.

— Me diga o que há de errado.

Quando o elevador se abre para o vestíbulo, ele pega meu casaco e o pendura ao lado do seu no armário.

— Nada. Só estou preocupada com a Aileen.

Flynn retira o celular do bolso e faz uma ligação.

— Oi, pai. Como está? — Ele me olha. — Tudo bem. Viemos para Nova York por alguns dias, mas voltaremos amanhã. Pode dizer para a mamãe seguir em frente com o planejamento da festa. Temos que ir a Londres para o BAFTA no próximo final de semana, o que acha do fim de semana seguinte? — Ele me olha para confirmar.

Vamos a Londres no próximo final de semana? Quero gritar de animação. Sempre quis ir até lá.

— Nat? Tudo bem?

Concordo com um aceno. Stella está animada para dar uma festa para comemorar o nosso casamento e como eu já adoro a minha sogra, tudo o que ela quiser está bem para mim. Este será o grande show deles, já que não tenho muitas pessoas para convidar.

— Ouça, a Natalie tem uma amiga aqui em Nova York que está com câncer de mama. Ela não parece estar bem e imaginei se você poderia pedir uma recomendação ao seu amigo Jared. Quero o melhor médico da cidade.

Enquanto ele fala com o pai, aproveito a oportunidade para enviar uma mensagem para minha ex-colega de apartamento, Leah.

Decidi recusar a oferta da escola para voltar. A imprensa tem feito um circo comigo e isso não é justo para as crianças.

Eu meio que me perguntei se isso aconteceria. Sentiremos sua falta, mas entendo. Eu mesma devo ficar por pouco tempo. Me convidaram para treinar para ser gerente no bar e vou aceitar até decidir o que quero fazer.

Me mantenha informada.

Pode deixar. Como é a vida de casada com o astro gostoso de cinema?

Gostoso. Se ela soubesse.

Te odeio.

Não, não odeia.

Sim, odeio muito! HAHA! Mas posso repensar se você me convidar para uma fabulosa festa de Hollywood.

Verei o que posso fazer.

Obaaaaa! Como está a Fluff?

Bem. Acho que ela está começando a se apaixonar pelo seu novo papai.

Ahhhh fofo demais! Saudades de vocês.

Também estamos com saudade. Espero te ver em breve.

Diga ao astro de cinema que mandei um oi.

Pode deixar. Bjos

— Meu pai vai ligar para o amigo esta noite e nos retornar amanhã — Flynn comenta quando me encontra na cozinha.

— Obrigada por isso. A Leah me pediu para dizer ao meu marido astro de cinema que ela mandou um oi.

— Como ela está?

— Bem. Queria contar que não vou voltar antes que ela saiba através de terceiros.

— Como ela reagiu?

— Ela entende.

— Se quiser, você pode enviar um e-mail para o sr. Poole hoje à noite para encerrar oficialmente esse ciclo.

— É essa a sua maneira de dizer que está feliz por que não vou voltar?

Ele apoia as mãos no balcão ao lado dos meus quadris.

— Fico feliz por você ter tomado uma decisão com a qual se sente confortável, e egoísta como sou, estou *feliz* por você voltar para Los Angeles comigo, se mudando de forma permanente e dormindo ao meu lado todas as noites.

Colocando as mãos ao redor do seu pescoço, falo:

— Também estou empolgada com isso.

— É?

Mordisco o lábio inferior e concordo, observando seus olhos focados no movimento da minha boca.

— Vamos mesmo para Londres?

— Aham.

— Mas por que vamos voltar para L.A. amanhã, se Londres fica na direção oposta?

— O almoço dos indicados ao Oscar é segunda-feira e a festa dos nomeados é no mesmo dia, à noite. — Ele ainda está olhando para minha boca. — Estive muito comportado a tarde toda com as crianças. Acho que você me deve um agradecimento por isso.

— Devo?

— Aham. — Ele se aproxima e captura minha boca em um beijo cheio de horas de desejo reprimido. Seus braços me envolvem enquanto ele explora cada canto da minha boca com a língua. Estou me recuperando quando ele termina o beijo, tão de repente quanto começou. — Comida primeiro. Mais disso depois. Bife? Sim?

— Devo estar atenta depois disso?

Um sorriso satisfeito se estende por seu rosto.

— Estou esperando muita *atenção* hoje à noite. — Outro beijo me faz agarrá-lo, mas ele se afasta antes de perdermos o controle novamente. — Comida. Agora. Bife?

— Humm, tudo bem.

— Pare de tentar manipular nossa agenda olhando para mim desse jeito.

— Como estou te olhando?

— Você sabe muito bem o que você está fazendo comigo. — Ele segura a minha mão e a empurra contra sua dura ereção. — Alguma pergunta?

Eu o aperto.

— Isso parece desconfortável.

— Atormentando seu Dom, linda? Tentando ser a ativa? Isso pode te deixar com a bunda muito dolorida depois.

Estou quase envergonhada pelo quanto estou excitada com o pensamento dele me bater no traseiro.

— Não faça isso.

— O que eu fiz?

— Afastar o olhar com vergonha porque gosta da ideia de levar uma surra. Nunca se envergonhe das coisas que você quer. E não se impeça de me dizer isso.

— Pode levar algum tempo até eu me sentir à vontade para pedir essas coisas.

— Vamos chegar lá, amor. — Ele me beija. — Tudo tem seu tempo.

— O que você quis dizer com "a ativa"?

— É quando uma submissa tenta assumir o controle do Dom. Não recomendo, meu amor.

Ele tenta fazer uma expressão severa, mas seus olhos brilham de prazer e deleite. Ele está feliz por poder falar livremente sobre essas coisas, e isso me deixa feliz também.

— Hoje à noite, quero ver seus olhos sem as lentes. Posso?

— Sim — sussurro.

Ele me beija novamente e, em seguida, pega o telefone para encomendar o jantar. A entrega é feita pouco tempo depois e nós comemos em silêncio, a antecipação aumentando a cada minuto que passa. Estou nervosa e animada demais para comer. Mas sabendo que vou precisar de energia, como metade do jantar sem provar muita coisa antes de empurrar o resto para ele.

Ele come o seu prato inteiro e metade do meu.

Aparentemente, sou a única nervosa demais para comer muito.

Depois que lavamos a louça, Flynn diz que quer tomar um banho.

— Serei rápido para você poder usar o banheiro.

Encho a taça de vinho e aproveito o tempo sozinha para colocar a cabeça no lugar e me acalmar. Não importa o que aconteça hoje à noite, ainda somos só nós dois e mais ninguém. Não há nada com que me preocupar. Já sei que, provavelmente, vou amar tudo o que ele vai fazer comigo, mesmo que o contexto tenha mudado.

Ele sai quinze minutos depois, com o cabelo úmido, o rosto recém barbeado e uma toalha enrolada na cintura.

— Todo seu.

Bebo o último gole de vinho e me viro para ele.

— Obrigada. — Sinto seus olhos em mim quando entro no quarto e depois no banheiro iluminado por velas. Ele encheu a banheira para mim e me sinto tocada pelo gesto carinhoso. Ele sabe o quanto eu amo essa banheira. Enquanto tiro as roupas e prendo o cabelo para mantê-lo seco, minhas mãos tremem de leve. Tenho vinte minutos até o nosso "compromisso". Passo metade desses minutos na banheira, mergulhando na água morna e tentando relaxar. Depilo as pernas e depois contemplo os pelos na minha intimidade. Parte da fantasia de Flynn era me depilar ali. Ele quer fazer isso sozinho ou se importaria se eu fizesse?

Quando me acomodo novamente na banheira e esfrego a área com sabonete, decido que estou disposta a arriscar a possível punição para realizar uma das suas fantasias.

Deixo o telefone onde posso ver a hora. Às cinco para as oito, saio da banheira, me enxugo e enrolo a toalha ao redor do corpo. De pé diante do espelho, tiro as lentes de contato que usei desde que mudei meu nome e me tornei Natalie. Como sempre, a rara visão dos meus olhos verdes é um lembrete do quanto cheguei longe desde que deixei April para trás.

Apesar da longa jornada que enfrentei desde então, ela ainda faz parte de mim. Seu coração ainda bate dentro de mim. Seu trauma está comigo sempre, mas não me define mais. Estou determinada a viver minha vida como bem entender, sem dar ao homem que arruinou a vida de April mais poder do que ele já teve.

Escovo os dentes e os cabelos, esfrego uma loção perfumada no corpo e respiro fundo, do jeito que Curt me ensinou a fazer sempre que me sinto sobrecarregada ou ansiosa. Não estou nada disso agora. Estou destemida e determinada — e extremamente excitada por ter pensado nisso o dia todo. Levo as velas do banheiro comigo e as coloco na mesa de cabeceira antes de assumir a posição que ele pediu: de joelhos, as mãos cruzadas e a cabeça baixa.

E então espero.

8

Natalie

Eu espero. Meus joelhos começam a doer, mas fico onde ele me disse para ficar enquanto me pergunto que tipo de jogo ele está jogando. Me fazer esperar é parte disso? Quanto mais eu permaneço lá, de joelhos, esperando a sua chegada, mais excitada pareço ficar. Estou latejando entre as pernas e com os mamilos eriçados, talvez por estar fora da banheira e nua. Mas sei que esse não é o motivo. Meu corpo inteiro está excitado pela antecipação.

Quando acho que não aguento mais esperar, ele aparece na porta. Ele a fecha, deixando Fluff no corredor. Seus uivos queixosos apertam meu coração, mas ela não pode estar aqui para isso. Ela ficaria louca. Fluff lamenta por alguns segundos antes de parecer perceber que é inútil protestar. Eu a imagino no chão, com a cabeça apoiada nas patas observando a porta.

Minha cabeça está abaixada conforme as instruções, então vejo seus pés primeiro. Não havia notado o quanto eles são grandes. Pensar nisso quase me faz rir e minha bunda estremece com o pensamento da punição que eu poderia receber por fazê-lo.

— Você está maravilhosa, linda.

— Obrigada, senhor.

— Está nervosa, Natalie?

— Não, senhor.

— Está mentindo?

— Não, senhor.

Sua risada baixa me faz sorrir, mas não o deixo perceber. Sinto sua mão acariciando meu cabelo e depois seu dedo no meu ombro. É um toque tão leve que mal sinto, mas me deixa em chamas. Estremeço e tento manter a posição até que ele me diga o que quer.

— Está excitada, Natalie?

— Sim, senhor.

— Você se lembra da sua palavra segura?

— Fluff, senhor. Bem como amarelo para desacelerar e vermelho para parar.

— Muito bem. Se levante um pouco e olhe para mim.

Faço o que ele pede e é quando vejo que ele está nu e totalmente excitado. Minha boca umedece com a visão de seu corpo bonito, duro, forte e pronto para mim.

Ele segura meu queixo para inclinar mais o meu rosto e observa meus olhos.

— São lindos, Natalie. Obrigado por me deixar vê-los.

— De nada, senhor.

— Me acaricie, Natalie. Use as mãos e a boca.

Estou animada para colocar as mãos nele, fazê-lo sentir prazer como ele faz comigo toda vez que me toca. Eu o acaricio do jeito que ele me ensinou, com firmeza e mantendo a mão envolvida ao seu redor. Levo a cabeça até a boca e sugo enquanto o acaricio com a língua.

— Sim — ele diz em um murmúrio — , assim. Bem desse jeito.

Saber que o estou agradando é a maior emoção que já experimentei. Abro mais a boca e o deixo deslizar mais profundamente, controlando meu reflexo de ânsia para deixá--lo chegar até minha garganta.

— Engole — ele fala com firmeza, suas mãos puxando o meu cabelo.

Engulo duas vezes, fazendo-o gemer. Então ele se retira tão rápido que quase caio.

Flynn me pega e me ajuda a levantar.

— Por que você parou?

— Você não faz perguntas quando estamos jogando, linda. Pode perguntar depois, mas não agora.

— Sou punida por perguntar?

— Quer ser?

Dou de ombros quando olho para ele, me tornando a imagem da inocência.

Grunhindo, ele me vira para a cama.

— Incline-se, linda, e apoie os cotovelos no colchão.

Eu me apoio nos cotovelos e baixo a cabeça, esperando, formigando...

Sua mão no meu traseiro me faz ofegar. Cada terminação nervosa paira na superfície da minha pele, me eletrificando. Ele aperta e acaricia meu traseiro, abrindo-o e quando testa a umidade entre minhas pernas, descobre o impacto que isso está causando em mim.

— Fale comigo, Nat. Como você está se sentindo?

— Quente.

— Quer que eu ligue o ventilador?

— Não é esse tipo de calor.

Seus dedos deslizam em mim por trás.

— Esse tipo?

— Sim. Senhor. — Algo vibra um instante antes de entrar em contato com o meu lugar mais sensível. Isso me leva direto ao limite do êxtase.

— Não goze, Nat. Seu orgasmo pertence a mim e só a mim.

Caramba... cerro os dentes, tentando me segurar quando a coisa que vibra entra em contato novamente. Parece... não tenho palavras.

— Flynn...

Sua mão golpeia meu traseiro.

Quando fica demais para aguentar por mais tempo, baixo a cabeça contra as mãos enquanto o lampejo de dor se transforma em calor, que se espalha por mim como fogo.

— Como você deve me chamar aqui?

— Senhor. Devo te chamar de senhor.

— Mais quatro palmadas para ajudá-la a se lembrar do meu nome. Está pronta?

— Sim, senhor.

— Qual é a sua palavra segura?

— Fluff.

— Precisa dela?

— Não, senhor.

Ele se inclina sobre mim para deslizar seus lábios pela minha espinha dorsal.

— Você está ótima, Nat. Estou muito orgulhoso de você. — Para pontuar suas palavras, sua mão desce no meu traseiro, no mesmo local de antes, e o lampejo de dor me faz ofegar. Então ele troca de lado para as próximas duas palmadas antes de retornar ao ponto original para a quinta.

Seu pênis duro está preso entre meu traseiro enquanto ele o aperta e acaricia.

Estou morrendo por ele. Eu o quero dentro de mim, me penetrando e me levando ao orgasmo que desejo. Seus dedos novamente deslizam através da umidade entre as minhas pernas.

— Me diga o que você quer, Natalie.

— Você. Quero você.

— Como você me quer?

— Dentro de mim. Preciso gozar.

— Você sempre vai me dizer o que deseja?

— Sim. — Ele aperta meu clitóris, mas não me dá permissão para gozar. Preciso de toda a minha concentração para conter o orgasmo que está tentando se libertar. Estou perdida no momento, no mar de sensações e sendo levada pelo desejo.

Suas mãos estão nos meus quadris quando ele empurra para dentro de mim, me penetrando em um golpe profundo que me faz queimar enquanto me estico para acomodá-lo. Ele se inclina e aplica a coisa vibrante no meu clitóris novamente, se mantendo perfeitamente imóvel dentro de mim.

Vou morrer pela necessidade de me deixar levar pela pressão que está aumentando. Nunca senti esse tipo de necessidade desesperada de alcançar o clímax antes. Estou segurando o edredom com tanta força que minhas mãos começam a doer. Então ele se retira de repente, e eu caio na cama, meu corpo inteiro pulsando.

— Vire-se, linda. Quero ver seu rosto.

Ele me ajuda a virar, afastando meu cabelo do rosto.

— Oi — ele fala.

— Oi.

— Como você está?

— Ficaria melhor se você me deixasse gozar. Senhor.

Quando ele sorri, seus olhos brilham. Gosto do jeito como ele parece feliz. Ele levanta a mão e vejo algo preso ao seu dedo indicador.

— O que acha do meu amiguinho aqui?

— Gostaria mais *dele se me* deixasse gozar. Senhor.

— Está querendo mais castigo, meu amor?

— Talvez esteja.

— Está gostando disso?

— Defina *gostando*.

— Nunca amei você mais do que agora, Natalie. Vendo você disposta a tentar e se divertindo tanto...

— Quer mesmo conversar agora, quando me preparou para explodir?

— Paciência, meu amor. — Ele começa a beijar minha barriga, prestando atenção em cada uma das minhas costelas. — Prometo que vai valer a pena. — Continuando a descer, ele mordisca meu osso ilíaco, o tempo todo deslizando os dedos de leve sobre o meu abdômen.

O que deveria provocar cócegas, não provoca. Apenas leva a minha excitação para outro nível. Eu me contorço na cama, tentando me aproximar dele.

— Fique quieta, linda, e abra as pernas.

Afasto os pés.

— Mais. Quero o mais aberto possível. — Ele olha para baixo e seus olhos se arregalam. — Você depilou...

— Sim. Senhor. Isso te agrada?

— Você não faz perguntas, lembra?

Gemendo, deixo a cabeça cair de volta na cama.

— Coloque os braços acima da cabeça.

Levanto os dois braços e os apoio na cama atrás de mim.

Ele se levanta e olha para o meu rosto, descendo para os seios e mais para baixo.

— Sua boceta está tão molhada que está pingando. — Seu dedo se move sobre a parte interna da coxa e percebo que está molhada também.

Estou mortificada e fecho os olhos para que ele não possa ver isso.

— Não — ele fala —, você nunca deve se envergonhar do desejo que sente por mim. Entendeu?

— Sim, senhor.

— Fale: nunca vou sentir vergonha do desejo que sinto pelo meu marido.

— Nunca vou sentir vergonha do desejo que sinto pelo meu marido.

— Ou meu Dom.

— Ou meu Dom.

— Coloque as mãos embaixo dos joelhos e mantenhas as pernas abertas para mim.

Minhas mãos estão suadas e trêmulas enquanto seguro as pernas.

Ele se inclina sobre mim, me tocando apenas com a língua, lambendo a umidade, mas evitando o único lugar que mais preciso dele.

— O que você quer, linda?

— Você. Dentro de mim. *Por favor.* — Remexo mais os quadris, tentando fazê-lo se concentrar.

Ele aproveita a oportunidade para me dar uma palmada, me lembrando novamente de quem está no comando. Em seguida me penetra novamente e coloca o vibrador em meu clitóris, a combinação me leva ao auge tão rapidamente que não consigo respirar direito.

— Goze, Natalie. — Quando ele fala isso, pressiona meu clitóris e eu gozo, gritando e me debatendo enquanto ele continua a pressionar em mim, entrando e saindo até gozar também.

Solto as pernas, porque não consigo mais segurá-las. Minhas coxas estão tremendo e cada centímetro do meu corpo está vibrando.

Flynn me abraça forte, me beijando em todos os lugares que pode alcançar.

— Shhh, linda.

Ele beija meu rosto e sinto a umidade. Minhas lágrimas.

— Está tudo bem. Nunca esquecerei a expressão em seu rosto quando você chegou ao clímax. Estava tão linda.

— Eu-eu... foi...

Ele emoldura meu rosto e usa os polegares para enxugar minhas lágrimas.

— Me conte.

— Incrível.

— Sua palavra favorita para me descrever. Gosto disso.

Mordo o lábio e concordo.

— Ela se encaixa.

Flynn se vira de lado, me levando com ele. Nossos corpos ainda estão unidos. Ele mantém os braços ao meu redor, acariciando meu cabelo e esfregando minhas costas.

— Você está bem?

Concordo.

— Preciso de palavras, Nat.

— Estou bem. Ótima, na verdade.

— Gostou do que fizemos?

— Você não notou?

— Sim — ele diz, rindo — notei, mas quero que você diga. Aqui não é lugar para ser virtuosa.

— Virtuosa. Essa é a palavra que a Leah usou para me descrever, porque eu não estava disposta a fazer sexo com qualquer pessoa.

— Ela não sabia o motivo.

— Não. Ela não sabia que eu estava esperando por você.

— Nat... você é tão doce e sexy. O jeito que você estava de joelhos, esperando por mim... caramba, foi demais. Nunca esquecerei isso.

— Por que você me fez esperar tanto tempo?

— A antecipação torna tudo mais intenso.

— Eu me perguntei se era por isso.

— Pensando nisso o dia todo, nós dois estávamos no fio da navalha antes de pisarmos aqui. — Ele beija minha testa e continua a acariciar meu cabelo. Está no modo carinhoso total agora. — Você ia me dizer se gostou do que fizemos.

— Amei. Amei entregar o controle do meu prazer a você e saber que você faria com que isso fosse ótimo para mim.

— É o que sempre vou fazer. Pode contar com isso.

— Me fale a verdade sobre uma coisa?

— Qualquer coisa.

— Você foi tranquilo comigo esta noite?

— Tranquilo?

— Você sabe o que estou perguntando, Flynn.

— Eu te disse que começaríamos devagar.

— E foi bom para você também?

— Chegar aqui e te ver em posição... nunca vou esquecer da minha primeira visão de você se submetendo a mim com tanta boa vontade e perfeição. Nunca estive mais excitado na vida. Caramba, Nat, se tivesse sido melhor, eu poderia ter morrido de prazer.

— Por favor, não faça isso. Preciso de você aqui comigo.

— Estou bem aqui e não vou a lugar algum. Não há outro lugar que eu prefira estar.

9

Flynn

ntes de sairmos do apartamento pela manhã, preparo um SMS que pretendo enviar para Natalie enquanto estivermos no carro a caminho de Teterboro.

Quando tivermos permissão par desafivelar os cintos, se levante do seu assento e vá para o quarto. Tire todas as roupas e se deite na cama. Quero dois travesseiros apoiados em baixo dos seus quadris, assim sua bunda deliciosa vai ser a primeira coisa que verei quando entrar. Exponha essa bunda para que eu possa fazer o que quiser.

Puta merda, se escrever a mensagem me deixa tão duro, como será a sensação de entrar no quarto do avião e vê-la pronta para mim? Enquanto isso tudo é novidade para Natalie, para mim, fazer isso com alguém que amo tanto quanto a amo é novo. O amor torna tudo muito mais intenso e emocionante.

Durante toda manhã, pensei em como ela estava de joelhos para mim na noite passada, o quanto havia sido submissa de um jeito tão dócil. Fiquei à procura de quaisquer sinais de problemas na forma de *flashbacks* ou gatilhos, mas não houve nada além de prazer. Ela adorou.

Acordamos nos braços um do outro e fiz amor de forma lenta e preguiçosa com a minha linda esposa, atrasando meu próprio prazer até que ela gozasse duas vezes. Provavelmente, ela acha que terminamos depois disso. Mal posso esperar para ver sua reação à mensagem.

Quando estamos com tudo arrumado e prontos para ir, aviso a equipe de segurança. Eles nos pegam na garagem pouco tempo depois e nos levam em um SUV preto com vidros escuros. Prefiro dirigir, mas a vantagem de ser conduzido é me aconchegar à minha esposa no banco de trás. O vidro entre a frente e a parte de trás está fechado, o que nos dá alguma privacidade.

Fluff está acomodada entre nós, roncando como uma serra elétrica, como de costume.

— Parece que estou realmente indo embora dessa vez — Natalie comenta quando estamos na Hudson Parkway rumo à ponte George Washington. O tráfego está pesado, mas está se movendo.

— O que você quer dizer?

— Da última vez que saí de Nova York, ainda havia a possibilidade de voltar à escola e ao meu apartamento.

— Podemos mandar uma empresa de mudança até o seu apartamento para pegar as últimas coisas.

— Isso seria bom.

— Enviou o e-mail para o sr. Poole?

Ela concorda.

— Esta manhã. Ele respondeu em seguida, me agradecendo por avisá-los e me oferecendo um pacote de indenização que inclui o salário que eu teria recebido se tivesse concluído o meu contrato.

— Isso é fantástico, linda. É o mínimo que deveriam fazer.

— Acho que sim.

— Não ficou feliz com isso?

— É estranho receber todo esse dinheiro para não fazer o meu trabalho.

— Natalie, o que a sra. Heffernan fez com você foi errado. Foi ilegal e o conselho sabe disso. Se optássemos por processá-los, provavelmente eles teriam que te indenizar em milhões. Pagar seu contrato é mais do que justo. Na verdade, é o mínimo que podiam fazer.

— A vantagem é que eu mesma vou poder pagar meus empréstimos estudantis, o que é importante para mim.

— Hummm, quanto a isso...

Ela se vira para me olhar, perturbando Fluff, que solta um grunhido aborrecido.

— O quê?

— Eu, hum... você vai ficar brava.

— Você pagou meus empréstimos?

— Eu, bem... sim, paguei.

— Flynn! Eu disse que não queria que você fizesse isso!

— Eu sei, linda, mas só paguei para que você não tivesse que se preocupar com isso. Você havia perdido o emprego. Como ia fazer os pagamentos?

— Eu teria dado um jeito.

— Enquanto isso, teria perdido as datas de vencimento e seu crédito seria afetado. Não queria isso para você.

— Então você agiu pelas minhas costas e fez algo que eu pedi para você não fazer?

— Eu cuidei da minha esposa.

— Concordei em ser submissa a você no quarto, mas *só* no quarto.

— Você acha que é isso? Que estou te dominando?

— É o que me parece.

— Bem, não é. Só estou cuidando de você.

— Você está fazendo algo que eu te disse para *não* fazer.

— Se coloque no meu lugar, Nat. Se eu estivesse preocupado com algo que você poderia resolver com facilidade, o que você faria?

— Respeitaria seus desejos.

— Bem, me desculpe por ser um cretino que não suporta te ver chateada com algo que posso resolver com um telefonema.

— Vou te reembolsar.

— Não, não vai.

— Vou, *sim*!

— Se acha que vou pegar seu dinheiro, você está maluca.

— Mas devo aceitar o seu como a *esposinha obediente*?

— Agora você está tentando me irritar.

— Ótimo, então nós dois estamos irritados.

Ainda que não goste de tê-la deixado brava, adoro que ela se sinta livre para me dizer o que sente vontade. Amo que ela esteja com raiva de mim. Estou muito mais acostumado com mulheres que se esforçam para me agradar do que me desafiar e arriscar a perder meu carinho. Nenhuma delas descobriu que tudo o que eu realmente queria era que elas fossem verdadeiras comigo. Com Natalie, é tão verdadeiro quanto parece. E ela está furiosa. Posso dizer pela rigidez dos seus ombros enquanto ela olha pela janela.

Alcanço sua mão.

— Sinto muito, Nat.

Ela se solta.

— Não, você não sente.

Ela fica muito fofa quando está chateada.

— Sinto muito mesmo por ter feito algo que você me pediu para não fazer e por isso ter te aborrecido.

— Me poupe. Você só sente muito por ter sido pego.

Decido que este é o momento perfeito para enviar a mensagem que escrevi. Pressiono enviar e aguardo o toque do seu telefone.

Ela o pega do bolso, lê a mensagem e, em seguida, me olha, incrédula.

— Tá falando *sério* agora?

— Tão sério quanto parece. Você pode dizer não. Se eu não ouvir a palavra, espero que você siga minhas instruções. — Eu me inclino em sua direção para ver seus olhos verdes, tão diferentes do que estou acostumado, mas ainda é a minha Nat. — Ao. Pé. Da. Letra.

Ela balança a cabeça e começa a me ignorar enquanto olha pela janela. Neste caso, o silêncio é de ouro. Ela não diz a palavra que colocaria um fim aos meus planos antes de começarem.

Passo a mão sobre o bolso do casaco, onde guardei os itens que trouxe. Ela não tem ideia do que vamos fazer durante o voo.

Natalie

ELE ESTÁ LOUCO se acha que vou fazer sexo depois de descobrir que ele foi contra o meu pedido e pagou meus empréstimos. Sou grata por seu desejo de cuidar de mim e afastar minhas preocupações. Ele é incrivelmente generoso e atencioso. Mas me preocupa que ele ache que está certo fazer algo que lhe pedi especificamente para *não* fazer — sem sequer falar comigo sobre isso primeiro.

Esse é um precedente perigoso, ainda mais do que sua propensão para me comprar presentes extravagantes. Tenho que fazê-lo entender que não vou tolerar que meus desejos sejam ignorados em assuntos importantes. Esse não é o tipo de casamento que quero ter. Somos capazes de fazer melhor do que isso.

Quero dois travesseiros apoiados em baixo dos seus quadris, assim sua bunda deliciosa vai ser a primeira coisa que verei quando entrar. Exponha essa bunda para que eu possa fazer o que quiser.

Quero grunhir por causa da frustração que acompanha o lento despertar do desejo que me faz mudar de posição. Ele sabe exatamente o que a mensagem que, obviamente, preparou com antecedência e a enviou enquanto estávamos no meio de uma discussão está fazendo comigo. Ele acha que bagunçar meus pensamentos com sexo vai me fazer esquecer que estou aborrecida com ele?

Bem, seu plano está funcionando, porque em vez de pensar em como estou com raiva, estou pensando na minha bunda exibida a ele como seu brinquedo pessoal. Eu me lembro das vezes que ele me tocou lá antes e do quanto gostei. Admito estar curiosa demais sobre o que ele planejou.

Não dizemos uma palavra ao outro enquanto atravessamos a ponte para Nova Jersey e chegamos ao aeroporto pouco tempo depois. Somos conduzidos ao avião com a eficiência habitual e saudados por outra comissária de bordo que tenta fingir que não está pirando por Flynn Godfrey estar em seu avião.

Com Fluff no colo, me acomodo no assento perto da janela para poder continuar a observar o mundo enquanto tento descobrir o que fazer com meu dilema atual. Dou o que ele quer, mesmo depois de ele ter agido contra meus desejos? Se eu ceder agora, isso vai ficar esquecido? Ou posso separar o sexo da enorme questão que agora está entre nós?

Estou extremamente confusa, mas também extremamente excitada pelo pedido que ele me fez via mensagem de texto.

A comissária oferece bebidas e Flynn pede Bloody Mary para nós dois. Nunca tomei, mas estou disposta a experimentar, se isso significar que não tenho que falar com ele para dizer que não quero. Quero que ele admita que estava errado em pagar os empréstimos sem falar comigo primeiro. Depois que as bebidas são servidas, a comissária avisa que irá retornar após a decolagem para nos auxiliar.

Tenho que admitir que gosto do sabor apimentado da bebida, assim como do calor do álcool que percorre minhas veias.

Enquanto o avião corre pela pista e decola, meu coração começa a bater forte, como uma batida grave que ecoa em meus ouvidos e pulsa na minha garganta. Cada ponto de prazer do meu corpo está em alerta total, batendo em sincronia como um tambor. Com o avião ganhando altitude, estou ficando sem tempo. A qualquer momento, o sinal do cinto de segurança vai soar e vou ter que usar minha palavra segura ou seguir suas ordens.

O som do sinal do cinto de segurança soa alto como um tiro na cabine, me assustando mesmo que eu soubesse que era iminente.

— Boa tarde, sr. e sra. Godfrey e bem-vindos a bordo. Aqui é o comandante. Estão liberados para se movimentar pelo avião. Esperamos uma viagem relativamente tranquila, mas pedimos que tomem cuidado, pois a turbulência inesperada é sempre uma possibilidade. Por enquanto, sentem-se, relaxem e aproveitem nosso voo de cinco horas até Los Angeles.

Tempo de decidir. Como se houvesse uma decisão a tomar. Vou me submeter a ele sexualmente, mas não serei submissa no restante do tempo. Se ele não aceitar meu dinheiro, vou encontrar uma maneira de reembolsá-lo da mesma forma que ele pagou os empréstimos: pelas costas.

Posso sentir os olhos de Flynn em mim, esperando para ver o que vou fazer.

Solto o cinto de segurança e me movo com cuidado para acomodar o corpo adormecido de Fluff no meu lugar. Sem sequer um olhar para o meu marido, vou até os fundos do avião para seguir suas ordens. Uso o banheiro para me refrescar antes de tirar as roupas e me deitar na cama, pegando os travesseiros para posicioná-los sob meus quadris.

Uma parte de mim não acredita que estou fazendo isso. Há um mês, eu era intocada por qualquer outro homem além daquele que me atacou há muito tempo. Agora estou aqui, me preparando para oferecer o traseiro para o meu marido. É surreal para dizer o mínimo.

Eu me inclino sobre os travesseiros com as pernas separadas para me apoiar e minha cabeça descansa contra os antebraços. Tento não pensar sobre o que ele verá quando entrar no quarto. Mais uma vez, a posição associada à antecipação tem o efeito desejado em mim. Meu corpo inteiro está zumbindo de desejo.

Quando estou começando a me perguntar se ele vai me fazer esperar tanto quanto ontem à noite, a porta se abre.

Minha pele se arrepia quando o imagino me olhando exposta para ele desse jeito. Eu me pergunto o que ele está pensando, se está satisfeito com o que vê. A porta se fecha e o barulho da chave deslizando faz meu coração bater forte. É o não saber, a curiosidade, a especulação, o desejo desesperado que me deixa louca. É uma combinação inebriante, como ele bem sabe.

Ele não diz uma palavra e se faz alguma coisa, não posso dizer, porque está fazendo em silêncio absoluto. O único som é o baixo zumbido dos motores do avião. Minhas pernas começam a tremer pelo esforço de me manter erguida e aberta para seu exame cuidadoso. *Sei* que ele está olhando. Posso *sentir* seus olhos em mim, o que, de alguma forma, torna isso mais excitante do que o sexo mais excitante que já tivemos, e ele nem me tocou ainda.

O som do zíper rompe o silêncio e eleva meu ritmo cardíaco já acelerado. O barulho desperta cada parte do meu corpo em preparação para ele.

Quando sinto o ar passar por mim enquanto ele se aproxima, estou pronta para chorar de alívio. Esperando que ele me toque, me arrepio.

Meus mamilos estão tão eriçados que doem, assim como meu clitóris, que pulsa no ritmo da batida do meu coração. Até as solas dos meus pés estão assim, vibrando e formigando.

Ah, *caramba*. É a língua na minha bunda? *Sim*! Minha nossa... não consigo respirar. Não posso pensar. Não posso fazer nada além de sentir enquanto ele traça um caminho de cima para baixo de um lado e de baixo para cima do outro. Ele me toca só com a língua, o que é mais do que suficiente para me fazer gemer pela necessidade de mais. Nem sei o que preciso. Só preciso de *mais*.

Ele coloca as mãos em mim, me abrindo para sua língua. Não acredito que ele esteja me lambendo *lá*. E, puta merda, é incrível. Sua língua está em toda parte, circulando, mergulhando, persuadindo. Estou tremendo como uma árvore em uma tempestade, a ponto de implorar para que ele faça qualquer coisa que possa imaginar, contanto que isso acabe com a dor desesperada.

E então ele se afasta, me deixando no precipício de algo enorme. Quero chorar de frustração por ser deixada insatisfeita e carente. Ouço o clique de uma tampa se abrindo e o som de algo líquido. Ele sabia o que estava fazendo me colocando nessa posição, então não sei o que esperar em seguida.

Seu dedo pressiona contra a minha entrada de trás, insistente e determinado a vencer os músculos tensos.

Meu impulso é lutar contra, negá-lo, mas ele não aceita um não-silencioso como resposta. Seu dedo desliza até onde consegue enquanto meus músculos se apertam ao redor dele. Como nas outras vezes em que fizemos isso, não posso negar a emoção obscura e proibida disso. Antes dele, antes de nós, eu não teria pensado que poderia gostar de ser tocada ou penetrada aí. Mas gostar é uma palavra muito suave para como me sinto ao permitir que ele faça tal coisa, ao recebê-lo, ao implorar por esse momento.

Ele retira o dedo e quero gritar com a perda, mas mantenho o silêncio. A menos que ele fale diretamente comigo, não vou questioná-lo.

Ele retorna, desta vez com dois dedos, e o encaixe é decididamente mais apertado e menos confortável. A pontada de dor faz meu clitóris pulsar, o que me surpreende. Como dor e prazer podem coexistir?

Ele movimenta os dedos para dentro e para fora.

Abro mais as pernas e movimento a bunda no ritmo dos seus dedos. Começo a perceber que posso gozar assim e tenho que me lembrar de que não posso.

— Fale comigo, Nat. Como está?

— Não quero falar com você.

Ele bate na minha bunda com a mão livre — mais forte do que na noite passada.

— O que acontece lá fora *não* entra aqui, entendeu?

— Sim.

— O quê?

— Sim — digo com os dentes cerrados. Ainda estou com muita raiva dele.

— Sim, quem?

— *Senhor.* Sim, senhor.

— Não seja atrevida comigo, Natalie, ou vou ter que bater nessa bunda sexy até que esteja tão dolorida que você não possa ficar sentada por uma semana sem se lembrar de como ficou assim.

Gostaria muito de responder, mas mordo a língua. Tenho a sensação de que vou ficar dolorida o suficiente com as outras coisas que ele planejou sem acrescentar essa dor à mistura.

— Me diga o que estou fazendo com você agora.

Ele quer que eu diga as palavras? Claro que quer.

— Está colocando seus dedos em mim.

— Onde?

— Na minha bunda.

— E o que estou fazendo com eles?

— Me acariciando.

— Qual é a palavra que eu usaria?

Embora eu não seja puritana em relação a palavrões, treinei a mim mesma para evitar essas palavras durante a minha carreira como professora do ensino fundamental — treinamento que não é mais necessário.

— Fodendo.

— Muito bem. Agora diga tudo.

— Você está... está fodendo minha bunda com os dedos.

— Humm — ele fala mordiscando o lado direito do meu traseiro. — Adoro quando você fala sacanagem para mim.

Reviro os olhos, o que é claro que ele não pode ver. Só falo sacanagem quando ele me faz falar.

Ele me faz dizer as palavras e volta a movimentar os dedos, me deixando tremendo e fraca com a necessidade. Nunca me senti tão carente. É o não saber o que esperar que me deixa no limite, pronta para implodir. Ouço o clique da tampa novamente e o som de algo líquido. *O que ele está fazendo?*

Sinto a pressão de novo, só que é algo diferente de dedos. A pressão é intensa.

— Empurre para trás, linda.

— O-o que é isso?

— Sem perguntas, lembra?

Expiro antes de inspirar profundamente, tentando aliviar a dor dos meus músculos lutando contra a intrusão. Seja o que for, é muito maior e mais largo que seus dedos. Não tenho certeza se consigo.

— É isso, linda, você está ótima. Esta é a parte mais larga agora. Você consegue.

Mais largo? Como é possível? Todo o meu foco e atenção estão na tensão do meu traseiro lutando para receber o objeto, e é assim que ele é capaz de me pegar completamente desprevenida quando escolhe esse momento para acariciar meu clitóris. Esquecendo tudo sobre onde estamos, grito em decorrência do raio de prazer que tira minha mente da intrusão de trás e permito que ele encaixe totalmente o objeto na minha bunda.

Puta. *Merda.* Se ele não me deixar gozar agora vou perder a cabeça.

— Você foi muito bem, Nat. Gostaria que você pudesse ver o

quanto a sua bunda está esticada ao redor do plug. É a coisa mais sexy que já vi.

Sinto a cabeça do seu pênis pressionando em mim e o encaixe é tão apertado por causa do plug que não acho que posso tomá-lo.

— Calma, linda. Você consegue. Relaxe e me deixe entrar. — Ele vai devagar, me penetrando lentamente, me estendendo além do ponto de dor e em um nível que nunca soube que existia até que ele me mostrasse como poderia ser. Então o objeto no meu traseiro começa a vibrar, e eu me derreto toda.

Flynn está bem ali comigo, me penetrando com força e rapidez enquanto eu me rendo a ele. É a coisa mais sexy que já experimentei. Me entrego completamente. Sou dele de todas as formas possíveis para fazer o que quiser, porque sei que o que mais lhe agrada também me agradará.

Suas mãos deslizam debaixo de mim para cobrir meus seios e apertar meus mamilos e não posso mais segurar. O orgasmo me atinge como uma enorme onda, me sugando e roubando o ar dos meus pulmões enquanto todas as partes do meu corpo reagem ao clímax esmagador.

Flynn aperta meus mamilos novamente, provocando um segundo orgasmo menor enquanto goza com um gemido. O plug faz com que eu sinta tudo muito mais intensamente, incluindo o calor do seu orgasmo que me enche. Ele se inclina sobre mim, seu peito pressionado contra minhas costas e as mãos ainda segurando meus seios.

— Não me lembro de ter lhe dado permissão para gozar.

— Não pude evitar.

— Você vai precisar aprender.

— Como faço isso?

— Com a prática. Por enquanto, você ganhou um castigo. — Suas palavras, sussurradas perto do meu ouvido, me fazem tremer. Ele pulsa dentro de mim, me lembrando que ainda está lá. Como se eu pudesse esquecer. Se levantando, ele coloca as mãos nos meus quadris e se retira de mim lentamente, batendo no plug, o que me faz ofegar com a sensação que viaja pelo meu corpo. — Sua punição será manter o plug no lugar até chegarmos em casa. Em Los Angeles.

— Vai levar horas!

— O que lhe dará bastante tempo para pensar em como você vai se controlar melhor da próxima vez. — Ele remove os travesseiros que estão em baixo dos meus quadris. — Vire-se. Quero ver seu rosto.

Quando estou virada olhando para ele, Flynn me beija. Sua ereção já está voltando à vida entre nós.

— Isso foi tão gostoso, linda. Amo seu traseiro. Foi bom para você também?

— Você tem mesmo que perguntar? Os gritos do orgasmo não foram prova suficiente?

— Gosto de ouvir as palavras.

— Eu amei.

— Fico feliz em ouvir isso. Você se sentiu assustada?

— Não nesse sentido. Estava ansiosa, porque não sabia o que esperar e não podia ver o que você estava fazendo.

— Isso faz parte. Negar um sentido aumenta os outros. Como usar vendas é um limite rígido para você, essa posição de hoje é uma maneira de contornar. Você não pode me ver, mas não está no escuro.

— Você foi muito inteligente.

— Jogo há anos. Aprendi alguns truques ao longo do caminho.

Me dói pensar nele com outras mulheres.

— O que foi? Algo te aborreceu.

— É só o pensamento de você fazer isso com outras mulheres... — Fecho a mão e apoio no meu peito. — Me dói bem aqui, por mais irracional que isso possa ser.

— Não é irracional. Pensar em qualquer outro homem te tocando me deixa louco, então entendo. Mas você deve saber que qualquer mulher que veio antes de você foi um ensaio para o evento principal. Elas estavam me preparando para você.

— É muito gentil da sua parte dizer isso, mas se em algum momento nos depararmos com alguma delas, não me diga. É melhor não poder imaginá-las.

— Achei que você soubesse tudo ao meu respeito antes de nos conhecermos.

É engraçado pensar que achei que o conhecia muito bem antes de nos encontrarmos, quando eu só sabia o que era publicado sobre ele. O homem real é muito mais complexo do que até os paparazzi, que o perseguem de forma implacável, jamais poderiam começar a imaginar.

— Sei sobre as famosas. Tenho certeza de que havia legiões de outras pessoas.

— *Legiões*, não...

Cutuco a sua barriga, o fazendo grunhir de tanto rir.

— Você é a única que realmente importa, Nat. Você tem que saber disso.

— Sei, mas não me canso de ouvir.

— Vou ter que te dizer mais vezes então. — Ele esfrega o estômago e se estica. — Não sei quanto a você, mas estou morrendo de fome. Quer se levantar, comer e assistir a um filme?

— Como eu devo fazer tudo isso com essa *coisa* na minha bunda?

— Você vai se acostumar.

— *Quando?*

— Você ganhou essa punição por um motivo justo, linda. Não me faça aumentá-la por você reclamar.

— Acho que seria justo se você tivesse que fazer isso algum dia para saber como é.

— Não.

— Isso é muito hipócrita.

— Não é algo que me interessa, mas interessa a você. Portanto, não há nada de hipócrita nisso.

— Você foi advogado em vidas passadas, não é?

Ele sai da cama e pega uma bermuda da mochila.

— Engraçado, minha mãe costumava dizer a mesma coisa quando eu discutia com ela e meu pai sobre tudo e sem parar.

— Posso imaginar.

— Vamos, garota preguiçosa. Hora de se levantar e jantar com seu marido. — Ele desaparece no banheiro ao lado para se lavar.

Me movo com cuidado, ciente a cada segundo do plug que está na minha bunda. Pelo menos não está mais vibrando. Sou grata pelos pequenos favores. Na sacola que trouxe comigo de Nova York, encontro calcinha limpa, moletom e uma camiseta de manga comprida que coloco sem sutiã. Viajar no conforto luxuoso, definitivamente, é muito bom. Os voos para cruzar o país estão começando a parecer rotineiros para mim.

Ele sai e vou ao banheiro. Com a calças abaixada, me viro para olhar o plug no espelho, que é vermelho. A extremidade plana é visível e isso o torna estranhamente excitante.

Eu me junto a Flynn no salão, me sentando devagar e com cautela. Quando o pego sorrindo para mim, franzo a testa em resposta, o que só o faz rir. Estou feliz que um de nós ache isso engraçado.

A comissária de bordo aparece com cardápios e a carta de vinhos.

— Estou com vontade de frutos do mar e chardonnay — ele fala depois de uma rápida leitura. — O que acha, linda?

Observo o cardápio enquanto a mulher aguarda meu pedido. Quando decido, olho para ela, mas antes que eu possa fazer o pedido, as palavras são roubadas dos meus lábios pelo plug que começa a vibrar novamente.

— Nat? — Flynn pergunta, a imagem da inocência.

— Eu... hum, quero o mesmo.

— Ótimo — a mulher fala em tom alegre, pegando os cardápios. — Volto já com o vinho.

— Não posso acreditar que você fez isso — sussurro para ele no minuto em que estamos sozinhos e o plug, milagrosamente, para de vibrar.

— O que eu fiz?

— Não banque o inocente. Você ligou a *coisa* e fez isso para que eu não pudesse falar.

— Como um plug na bunda faz com que você não possa falar?

— Não diga isso em voz alta! Ela pode te ouvir.

Sua gargalhada alta me faz querer bater nele.

— Você está gostando disso, não é?

— Pode apostar seu *traseiro* que estou. Chega de brincar com a minha bunda.

— Só estou começando com ela, linda.

— Está claro para mim que fiz um acordo com o diabo.

— Só descobriu isso agora?

A comissária retorna, trazendo nosso vinho e saladas. Tomo um gole da minha taça e quase engasgo quando a vibração começa de novo. De alguma forma, consigo engolir.

— *Flynn*! Pare!

Ele está rindo demais para falar.

Em seguida, a vibração muda um pouco, se tornando mais intensa e incrivelmente excitante. Caramba, como é possível que eu esteja tão excitada por causa de um plug vibratório no traseiro? É incompreensível que eu esteja gostando tanto disso. Assim que estou realmente excitada, a vibração para e eu desmorono na cadeira.

— Coma seu jantar, Nat.

— Eu te detesto neste momento.

— Não detesta, não. Você me ama.

— Primeiro, você paga meus empréstimos estudantis pelas minhas costas e agora isso.

— Sinto muito, linda. Sou um cretino horrível.

— Bem, pelo menos você sabe.

— Você ainda está brava com os empréstimos?

— Sim, ainda estou. Você não pode me distrair com sexo por estar com raiva.

— Droga. Valeu a pena tentar. — Ele se vira em seu assento para ficar de frente para mim. — Nat, ouça, sei que você está chateada com os empréstimos e entendo o porquê. Acho que não avaliei isso nos dois sentidos...

— Que dois sentidos?

— Amo o fato de você não se importar com o meu dinheiro, mas com isso vem sua independência feroz, que também respeito.

— Não estou com você por causa do seu dinheiro.

— Sei disso, linda. É o que estou dizendo. Fico feliz que você não se importe com isso, mas o fato é que tenho mais do que posso gastar na vida. Caramba, em duas vidas. E te ver preocupada ou chateada por não saber como pagar os empréstimos depois que você perdeu o emprego por minha causa... tive que resolver o problema para você. Espero que possa tentar entender a minha perspectiva.

— Foi legal da sua parte. Não vou negar, mas o jeito que você fez foi errado. Conversamos sobre o assunto, eu te disse que queria um tempo para descobrir como resolver, mas você desconsiderou meus desejos. Não vou aceitar isso, Flynn. Não me importo com quem você é.

— Venha aqui.

— O quê? Vamos comer e estamos conversando.

— Venha. *Aqui.*

Provocada, me levanto da cadeira e fico na sua frente.

— Estou aqui. O que você quer?

Ele me alcança e me puxa para o seu colo, o plug sendo tocado por sua perna e me fazendo suspirar com as sensações.

— O que deu em você?

— Você. Você está tão dentro de mim que não sei onde termino e você começa. — Ele me beija. — O que você acabou de dizer...

— O que foi que eu disse?

— Não ligo para quem você é.

— Não leve isso para o lado errado.

— Levei para o lado certo. Você não se importa com quem eu sou, e eu te amo por isso. Te amo muito.

— Você é louco, sabia?

— Talvez sim, mas você não sabe como é precioso amar uma mulher que se atreve a dizer essas palavras para mim.

— Vou ganhar outra punição? — pergunto com um sorriso tímido. Estou profundamente comovida com o que ele disse e com o fato de que ele não tem medo de me dizer como se sente.

— Não. Eu nunca poderia te punir por ser a mulher perfeita para mim. Além disso, isso não tem relação com nossa vida. Nunca vou te punir por algo que você faz em nossa vida normal. Não foi com isso que concordamos.

— Então chega de vibração no meu traseiro?

— Não foi o que eu disse. Isso é parte da sua punição e que você a ganhou lá.

Ele segura minha bunda e a aperta.

— Saber que você está usando meu plug é muito excitante, linda. Me deixa cheio de tesão.

— Me sinto assim também, especialmente quando você liga a vibração.

— Então você gostou?

— Nunca vou admitir isso com medo de ser forçada a usá-lo regularmente em público.

Seu sorriso satisfeito é ameaçador de um jeito bom.

— Tarde demais. Você, basicamente, já admitiu. — Seus dedos apertam com mais firmeza para pressionar contra a base do plug.

— Flynn, pare. Ela estará de volta a qualquer momento e vai se constranger.

Ele gira a cadeira para que fique de costas para a cozinha.

— Ela não pode ver o que estamos fazendo.

— Vamos lá... não aqui fora.

— Algum dia — ele diz contra meu ouvido —, você pode acabar nua, com um plug e amarrada em público para mim.

Suas palavras me arrepiam, me fazendo esquecer dos quatro orgasmos que já tive hoje. De repente, quatro está longe de ser suficiente.

— Algum dia não é hoje — consigo dizer, mesmo que minha garganta tenha ficado apertada e a boca seca com o pensamento de estar em exibição da maneira que ele descreveu.

— Esse pensamento te excita?

— Não.

Sua ereção pressiona contra o meu traseiro.

— Se eu colocasse a mão na sua calcinha agora, descobriria que você está mentindo?

— Não faça isso.

— Responda.

— Talvez.

Ele ri da minha resposta e me abraça com força.

— Você pode sentir o que esse pensamento faz comigo.

— Essa é a sua fantasia final? Fazer isso comigo em público?

— Uma delas.

— Quais são as outras?

— Prefiro te mostrar em vez de dizer.

— Você quer é me manter despreparada e inconsciente.

— Não é mais excitante não saber?

— Receio concordar com qualquer coisa que você diz com medo de te encorajar.

— Não é um medo de verdade, é?

Ele é tão fofo com sua preocupação por mim.

— Não. Tudo o que fizemos foi... bem... indescritível.

— Tente.

— Tentar o quê?

— Descrever.

— Em palavras mesmo?

— Isso seria bom.

— Você gosta de me fazer dizer coisas que, normalmente, eu nunca diria, não é?

— Aham. — Sua mão sobe até a minha coxa até que coloco a minha sobre a dele para parar o seu progresso. — Quero falar sobre isso, tudo isso. A conversa ajuda a construir a confiança entre nós. Torna tudo mais íntimo.

— Vou falar *só* se você me deixar te reembolsar pelos empréstimos que você pagou.

— Você é dura nas negociações, meu amor, mas temos um acordo. É melhor que sejam *ótimas* palavras.

Eu me inclino o mais perto que posso e deixo meus lábios roçarem em sua orelha. Amo quando ele estremece e seus braços me apertam.

— O que acabamos de fazer... adorei tudo. Amei a antecipação, o fato de não saber o que aconteceria, mas também a certeza de que você me tocaria lá.

— Onde? — ele pergunta com a voz rouca. — Onde eu te toquei?

— Na minha bunda. Não pude acreditar que você me lambeu lá. Foi tão obsceno, mas, ao mesmo tempo, muito gostoso. Gostoso demais. Quando você usou os dedos... — Me remexo no seu colo, me certificando de roubar um gemido dele. — nunca esperaria gostar tanto. E o plug... — Expiro, me certificando de que minha respiração toque sua orelha. — Foi... uma... loucura. Ficou tão apertado quando você...

— Te comi. Fale.

— Quando você me comeu. Não havia espaço suficiente...

— Pare.

Me inclino para trás para que eu possa ver seu rosto, que está tenso.

— O que há de errado?

— Se você disser outra palavra, vou te comer de novo aqui nesta cadeira, o que, com certeza, vai chocar a comissária de bordo.

— Foram palavras boas? — pergunto em tom inocente, animada em saber que o derreti totalmente.

— Foi incrível.

Inclino os lábios para seus ouvidos de novo.

— Depois que jantarmos, talvez eu deixe que você me coma aqui nesta cadeira.

— Pare!

1 0

***

Flynn

Quando acho que ela não pode ficar mais perfeita, ela me desfaz com uma descrição do nosso amor que me deixa em chamas. Ouvir essas palavras da sua boca doce é uma das coisas mais excitantes que já experimentei — só perdendo para a visão da bunda linda em plena exibição para mim. Isso é algo que nunca vou esquecer.

Observá-la florescer nesta incrível e sexy mulher foi uma das experiências mais satisfatórias da minha vida. Ela ter sido capaz de superar seu passado doloroso e colocar sua confiança e bem-estar em minhas mãos é algo que sempre vou valorizar.

Principalmente depois de ter passado um longo dia pensando que poderia tê-la perdido para sempre.

A refeição de vieira grelhada, arroz e legumes está deliciosa, mas só sinto um tipo de fome, então preciso me esforçar para satisfazer o outro.

Natalie compartilha suas vieiras com Fluff, que a olha com adoração, esperando por quaisquer restos que ela dê. Ela está serena e relaxada enquanto eu estou mais tenso do que nunca por ter ouvido sua descrição do nosso sexo. Quero dizer a ela que se apresse, que coma e termine para que possamos continuar, mas não faço, porque estou quase receoso de mostrar o que ela começou.

Pouco depois, a comissária vem recolher nossos pratos e nos serve mais vinho.

— Posso ajudá-los com algo mais?

— Não, estamos satisfeitos. Pode descansar o resto do voo.

— Ah. Bem, apertem o botão de chamada se precisarem de alguma coisa.

— Não vamos precisar. — Espero que ela entenda a deixa para ficar de fora. Não vou me responsabilizar por nada que ela veja se não entender a dica.

Ela leva os pratos e fecha a porta.

— Isso foi meio rude — a minha adorável esposa fala.

— Volte para cá.

— Agora?

— Agora mesmo.

Natalie coloca a taça de vinho em um dos porta-copos e para na minha frente.

— Você chamou?

— Tire as roupas.

— Aqui?

— Bem aqui.

Ela olha por cima do ombro para a porta fechada da cozinha. Se preocupar com o retorno da comissária vai tornar a experiência mais intensa para ela, então não alivio suas preocupações.

— Natalie... não estou pedindo...

Ela me olha de novo, como se estivesse tentando avaliar o que está acontecendo. Ela tem que saber que me pôs em chamas com o que disse. Mas como isso é novo para ela, sinto a necessidade de lembrá-la de que ela ainda detém todo o poder.

— Você sabe como dizer não.

Por um longo momento, espero que ela diga a palavra que vai parar tudo.

Depois de outro olhar hesitante por cima do ombro, ela puxa a camiseta, mostrando os seios para o meu olhar faminto.

— Continue.

A calça de moletom desce lentamente por suas pernas, avançando por cada centímetro tentador até que ela tira tudo e fica só com uma calcinha pequena.

— Vire-se.

Ela está hesitante, mas faz o que peço e cruza os braços sobre o peito. Não vai ficar assim.

— Mãos ao lado do corpo. — Quase posso vê-la ranger os dentes quando se vira com os seios nus para encarar a porta que nos separa da comissária de bordo. Me inclinando para frente, passo as mãos das suas panturrilhas até as coxas e levanto sua bunda. A base vermelha do plug está visível através da fina camada de pano que a cobre.

— Flynn...

— Shhh. Não fale. — Deslizo a calcinha para baixo até que ela fique abaixo do seu traseiro, mantendo as pernas presas. Abro sua bunda, observando-a esticada para acomodar o plug de tamanho médio. Mal posso esperar para passarmos para o próximo tamanho. Tudo a seu tempo.

Deixo os dedos deslizarem através da umidade para encontrar seu clitóris inchado e em total atenção. Estou satisfeito por descobrir que ela está molhada o suficiente para o que tenho em mente. Suas pernas tremem.

Enquanto continuo acariciando o clitóris, coloco meu braço ao redor da sua cintura para impedi-la de tropeçar.

— Se incline para trás, linda.

Com a calcinha mantendo as pernas juntas, ela se move com rigidez.

— Tire a calcinha.

Posso sentir sua hesitação quando ela se inclina para atender meu pedido. A qualquer segundo agora, ela tem certeza de que a comissária de bordo vai reaparecer. Ela está prestes a descobrir que o medo de ser pega pode ser um poderoso afrodisíaco. Aproveito a oportunidade para tirar minhas próprias roupas enquanto a olho de perto. Tiro o controle remoto do plug do bolso e o coloco sob a minha perna para que ela não possa vê-lo. Quando ela está de pé e a calcinha no chão, estendo as mãos para trazê-la para o meu colo.

Suas mãos pousam no meu peito enquanto ela tenta encontrar o equilíbrio.

— Não acabamos de fazer isso?

— Mas foi antes de você falar sacanagem para mim.

— Você me fez falar!

Dou de ombros como se isso não fosse verdade. Consegui exatamente o que eu queria — e ainda mais.

— Agora você tem que aguentar as consequências.

— Isso não é justo.

— Está querendo uma surra?

— Você não pode me bater por fazer o que você pediu.

— Posso te bater por ter feito muito bem.

— Não há lógica nesse pensamento.

— Está discutindo com seu Dom, pequena submissa?

— Não.

— Não, quem?

— Senhor.

Seguro seus seios e beijo seu pescoço até chegar ao lóbulo da orelha, que eu mordisco.

— Acho que você gosta de me provocar, porque gosta de apanhar.

— Isso não é verdade.

— Perguntei alguma coisa? Acho que não. — Ela está tão molhada que posso sentir sua umidade se acumulando no comprimento rígido do meu pau. Quero entrar nela agora mesmo. — Quero que você me coma dessa vez, Nat.

— Como?

— Desse jeito. — Quero ver a expressão em seu rosto quando meu pau entrar no espaço apertado que já está ocupado pelo plug. Quero vê-la quando o plug começar a vibrar. Quero sugar seus mamilos e sobrecarregar seus sentidos.

Ela me segura e me guia em seu calor escorregadio, descendo sobre mim devagar e com cuidado. Ela se esforça para relaxar e me permitir entrar quando quase não há espaço.

Seguro seu traseiro, esperando aliviar a entrada.

— A-acho que não posso — ela fala quando toma apenas metade de mim.

— Pode, sim. — Acaricio seu clitóris e a faço ofegar. Também a faço esquecer que ela está tentando resistir a mim, permitindo que outro centímetro deslize dentro dela. Adoro o jeito como a sua cabeça se inclina em completa rendição e a maneira como seus seios se projetam para frente enquanto ela arqueia as costas. Não posso resistir à doce tentação bem na minha frente. Segurando o seio esquerdo, deslizo a língua em círculos e sinto seus músculos internos se contraindo ao redor do meu pau.

Puxo o mamilo com a boca, sugando e mordiscando até que esteja duro contra meus lábios. De forma gentil, continuo a mordiscá-lo, dando a ela outra coisa para pensar além da pressão do meu pau que a invade.

Seus braços rodeiam meu pescoço, me segurando contra seu peito. Nesse momento, sei que ela está prestes a deixar todas as suas preocupações de lado e se entregar ao momento. Alcanço o controle remoto debaixo da minha perna e ligo o plug. Quando ela registra as primeiras vibrações, cai sobre mim, me tomando por inteiro. Ela fica louca, gritando enquanto seu corpo se ajusta a mim. Eu me pergunto se ela sabe que está tendo um orgasmo após o outro. Entre o aperto firme dos seus músculos e a vibração que está bem contra o meu pau, estou me defendendo do meu próprio orgasmo.

Está na hora de trazê-la de volta para mim. Com os braços ao seu redor, eu a forço a ficar quieta e tomo seu mamilo de volta na boca, mordendo de novo e a fazendo gemer de um jeito que faz meu pau se expandir dentro dela.

— Não pode ficar maior — ela sussurra. — Não mais. — Seus olhos estão fechados, seus lábios separados e uma gota de suor escorre do pescoço para o vale entre os seios. Estou completamente hipnotizado por ela.

— Olhe para mim, Natalie.

Ela se força abrir os olhos. Estão vidrados e desfocados. Espero até que ela foque em mim.

— Como está?

— Eu-eu estou... não sei.

— Está bom?

— Parece que estou cheia. Realmente muito cheia.

— O que estou fazendo com você agora?

— Me comendo com seu grande pau.

Puta merda Ela é incrível. Essas palavras saindo daquela boca doce e linda me deixam louco. Ela me dá mais do que eu peço a cada instante.

— Essa é a minha garota — digo com a voz rouca. — Você sabe do que gosto. Agora mova seus quadris.

Ela sobe e desce, me tomando mais fundo do que já estava.

— É isso aí. Desse jeito. Mais rápido agora.

Ela segura meu pescoço e pega o ritmo, a combinação do seu calor apertado e a insistente vibração sendo o nosso combustível. Quando ela fecha os olhos, inclina a cabeça de novo e morde o lábio, sei que ela está tentando não gozar.

Alcanço entre nós e encontro seu clitóris duro e inchado. O simples toque do meu dedo a faz ofegar.

— Ainda não.

— Não posso segurar.

— Pode, sim. Não pare. — Deixo meu dedo ali para ter certeza de que cada movimento de seus quadris fará com que seu clitóris entre em contato com o meu dedo.

— Por favor — ela sussurra.

— Pode gozar agora. — Eu a beijo para sufocar o grito agudo que acompanha seu orgasmo. Ela se debate contra mim, e eu me seguro o máximo que posso antes de me juntar a ela, soltando-a quando ela cai em meus braços completamente acabada. Quando recupero o fôlego, eu a pego e a levo para o quarto, deitando-a na cama.

Ela abre os olhos e pisca duas vezes.

— Bem-vinda de volta.

— Como você faz isso comigo todas as vezes? — Sua voz soa grave e rouca por causa dos gritos.

— O que eu fiz?

Ela ri e balança a cabeça.

— Você sabe exatamente o que fez.

— Está cansada?

— Estou destruída. Total e completamente arruinada.

— Então fiz o meu trabalho como seu marido e Dom. — Eu a beijo e a olho, absorvendo sua visão corada, suada e ofegante do nosso amor. Relutante, eu me retiro dela. —Durma um pouco. Ainda temos algumas horas de viagem.

— Só se você vier dormir comigo.

Tenho scripts para ler, propostas para revisar... um milhão de coisas que deixei passar nas últimas semanas. Estou muito atrasado, talvez nunca consiga colocar tudo em dia. Mas minha esposa quer que eu durma com ela? É o que vou fazer.

— Me deixe recolher nossa roupas e checar Fluff. Volto já.

Quando me deito na cama, dez minutos depois, ela está apagada.

Natalie

ESTÁ CHOVENDO quando chegamos em L.A. Nos encontramos com Seth e Josh, que nos levam para a casa de Flynn em Hollywood Hills. Acho que a casa dele também é minha agora, o que me lembra de algo que queria perguntar há algum tempo.

— A Valerie morava aqui?

Ele faz uma pausa no meio do caminho de abrir uma cerveja.

— Na verdade, não. Ela nunca chegou a morar. Passamos a maior parte do tempo em que nos casamos gravando os dois filmes que fizemos juntos.

— Então esses pratos não são dela? Nem os lençóis da cama?

— Tudo é meu e só meu. E você deve se sentir à vontade para mudar o que quiser e tornar essa casa sua também.

— É legal da sua parte. Obrigada. — Faço uma pausa antes de fazer a única pergunta que vem pesando sobre mim há dias. — Se ela nunca morou aqui, como sabia sobre o quarto no porão?

Ele coloca a cerveja na bancada e inclina o quadril contra ela, cruzando os braços. Como sempre, o tema *Valerie* desperta sua raiva.

— Depois que terminamos o segundo filme, conversamos sobre finalmente nos mudarmos para cá. Foi quando decidi contar a ela sobre isso. Mostrei o quarto, que era muito menos elaborado do que é agora. Obviamente, foi um grande erro, porque ela não queria me entender ou o que é importante para mim.

— Ela não tem ideia do que perdeu.

Ele me olha daquela maneira intensa que faz tão bem.

— Quando você demonstra o quanto quer me entender, me toca bem aqui — ele diz suavemente e coloca a mão sobre o coração. — *Sinto* de verdade.

Vou até ele e o beijo, acariciando a barba por fazer.

— Conheço esse sentimento. Sinto o mesmo.

Colocando seus braços ao meu redor, ele me abraça por bastante tempo.

— Minha punição acabou?

— Ah, droga, esqueci disso.

Levanto a cabeça, com a intenção de censurá-lo por esquecer, mas ele está rindo. Ele não esqueceu de nada.

— Fez um ótimo trabalho com sua punição, linda.

— E como faço para tirar essa coisa de mim?

— Vá para o quarto e tire a roupa. Se deite na beira da cama com as pernas o mais abertas que puder. Vou lá para te ajudar.

— Está falando sério? Já fizemos sexo – selvagem e passional – três vezes hoje. Você vai acabar comigo.

— Quem disse alguma coisa sobre sexo? Você disse que queria tirar o plug. É tudo o que vamos fazer.

Cruzando os braços, eu o olho com ceticismo.

— Por que acho isso difícil de acreditar?

Ele toma um gole da cerveja.

— Não faço ideia. Agora, não há algo que você deveria estar fazendo?

Balanço a cabeça em sinal de frustração e diversão. Está claro que ele gosta de me manter desequilibrada neste nosso novo arranjo. Ainda me perguntando o que ele vai fazer, vou para o quarto, onde uma arara de roupas está esperando por mim: lindos vestidos de vários tamanhos e cores. E sapatos... pares e mais pares de sapatos delicados, bordados e abertos, colocados em cima de suas caixas.

— Flynn!

Ele vem até a porta, Fluff junto com ele.

— O que há de errado?

— Nada, mas o que é tudo isso?

— A Tenley deixou para você. Temos o almoço dos indicados ao Oscar e a comemoração dos nomeados no Spago segunda à noite. Ela estará aqui pela manhã para te ajudar a se preparar.

— Existe algum tipo de lista desses eventos?

— Sinto muito. Sim, claro. Vou pedir a Addie para conseguir algo e garantir que você esteja incluída em todos os e-mails daqui para frente. — Ele puxa o celular. — Qual o seu?

— Era o da escola. Preciso de um novo.

— Vamos fazer um da Quantum. A Addie vai cuidar disso para nós. — Ele digita uma mensagem e depois faz uma careta. — Merda.

— O que houve?

— O Emmett mandou uma mensagem. A reunião com o agente do FBI está marcada para segunda de manhã.

— Tudo bem...

— Não está tudo bem. Não temos nada a ver com isso e estão nos fazendo perder tempo.

— Então não temos nada com que nos preocupar. Vamos conversar com ele e acabar logo com isso.

— Vai ter que ser cedo. Quero que você tenha tempo suficiente para se preparar para o almoço.

— Sem problemas.

Ele envia outra mensagem, presumivelmente para Emmett, e coloca o telefone no bolso.

— Acredito que você deveria estar fazendo algo. Vou te deixar para resolver o assunto.

— Mas... você ainda quer fazer isso? Agora?

— Por que não? Sua punição acabou e está na hora.

— Você não está com raiva? Por causa do FBI?

— Não, não estou. Não fizemos nada, então não temos nada para ficar com raiva, além da inconveniência disso tudo. Se você está perguntando se já senti raiva, frustração ou algo assim com você, a resposta é não. Se eu estivesse realmente irritado com qualquer coisa, tendo a ver com você ou não, nunca colocaria a mão em você. Você tem minha palavra.

— Obrigado por dizer isso, mas eu já sabia.

Com um aceno rápido, ele se vira e se dirige para a porta.

— Volto já. Esteja pronta.

Como uma mulher independente, deveria me irritar por ele mandar em mim com aquele tom brusco. Mas não me irrita. Me excita, porque sei que quando ele fala assim comigo, o prazer seguirá.

Vou ao banheiro escovar o cabelo e os dentes. Mesmo que meu corpo esteja dolorido e cansado, sinto agora os sinais familiares de excitação. Tiro as roupas e como sei que ele vai me fazer esperar, decido tomar um banho rápido. Depois de cobrir meu corpo com a loção cítrica que Flynn adora, vou para a cama e fico na posição que ele pediu.

Meu traseiro está na beirada, minhas pernas apoiadas e estou olhando para o teto, esperando. É quando a vibração começa.

Filho da mãe! Ele está aproveitando ao máximo o amargo fim. Se a vibração não fosse tão excitante, eu riria da forma como ele está jogando. Mas não há nada engraçado na maneira como o plug vibratório deixa meu corpo em chamas. Mesmo depois de tudo o que já fizemos hoje, estou preparada para mais quando ele entra no quarto, parando a vibração com a sua chegada.

Ele também tomou banho. Seu cabelo está úmido, ele está nu e totalmente excitado.

— Adoro o jeito que você faz o que peço, que você esteja pronta para qualquer coisa.

— Amo que você esteja compartilhando esse seu lado comigo.

— Mesmo quando eu te puno, te fazendo usar um plug por horas?

— Mesmo assim.

— Você tem sido ótima. — Ele fica de joelhos, apoias as mãos na parte interna das minhas coxas, pressionando-as para se abrirem mais.

Eu estremeço com os músculos doloridos protestando contra o movimento.

— Está dolorida, linda?

— Um pouco.

— Ficamos meio loucos hoje.

— Somos recém-casados. Faz sentido.

— Existe loucura e existe o que fizemos hoje. Não quero te pressionar muito ou ir rápido demais.

— Sei como acabar com isso se eu precisar.

— Gosto de te ouvir dizer isso, de saber que você entende.

Sinto o roçar da barba contra a parte interna da coxa.

Meu corpo imediatamente se aproxima dele. O impulso é automático. Quero estar perto. Preciso. Ele me abre para sua língua e acaricia a pele macia suavemente e devagar. Estou flutuando em uma onda de sensações e então o zumbido começa novamente. O próximo toque da sua língua me leva ao limite da loucura.

— Ainda não — ele sussurra quando começa a puxar o plug, tirando-o e o recolocando em seguida. Ele continua com o movimento enquanto provoca o clitóris com a língua.

Vou perder a cabeça se ele continuar assim por muito mais tempo. Essa é a coisa mais lenta e tranquila que fizemos o dia todo e, no entanto, é *mais*. É envolvente em todos os sentidos, por todas as zonas erógenas. Minha pele está quente e muito tensa para conter todas as coisas que ele está me fazendo sentir como o plug entrando e saindo de mim até que ele o remove completamente, substituindo-o pelos dedos.

— Você tem permissão para gozar, Natalie.

Explodo, gritando e me contorcendo, minhas mãos agarrando seu cabelo para impedi-lo de fugir.

Até que ele está gritando também e se afastando de mim de forma tão abrupta que perco o clímax para perceber que Fluff o está atacando.

— Fluff, *não*! Pare! — Pulo da cama com as pernas moles, que ameaçam me derrubar, para afastá-la dele. — Garota má!

— Ah, meu Deus, ela mordeu minha bunda!

Ele gira e tenta ver o traseiro, seu pênis duro amolecendo quando ele se contorce.

Não posso evitar. Começo a rir. Rio tanto que lágrimas escorrem pelo meu rosto e Fluff tenta lambê-las, do jeito que fez tantas vezes antes. Aquelas eram lágrimas de coração partido. Estas são lágrimas de alegria, porque meu marido está muito fofo e engraçado enquanto tenta dar uma olhada no traseiro, onde não há mais que uma marca.

— Não se preocupe — digo, ofegando de tanto rir —, sua carreira como modelo de bunda não foi arruinada.

— Como você pode rir em um momento como esse? Ela me atacou quando eu estava em você! Estava com meus dedos na sua...

Abraço Fluff contra o peito e coloco as mãos sobre as orelhinhas.

— Não na frente dela! Você deixou a porta aberta.

Ele avança em nossa direção com uma expressão sinistra, de um jeito cômico.

— Você está dizendo que a culpa é minha por ter deixado a porta aberta?

— E me fez gritar. Você sabe desde o primeiro dia que ela é super protetora.

— Ela é maluca!

— É meu bebê.

Fluff grunhe enquanto eu a acaricio.

— Garota safada, mordendo a riqueza do papai. Esse traseiro é assegurado em milhões. Você não pode danificar a mercadoria.

— Sabe o quanto ela se aproximou das minhas bolas? Onde nossos futuros filhos estão?

Mordo o lábio, porque sei que ele não vai gostar do meu riso agora.

— Ela sente muito por ter te mordido. De novo.

— Essa é a terceira vez. Sabe que dizem que depois de três ataques a pessoa está fora?

— Se ela estiver fora, eu também estou.

Com os dentes cerrados, ele pede:

— Por favor, tire-a do nosso quarto?

— Não se preocupe, preciosa. Papai não é está irritado de verdade. Você ameaçou sua masculinidade e os rapazes ficam *muito* nervosos com esse tipo de ameaça. Ele entende que você estava só me protegendo. — Beijo seu rosto e a mando se deitar na sala de estar, fechando a porta do quarto. Me virando para ele, percebo que ele não está achando isso nem um pouco divertido. — Você tem que admitir que é meio engraçado.

— Não é nem um pouco engraçado.

Junto os dedos enquanto ele avança em mim.

— Só um pouquinho, talvez? — Dou um passo para trás e encontro a parede.

— Não. Na verdade, já que você acha isso engraçado, acredito que você não se importará em aceitar a punição de Fluff por ela. Afinal, não posso espancar uma cachorra velha e *indefesa*.

— Você não ousaria.

— Não? — Ele se senta na cama e dá um tapinha no colo.

Eu me aproximo, planejando me sentar em seu colo, mas aparentemente não é o que ele tem em mente. Ele me vira e eu acabo de bruços sobre seu colo, suas intenções agora cristalinas enquanto ele esfrega a mão sobre meu traseiro.

— Flynn, espere...

— Você sabe o que dizer para acabar com isso. Agora — ele fala, continuando a acariciar minha pele, repentinamente, sensível —, quantas palmadas você acha que sua pequena selvagem ganhou ao me morder?

— Uma.

— Ha-ha, tente de novo. Ela não devia ter me atacado.

— Ela nem chegou perto de te atacar.

— Depende da sua perspectiva. Se você me der um número razoável, deixarei que você decida. Caso contrário, decidirei e tenho a sensação de que meu número não vai parecer razoável para você. Afinal de contas, a minha bunda que foi mordida.

— Cinco? — pergunto em um tom de voz alto. O sangue está começando a correr para a minha cabeça, entre outros lugares.

— Humm, isso é um pouco mais razoável que um, mas não exatamente no intervalo que eu estava pensando. Quer tentar de novo?

— Sete?

— Está chegando mais perto, mas eu diria que nada menos do que dez compensaria o crime de Fluff.

— *Dez?* Sério?

— Você sabe como dizer não...

A palavra está na ponta da minha língua, mas eu a engulo. Não lhe darei essa satisfação.

— Tudo bem.

— O que foi que você disse?

— Eu disse que *tudo bem*.

— Serão dez palmadas então. Você está pronta?

— Vamos logo. Estou com dor de cabeça por estar nessa posição.

— Não podemos permitir isso. — Ele me ajuda a me levantar e ir para a cama, onde se senta contra uma pilha de travesseiros e me ajeita sobre seu colo com a minha cabeça apoiada em outro travesseiro. Seu pau duro está pressionado contra a minha barriga, o que me deixa saber que ele está afetado por isso, apesar de seu comportamento metódico. — Melhor?

— É o que parece.

— Precisamos adicionar algo ao número para resolver sua atitude?

— Você tem que admitir que isso não é justo!

— Também não é justo que seu cachorro tenha mordido minha bunda.

— Eu não mordi sua bunda.

— Se tivesse mordido, não estaria te punindo. Confie em mim quanto a isso.

Estou intrigada com essa percepção.

— Bom saber.

— Também me lembro de que você riu depois que minha bunda foi mordida.

— Foi divertido! E você riu da primeira vez que ela te mordeu. Como eu ia saber que isso era diferente?

Sua mão desce na minha bunda, o som agudo ecoando pelo grande quarto.

— Conte.

— Um — digo, meus dentes cerrados com a indignação, que é exacerbada pela propagação do calor do meu traseiro para o clitóris. *Como* isso está me excitando? Meus mamilos formigam também, o que quase me faz grunhir. Sinto que meu corpo está me traindo.

Sua mão para do outro lado, perto da junção do traseiro com a perna.

— Dois.

— No oito, estou chorando com a necessidade de gozar. No nove, estou prestes a implorar e quando a décima palmada me atinge no mesmo lugar que a primeira, não consigo mais segurar. Meu corpo inteiro se apodera da liberação explosiva que me alcança.

Os dedos de Flynn se afundam entre minha bunda para deslizar através da umidade.

— Não me lembro de te dar permissão para gozar.

Nem tenho condições de pedir desculpas, implorar por misericórdia, nem fazer qualquer coisa além de respirar e *sentir*. Então ele me vira. Suas mãos deslizam pelas minhas pernas, abrindo-as enquanto ele se acomoda em cima de mim, enxugando minhas lágrimas com os dedos.

— Preciso estar dentro de você, Nat. — Seu rosto está corado, seus olhos vivos com desejo.

Eu o alcanço, querendo-o tanto quanto ele parece me querer. Estou dolorida e inchada, então ele vai devagar, me dando tempo para me ajustar. Desta vez não tem nada a ver com o jogo. Tem tudo a ver com amor. Ele não afasta o olhar de mim enquanto faz amor lento e calmo. Quando ele alcança abaixo de mim para segurar minha bunda, sinto a pontada de dor que se transforma em prazer.

— Natalie, caramba... te amo tanto. Me sinto tão sortudo por ter te encontrado. Me diga que você também me ama.

Coloco meus braços ao seu redor, o segurando tão perto de mim quanto consigo.

— Amo, você sabe que amo.

— Me fale.

— Eu te amo, Flynn, mais do que tudo.

Seu grunhido baixo precede o orgasmo. Ele penetra em mim, inclina a cabeça para trás e goza. Vê-lo perdido em mim, na paixão que criamos juntos, é a coisa mais linda que já presenciei.

Ele se deita sobre mim, me abraça e me segura quando voltamos do orgasmo incrível.

— Vim até aqui dizendo a mim mesmo que removeria o plug, te proporcionaria um bom orgasmo e iria para a cama.

— Não planejou isso, né?

— Pode culpar sua amiga Fluff por isso.

— Sinto muito por ela ter te mordido.

— Não, você não sente!

Rio de novo.

— Sinto, sim. Sinto muito mesmo. Não posso acreditar como ela tem ficado mais travessa a medida que fica mais velha. Ela não costumava ser assim.

— Como tenho uma tremenda dívida de gratidão por te levar para mim, vou deixá-la continuar a viver aqui.

— Bem, isso é um alívio, já que você acabou de me convencer a me mudar para cá. Odiaria ter que me mudar *de novo*.

— Você não vai a lugar nenhum.

— Se a Fluff for, eu vou.

— Vou manter isso em mente.

— Você pode querer se lembrar de fechar a porta também.

— Definitivamente, vou me lembrar disso. — Ele levanta a cabeça para me olhar, seus lábios sensuais curvados em um sorriso. — Você deu boas risadas às minhas custas, não é?

— Mal posso esperar para contar a Marlowe e suas irmãs sobre isso.

— É melhor que você não...

— O quanto isso vale para você?

— Muito.

— Nada de punição por gozar sem permissão?

— Hummm, acho que é uma troca justa, considerando que você poderia arruinar a minha vida dizendo a elas que sua cachorra mordeu minha bunda enquanto eu estava...

Beijo as palavras dos seus lábios.

— Temos um acordo?

— Temos — ele diz a contragosto.

Flynn

uito tempo depois de Natalie adormecer em meus braços, continuo acordado graças ao cochilo no avião que me tirou o sono. Olho para a escuridão, revivendo o dia incrível que passamos juntos. Não sinto mais medo de perdê-la ao conduzi-la totalmente para a minha vida — e minha preferências sexuais pouco usuais — com resultados surpreendentes. Ela não apenas é a submissa perfeita, mas parece amar nosso novo arranjo tanto quanto eu.

Pela primeira vez no que parece uma eternidade, posso relaxar e me sentir confortável sabendo que estou exatamente onde deveria estar com a mulher que nasceu para me amar — e vice-versa. Sem mencionar que ela é divertida, engraçada, amorosa, doce, inteligente, compassiva e forte, tudo que eu sempre quis encontrar em uma mulher, além de sexy e adorável.

Se essa merda com o FBI não estivesse pairando sobre nossas cabeças, tudo estaria realmente perfeito. Não consigo descobrir o que mais eles podem querer conosco. Não tivemos nada a ver com o assassinato do advogado que vendeu a história de Natalie para um dos portais de notícias de Hollywood. Desejei matá-lo pela angústia que ele provocou nela? Pode apostar que sim. Mas foi o máximo que aconteceu. O desejo de ver alguém morto não equivale a um assassinato.

Quando se torna aparente que não vou mais conseguir dormir, acomodo Natalie em um travesseiro, beijo sua testa e a deixo dormindo com a selvagem aconchegada a ela. Ainda não consigo acreditar que a danadinha mordeu minha bunda. Admito a mim mesmo — e só a mim — que foi engraçado. E a "punição" que se seguiu levou a uma das transas mais gostosas que já tive. Eu deveria estar agradecendo à ferinha por isso, se não fosse pelo fato de que o meu traseiro ainda está dolorido, então não vou agradecê-la.

Pego bermuda e camiseta e vou até a cozinha para fazer um café, planejando aproveitar a noite sem dormir para adiantar o trabalho. Hayden está me pressionando para decidir sobre o próximo projeto que vamos fazer depois de finalizar o filme que ele está editando no momento, que ainda não tem um nome.

Reviso a lista de nomes em potencial, adiciono algumas sugestões e envio para ele. Em seguida, me perco no roteiro que ele insistiu para que eu lesse primeiro sobre um viciado em drogas em recuperação que se propõe a consertar o dano que deixou para trás. A história é cativante, atraente e, definitivamente, captura meu interesse.

Ao ler, percebo que estou girando a aliança de casamento no dedo. É incrível a rapidez com que me acostumei a tê-la ali e como é bom, quando, há poucos meses, o pensamento de me casar soava terrível. Isso foi antes de Natalie esbarrar em mim e me mudar para sempre.

Pensar nela me faz querer estar perto, então fecho o roteiro, apago a luz e volto para o quarto. Me deito ao seu lado na cama, me aconchegando nas suas costas. Ela não acorda, mas se vira e me abraça. Deus, ela é doce e mesmo quando está dormindo, posso sentir o quanto ela me ama e confia em mim.

Tem tantas coisas que quero fazer e explorar com ela. Mal posso esperar por tudo isso. Em breve, vou levá-la ao clube, onde ela terá seu primeiro contato ao aspecto público do meu estilo de vida. Espero que um dia cheguemos ao ponto em que as cenas no clube sejam uma parte rotineira da nossa vida juntos. Mas se não acontecer, ficaremos perfeitamente satisfeitos — e felizes — com o que já temos.

Passamos um fim de semana preguiçoso e relaxante em casa. O bloco com anotações para a fundação de Natalie nunca está longe, e ela acrescenta notas regularmente enquanto debatemos ideias para programas. Ela quer fazer uma parceria com o sindicato nacional dos professores para nos ajudar a alcançar as crianças mais necessitadas, o que acho uma ideia fantástica. Quem sabe disso melhor do que os professores que trabalham diariamente com as crianças?

Amo sua paixão pelo meu projeto e estou muito feliz de tê-la envolvida.

Durante todo o fim de semana, tento esquecer o encontro com o agente do FBI. Saber que ele quer falar com Natalie me deixa ansioso e inquieto no domingo à noite.

Em algum momento, adormeço apenas para ser despertado pelo alarme no telefone de Natalie. É muito cedo depois de ficar acordado a maior parte da noite, mas lembrar o motivo pelo qual ela programou o despertador tão cedo me coloca imediatamente em alerta. O objetivo hoje é acabar com essa besteira com o FBI de uma vez por todas.

— Dormiu bem? — Natalie pergunta.

— Um pouco.

Fluff se levanta, se alonga, me vê do lado de Natalie e mostra seus dez dentes. Ela faz um grande estrago com os que sobraram.

— Pare com isso, Fluff. Esta é a cama do papai. Ele também pode dormir aqui.

— Quando me tornei o *papai* dela?

— Quando se casou com sua mamãe — ela fala como se isso fizesse todo o sentido, o que é absolutamente adorável.

— Não assinei nada disso e, a propósito, essa é a *nossa* cama, não a minha. Nossa. — Bocejo profundamente, lembrando dos múltiplos eventos que estão por vir.

Vai ser um dia longo e nem de longe tão divertido quanto o fim de semana. Estou muito feliz por finalmente receber uma indicação ao Oscar de melhor ator, mas preferiria passar o dia sozinho com a minha esposa do que aparecer em outro evento de Hollywood.

— Preciso de um banho para acordar. Quer se juntar a mim?

— Só se você assinar uma declaração de que não faremos sexo. Estou em hiato.

— Quem disse?

— Meu corpo cansado e dolorido. E, a julgar pela sensação de cólica com a qual acordei, devo ficar menstruada hoje, então ficaremos fora de ação por um tempo.

— Não ficaremos, não.

— Ficaremos, *sim*.

— Você se esqueceu que passou o controle da sua satisfação sexual para mim, o que significa que você não pode dizer quando?

— Vou precisar dizer agora.

— Não vai, não.

— Vou, sim.

— Não. Você não vai.

— Onde está Fluff quando preciso dela?

— O cachorro ou a palavra segura?

— O cachorro. Quero que ela morda sua bunda de novo.

EMMETT CHEGA uns vinte minutos antes da nossa reunião com Vickers. Natalie e eu saímos do banho, onde ela foi fiel à sua palavra — sem sexo. Tudo bem. Vou deixá-la fazer as pazes comigo mais tarde. Ela ainda não secou o cabelo e transmite uma sensação de frescor e juventude quando nos encontramos com meu advogado e amigo íntimo.

— Afinal, o que aconteceu com o Rogers? — pergunto a ele enquanto tomamos café.

— Você não soube? — Emmett pergunta, surpreso. Como sempre, ele usa um dos ternos sob medida que costuma encomendar nas viagens que faz duas vezes ao ano para Savile Row, em Londres.

— Não tenho qualquer curiosidade no que se refere a ele.

— Foi esfaqueado no escritório. Não houve sinal de entrada forçada e quem o matou o fez sofrer primeiro. A orelha esquerda foi cortada, o dedo mindinho direito...

Quando vejo Natalie empalidecer, levanto a mão para parar Emmett.

— Me desculpe. Achei que vocês tinham lido a esse respeito.

— Não podemos ser os únicos com motivos — Natalie fala.

— Não são. Pelo que estão falando em Lincoln, a vida dele era totalmente fora dos trilhos. Ele era viciado em jogo e devia dinheiro para muita gente.

— Então, basicamente, entregamos a ele a galinha dos ovos de ouro quando Natalie apareceu comigo no Globo de Ouro.

— É o que imagino. E acredito que é possível que alguém soubesse que ele havia ganhado um bom dinheiro e estivesse procurando sua parte quando ele foi morto. Nosso investigador está trabalhando nesse ângulo agora – a quem Rogers devia que estava interessado em ser pago rapidamente.

Olho para Natalie.

— Entendeu por que amamos tanto o Emmet?

— Com certeza.

Emmett sorri para ela.

— Só estou fazendo o meu trabalho e protegendo meus amigos. Essa coisa toda é uma palhaçada.

A campainha toca e vou receber Vickers. Ele dá uma boa olhada na casa, o que me faz desejar ter tido essa reunião no escritório. Isso vai dar a ele uma história para contar quando se aposentar, quando investigou a possibilidade de um astro de cinema ter cometido um assassinato. Se ele pudesse provar isso, o caso teria feito sua carreira.

Ao pensar nisso, começo a entender a motivação de Vickers. Colocar a culpa do assassinato de Rogers em mim — ou em Natalie — faria dele um astro. Bom, isso só vai acontecer por cima do meu cadáver.

Eu o levo para a cozinha, ofereço uma cadeira e uma xícara de café, que ele recusa.

— Lugar legal que você tem aqui.

— Também gosto. — Quando me sento ao lado de Natalie, ela segura minha mão debaixo da mesa. E só com isso, me sinto mais tranquilo e preparado para manter a calma, não importa o quanto Vickers pressione. — Esta é a minha esposa, Natalie.

— Prazer em conhecê-la.

Ela sorri e acena, mas não retribui o cumprimento. Essa é a minha garota.

— E o meu advogado, Emmett Burke.

— O que podemos fazer por você? — Emmett pergunta.

— Tenho sua permissão para gravar esta conversa?

Emmett acena com a cabeça.

— Vá em frente. Não temos nada a esconder.

Vickers coloca um gravador portátil na mesa e lista as partes presentes, bem como a data e a localização.

— Como sabem, estamos investigando o assassinato de David Rogers. Sra. Godfrey, poderia me contar sobre sua associação com ele?

Ela me olha para me tranquilizar. Gostaria de poder poupá-la de ter que falar sobre coisas das quais ela preferiria esquecer.

— Eu o conheci durante o julgamento de Oren Stone. Ele era conhecido do detetive que me acolheu depois que meus pais... que me afastei da minha família e... — Ela respira fundo. — O David se ofereceu para me ajudar a conseguir uma nova identidade.

— Essa ideia foi sua ou dele?

— Foi sugestão dele, mas eu estava muito ansiosa para deixar o passado para trás. Ele não precisou me convencer.

— Como exatamente ele procedeu para mudar sua identidade?

— Não sei o que ele fez. Eu só tinha 17 anos e estava em busca de um recomeço depois de um pesadelo de dois anos. Quando ele me entregou uma nova certidão de nascimento, passaporte, cartão do Seguro Social, cartão de crédito e dados de contas bancárias, não fiz perguntas.

— Você sabe se ele realmente mudou seu nome ou se criou uma nova identidade?

— Ele criou uma nova, porque eu não queria que alguém pudesse ligar os dois nomes. Isso era muito importante para mim.

— Quanto você pagou pelo trabalho?

— Cinco mil dólares.

— E onde conseguiu o dinheiro?

— Depois que Stone foi acusado de me atacar, alguns dos seus rivais e inimigos se juntaram para levantar fundos para me apoiar durante o julgamento. Usei o dinheiro para pagar despesas e tutores para poder terminar o ensino médio em casa. Comprei roupas e paguei outras despesas. Usei parte do dinheiro para pagar a David e o resto foi para pagar metade da faculdade.

— Como pagou pela outra metade?

Chego ao meu limite com essa pergunta.

— O que isso tem a ver? — É pura tortura ver Natalie falar sobre essa merda de novo. As experiências da sua adolescência podem ser parte dela para sempre, mas ela não deve ser forçada a reviver constantemente. Não suporto isso.

— Estamos analisando os negócios de Rogers.

— Todos ou apenas os que envolvem a minha esposa?

— Todos.

Ela aperta minha mão.

— Paguei pelo resto da faculdade com empréstimos estudantis e trabalhando em dois empregos.

— Uma verificação do seu crédito mostra que seus empréstimos foram pagos na íntegra. Pode explicar como isso aconteceu?

— Não que seja da sua conta, mas eu paguei os empréstimos dela.

— Eu estava perguntando à sra. Godfrey.

— Foi como ele disse. Como você acha que consegui pagar milhares de dólares em empréstimos estudantis de repente se perdi meu emprego há pouco tempo?

Mordo o lábio para segurar um sorriso.

— Quando foi a última vez que você viu ou falou com o sr. Rogers?

— Há mais de seis anos. Nunca mais o vi depois que ele entregou os documentos na casa onde eu morava.

— Falou com ele?

— Não. Não foi preciso. Eu o contratei para fazer um trabalho. Ele o fez. Eu paguei. Fim da história. Até que...

— Até?

— Até que apareci no Globo de Ouro com o Flynn, e David vendeu a minha história para a imprensa.

— E como você sabe que foi ele?

— Ele era o único que me conhecia pelos dois nomes.

— Você nunca contou a mais ninguém o seu novo nome? Nem mesmo para a família com quem morou?

— Não. Eu não disse a ninguém. Ainda sou April para a família com quem morei e as outras poucas pessoas que permaneceram na minha vida após o ataque.

— Em todos os anos depois que você mudou de nome, nunca contou a ninguém sobre seu antigo nome e sua vida em Lincoln?

— O motivo de mudar meu nome era que eu não queria que ninguém soubesse quem eu era. Nunca contei isso a ninguém. Eu nem havia contado a Flynn a história completa antes de chegar aos jornais. Ele descobriu o nome que recebi quando nasci através dos repórteres.

— Onde você morou enquanto estava na faculdade?

Mais uma vez ela me olha, como se perguntasse qual o significado disso. Estou me perguntando a mesma coisa.

— No primeiro ano, morei em um dormitório e em um apartamento nos três anos seguintes.

— Colegas de quarto?

— Algumas.

— Suponho que você fez amigos lá, nas aulas, trabalhos, atividades? Namorados?

— O que está tentando perguntar, agente Vickers? — Emmett pergunta, me poupando o incomodo.

— Sim, tive alguns amigos. Pessoas com quem estudei. Mas não namorei, se é isso que você quer dizer.

— Estou tendo um pouco de dificuldade em acreditar que em todo esse tempo, com todas as pessoas com quem você esteve em contato, conviveu e estudou, nunca contou a ninguém sobre Stone, o julgamento ou qualquer coisa sobre sua vida antes da faculdade. Eu tenho uma filha. Ela fala sobre tudo.

Os olhos de Nat brilham de raiva.

— A sua filha foi atacada e estuprada repetidamente por um homem em quem ela confiava quando tinha 15 anos? O seu melhor amigo a atraiu para a casa dele, a manteve em cárcere privado, tirou sua virgindade, sua inocência e arruinou a vida dela? Os pais da sua filha a rejeitaram quando ela se recusou a retirar as acusações contra seu melhor amigo e chefe? Se não, então, com certeza, você não pode me julgar ou as escolhas que fiz depois que fui violentada.

Quero me levantar e vibrar. Nunca estive mais orgulhoso ou impressionado por ela do que naquele momento.

— Você foi para a faculdade no mesmo estado em que ajudou a mandar o governador para a cadeia. Ninguém te reconheceu?

— Nesse ponto, eu mudei minha aparência. Mudei a cor do cabelo de ruivo para a cor atual e até esta semana, eu usava lentes de contato que mudavam a cor dos meus olhos para castanho. Eu também estava mais velha e amadureci desde o ataque e o julgamento. Ninguém jamais sugeriu que eu fosse April Genovese. Eram garotos de faculdade. Por que se importariam com a garota que denunciou o governador? A maioria provavelmente nem sabia o que havia acontecido.

— Quando você ouviu a imprensa publicar que a nova namorada de Flynn Godfrey era a mesma garota que denunciou o governador de Nebraska, o que você pensou?

— Soube imediatamente que David tinha lucrado com o que sabia sobre mim. Tinha que ser ele, porque ninguém mais sabia.

— Desde que a história foi a público, você falou com alguém que você conhecia antes, de Lincoln?

— Apenas as minhas irmãs, com quem eu não falava desde antes do ataque.

— Não falou com Rogers?

— Por que eu deveria? Os advogados de Flynn estavam lidando com a situação. Eu tinha preocupações maiores, incluindo a perda do meu trabalho e sustento. Eu não tinha vontade de falar com o homem que me deu uma nova identidade e depois a roubou quando serviu aos seus propósitos.

Os dois homens olham para minha esposa com admiração enquanto meu coração se enche de amor e respeito. Ela é magnífica.

— Respondemos a todas as suas perguntas? — Quero que ele vá embora para que eu possa ficar sozinha com ela.

— Por enquanto. Gostaríamos que vocês permanecessem disponíveis enquanto a investigação continua.

— Vamos a Londres por uns dois dias neste final de semana para o British Academy Film Awards — eu digo —, mas voltaremos a L.A. no início da próxima semana.

— Gostaríamos de saber o que mais está sendo feito para encontrar o assassino de Rogers — Emmett falou. — Certamente você tem outras pessoas sendo investigadas que não sejam os meus clientes.

— Estamos mantendo várias linhas de investigação. A informação que nos deu hoje será muito útil.

— Então é seguro assumir que meus clientes não são suspeitos?

— Ainda não. Esta é uma investigação em andamento e nos reservamos ao direito de questionar seus clientes novamente.

— Vou te acompanhar até a saída — Emmett fala, sintonizado com a minha necessidade de que o agente vá embora.

No momento em que estamos sozinhos na cozinha, eu a abraço.

— Você foi magnífica. — Percebo que ela está tremendo, o que me enfurece. — Sinto muito que você tenha tido que passar por tudo isso de novo. Espero que seja a última vez que você tenha que falar sobre isso.

— Também espero.

— Podemos deixar de ir ao almoço de hoje se você não estiver bem para isso.

— Não vamos deixar de ir. Você é um indicado ao Oscar e vamos ao almoço.

Levanto seu queixo e a beijo.

— Estou muito orgulhoso de você, linda.

Ela sorri.

Emmett volta.

— Foi incrível, Natalie. Você lidou com ele como uma profissional.

— Só falei a verdade.

— Fez isso de forma brilhante.

— Viu? — Coloco uma mecha de cabelo atrás da sua orelha. — Não sou o único que te acha incrível.

— Não se esqueça que fui ensinada sobre como lidar com perguntas hostis, interrogatórios e tudo mais.

— Estou muito excitado agora.

— E essa é a minha deixa para dar o fora do ninho de amor — Emmett fala, rindo.

Eu me levanto para apertar sua mão.

— Obrigado por vir, cara.

— Imagina. Quando precisar.

— Te vemos amanhã no escritório, e sexta no clube.

— Ah. É mesmo? — Ele olha entre Natalie e eu.

— Sim.

— Bem, tudo bem. Nos vemos então.

— Me mantenha informado sobre qualquer coisa que você souber do investigador.

— Pode deixar.

Eu o vejo sair e volto para a cozinha, onde Natalie está olhando para a piscina, perdida em pensamentos. Provavelmente perdida em lembranças torturantes. Se eu pudesse, gastaria cada centavo para apagar essas lembranças.

— Você está bem, linda?

— Sim, estou. É só que fui mais forçada a confrontar meu passado nas últimas semanas do que em anos.

— Não esqueci que esse é o mesmo tempo que você me conhece.

Ela pega minha mão, a leva aos lábios e me olha com seus lindos olhos verdes. A cor ainda é novidade para mim, mas o calor, a afeição e o amor já são familiares, mas não menos despretensiosos do que eram quando a conheci.

— Quando acho que não posso te amar mais do que já amo — digo a ela —, descubro que há mais, muito mais.

Ouço a porta da frente se abrindo.

— Posso entrar? — Addie pergunta.

— Todo mundo está vestido — digo com um sorriso para Natalie.

Addie vem segurando uma bandeja de cafés na mão e uma pilha de correspondência que ela coloca no balcão para que eu revise quando tiver tempo.

— Bom dia. Como foi com o FBI?

— Tudo bem. — Pego dois dos copos de café dela e dou um para Nat. — Natalie arruinou toda a diversão dele.

— Eu gostaria de ter visto isso — Addie fala.

— Foi um espetáculo e tanto. — Nesse momento, uma ideia vem até mim e me tira o fôlego, porque é cativante.

— Flynn? — Natalie chama. — O que há de errado?

— Nada. Só estava pensando em algo para o trabalho.

— Ele faz isso — Addie fala com um sorriso para Nat. — Espaços no meio de conversas quando tem uma grande ideia. O que é desta vez?

— É... — Não posso dizer em voz alta ou mesmo levantar a possibilidade sem primeiro falar com Natalie. — Ainda não está pronto para discussão. Está nos estágios iniciais.

A campainha toca.

— Deve ser a Tenley — Addie fala sobre a *stylist* que vem arrumando Natalie para a temporada de premiações. Ela vai abrir a porta.

— Tem certeza de que quer fazer isso hoje? — pergunto a ela.

— Absoluta. Eu não sonharia em perder a chance de celebrar meu talentoso marido.

Natalie aproveita o almoço do Oscar no Beverly Hilton e a oportunidade de conhecer mais amigos e colegas que estão igualmente fascinados por ela. Ouço cumprimentos entusiasmados por ter desistido do meu status de solteiro e por estar preso a alguém, além de todas aquelas coisas bobas que os caras dizem uns aos outros. Mas estou preso a uma mulher absolutamente deslumbrante, que está usando um vestido azul escuro que se agarra a todas as suas belas curvas. Sou invejado por todos os heterossexuais da sala e por algumas mulheres também.

Depois de uma deliciosa refeição de peixe, arroz e legumes, assistimos às orientações oferecidas pelo presidente da Academia, bem como pelos produtores da premiação que nos instruem a manter nossos discursos de aceitação em quarenta e cinco segundos. Acho isso engraçado. Leva meses, às vezes anos, para se fazer um filme de qualidade e premiado, e os vencedores devem resumir esses anos em quarenta e cinco segundos.

Se eu ganhar, e sou o favorito após ter passado pela temporada de premiações, acho que consigo fazer um discurso nesse tempo.

Poso com os outros indicados deste ano e a foto, provavelmente, começa a aparecer nas redes sociais antes mesmo de sairmos da sala.

Depois do almoço, Natalie e eu seguimos para uma suíte no andar de cima, onde passaremos a noite depois da festa dos Indicados ao Oscar no Spago. Estou exausto depois da noite agitada sem dormir muito e pelas duas doses de Bowmore que tomei no almoço.

Natalie se vira para que eu possa abrir seu vestido. Ela tem outro, um preto dessa vez, pendurado no armário para hoje à noite. No caminho para a cidade, ela fez piada dizendo ter sido proibida de aparecer usando o mesmo vestido em dois eventos diferentes no mesmo dia.

Beijo seus ombros e a lateral do seu pescoço.

— Como você está se sentindo? — pergunto, querendo, na verdade, saber se sua menstruação chegou.

— Ainda estou com cólicas, mas estou bem. E você?

— Cansado. Não consegui dormir na noite passada.

— Temos tempo para uma soneca?

— Você está lendo a minha mente, linda. — Enquanto tiro o terno, ela fecha as persianas. Penso que todas as outras mulheres com quem já namorei gostariam de passar esta tarde na piscina, usando meu status de celebridade para ver e ser vista. Natalie está provando mais uma vez que é perfeita para mim por todas as razões certas.

Tiramos o resto das nossas roupas e vamos juntos para a cama, nos abraçando. Embora eu ainda não tenha feito amor com minha linda esposa hoje, a necessidade de dormir está superando minha necessidade de sexo.

— Adoro ficar nu na cama com você, mesmo que tudo o que façamos seja dormir.

— Humm, eu também. Antes de te conhecer eu não gostava nem de ficar nua no chuveiro — ela diz com uma risada que me faz rir também. — Agora sinto que passo metade da minha vida nua.

— Quer passar para ¾?

Ela me beija e passa os dedos pelo meu cabelo.

— Durma um pouco enquanto pode. A noite vai ser longa.

Fecho os olhos, sinto o perfume do meu amor e adormeço, pensando na surpresa especial que tenho para ela esta noite.

Natalie

ESTOU COLOCANDO as joias que Flynn me deu antes do Globo de Ouro quando ele entra no quarto carregando uma sacolinha de presentes.

— Para você. — Ele segura a sacola e eu a olho com apreensão.

— É melhor que não seja nada brilhante.

— Pode ser um pouco.

Ele está muito bonito em outro terno bem cortado que mostra seus ombros largos e cintura fina. Olhar para ele é uma das minhas coisas favoritas para fazer. Não importa se ele está na cama ou pronto para uma festa, ele está sempre deslumbrante.

Pego a bolsa.

— Eu me reservo o direito de devolver se for demais.

— Tudo bem.

Pego um pequeno pacote embrulhado em papel de seda rosa, revelando um pedacinho de pano. Tudo o que posso ver são as joias incrustadas no tecido.

— É melhor não ser diamantes ou qualquer coisa do tipo.

— São cristais. Segure-o.

Tiro o item do papel e é quando vejo que não é uma joia. É lingerie. Uma calcinha muito extravagante. Fio dental para ser mais específica.

— É linda.

— Vai usá-la para mim hoje à noite?

— Claro. — Estou ansiosa para agradá-lo, mesmo que eu nunca tenha sido uma grande fã de fio dental. — Onde conseguiu isso?

— Uma amiga de colégio da Ellie gerencia a loja de lingerie mais exclusiva de Beverly Hills. É lá que consigo tudo.

— E você confia nela para guardar seus segredos?

— A Delany guarda os segredos de *todo mundo* e é por isso que seu negócio está crescendo.

— Quando você foi às compras?

— Não fui.

— Me deixe adivinhar, você deu um telefonema.

— Sim e não envolveu a Addie.

— Graças a Deus.

— Vai usar isso hoje à noite?

— Sim! Agora vá embora e me deixe terminar de me arrumar.

— Sim, linda. — Ele me beija e sai do quarto, Fluff se arrastando atrás dele. Eles parecem ter feito as pazes, o que é um alívio. Flynn nem piscou quando eu a trouxe comigo hoje. Com certeza, ele tem pessoas em sua folha de pagamento que poderiam cuidar dela para mim, mas não quero que os outros o façam. Não quando eu posso fazer.

Levanto o vestido, tiro a calcinha e visto a outra. O fio dental entra no bumbum, o que eu normalmente não gosto, mas depois de ter usado um plug por horas, a calcinha não me incomoda tanto quanto antes. Termino de me vestir e arrumo a bolsa que Tenley disse que combinaria perfeitamente com o vestido preto. Levo o telefone, absorvente íntimo (por segurança) e batom.

As cólicas continuaram ininterruptas durante todo o dia, mas até agora não houve sinal da menstruação. Talvez a injeção anticoncepcional esteja interrompendo meu ciclo. No e-mail que Addie me enviou, havia um relatório sobre os resultados dos meus exames, todos negativos. Estou perfeitamente saudável, exceto pelas cólicas e um zumbido estranho na cabeça que começou durante o almoço. Envio uma mensagem para a dra. Breslow, perguntando se meu período menstrual pode ser afetado pela injeção.

Ela responde dizendo que é possível que eu não menstrue nos próximos três meses. É bom saber.

Agradeço a ela pela informação e termino de me preparar.

O evento desta noite é no Spago, e somos levados ao icônico restaurante de Beverly Hills pela equipe de segurança. Os fotógrafos atacam no segundo em que saímos do carro, mas Flynn mantém um braço protetor ao meu redor. Câmeras registram cada segundo da nossa caminhada até o restaurante.

Muitas das mesmas pessoas que estavam no almoço estão nesta festa e nós circulamos. Flynn me dá uma taça de chardonnay e os canapés servidos estão deliciosos. Mas quanto mais eu como e bebo, mais enjoada fico. Também estou me sentindo muito quente.

Estamos conversando com Jasper e Kristian, sócios de Flynn, e estou prestes a perguntar se podemos encontrar um lugar para nos sentar quando a calcinha começa a vibrar. Consigo suprimir um suspiro, seguro seu braço e tento manter o foco na conversa, apesar do vibrador pressionado contra o meu clitóris. Vou matá-lo por isso.

— Você está bem, Natalie? — Jasper pergunta com um forte sotaque britânico.

— Estou... está um pouco quente aqui. Talvez pudéssemos nos sentar?

— Claro, linda. — Flynn me guia para uma mesa. Quando estamos sentados, ele se aproxima de mim. — Você está bem?

— Eu me sinto estranha... e não de um jeito bom.

A vibração para imediatamente.

— Defina estranha.

— Não sei. Minha cabeça está esquisita, tive cólica o dia todo e agora me sinto suada.

Ele se inclina para beijar minha testa.

— Caramba, Nat. Você está queimando. Vamos embora.

— Não! Não temos que ir. Isso é importante para você.

— Que se dane o jantar. Acabamos de almoçar com as mesmas pessoas.

— Não quero estragar a sua noite.

— Você não vai estragar. Só estou triste que não foi a calcinha que te fez corar. — Ele sorri, pisca e me tira de lá com a maior *finesse*. Saímos por uma porta diferente daquela em que entramos e conseguimos escapar dos paparazzi na saída, o que é um alívio. Só posso imaginar o que eles teriam a dizer sobre sairmos logo depois de chegarmos.

— Quer ir para casa ou voltar para o hotel?

— Temos que ir para o hotel. A Fluff está lá.

— Posso mandar buscá-la se você preferir ir para casa.

— Pode ser o hotel. — Preciso de uma cama e essa está mais perto. Ele me abraça durante a curta viagem de volta. Nos poucos minutos que demora para pegarmos o elevador até a suíte do último andar, me sinto cem vezes pior.

— Flynn...

— O que foi, amor?

— Acho que estou doente.

— Vou chamar um médico. Não se preocupe com nada. Deve ser só mal-estar.

— Não quero que você pegue.

— Não se preocupe comigo, linda. Eu nunca fico doente.

No quarto, Flynn me despe e tira a calcinha.

— Vamos guardá-la para outra hora — ele fala, colocando-a no bolso do paletó. Ele me ajuda a vestir uma calcinha normal e me veste com uma das suas camisetas. —Deite-se e descanse. Vou ver se podem nos mandar um médico.

— Me desculpe.

— Não se desculpe. Eu preferiria ficar sozinho com você do que em uma sala cheia de pessoas, mas sinto muito por você não estar se sentindo bem. Vamos resolver tudo. — Ele beija minha testa e vai para o outro cômodo usar o telefone. Adormeço ao som baixo da sua voz pedindo ajuda.

1 2

Natalie

Estou muito quente. Pareço estar em chamas. E, ao mesmo tempo, estou congelando, os dentes batendo com os tremores que me torturam. Flynn segura meu cabelo enquanto vomito no que pode ser um balde de gelo. Minha garganta dói demais para perguntar o que há de errado. Seja o que for, nunca me senti tão mal na vida.

Tudo o que consigo fazer quando não estou vomitando é dormir.

Fluff também está lá, choramingando, mas é preciso mais energia do que tenho para consolá-la. Ouço Flynn dizendo a ela que a mamãe está doente. Vou ter que agradecê-lo por isso quando puder. Ele está sendo legal com ela mesmo depois de tê-lo mordido — de novo. Eu o amo por isso.

Caio de volta em um sono inquieto, cheio de sonhos sobre coisas que prefiro esquecer. Estou na mansão de Oren e ele está lá. Está me atacando e me machucando. Estou gritando, chorando e pedindo que ele pare. Imploro, mas ele não para. Em seguida, a mãe de Flynn aparece, me dizendo que tudo vai ficar bem, que eles estão cuidando de mim.

Mas Oren a afasta e a manda sair antes que ele a machuque também. Quero proteger Stella, mas não consigo me mexer. Meus braços e pernas estão pesados como chumbo e se recusam a seguir minhas ordens.

— Natalie. — A voz de Flynn rompe o som dos meus próprios gritos. — Linda, acorde. Você está sonhando.

Minhas pálpebras parecem pesar uma tonelada. Me forço a abrir os olhos. Ele está terrível. Seu cabelo está em pé e seu olhar parece nervoso, como se ele estivesse acordado há dias.

— Você estava sonhando — ele fala, enxugando as lágrimas do meu rosto. Ele beija minha testa e as bochechas. — Acha que pode beber um pouco de água?

Me sinto morta de sede, então concordo. Esse pequeno movimento provoca uma dolorosa explosão na minha cabeça que me deixa ofegante.

Ele me traz um copo de água gelada com um canudo que segura para mim.

A água fria é como o céu para minha garganta ressecada, mas cai como uma bomba no meu estômago vazio.

— O que há de errado? — pergunto a ele.

— Você está gripada.

— A sua mãe...

— Esteve aqui ontem para te ver.

— Ontem?

— Já faz dois dias que você está passando mal. Chegamos muito perto de levá-la ao hospital, mas o médico veio até aqui te ver para que não voltássemos aos jornais.

— Dois dias.

— Dois dias muito longos.

— Você dormiu?

— Não muito. Estava apavorado demais para dormir.

Quero estender a mão para tocar seu rosto cansado, mas meus braços não cooperam.

— Sinto muito por te assustar. E vomitar em cima de você.

Ele abre um sorriso fraco.

— Você não fez isso. Chegou perto algumas vezes.

— Argh, que sexy. — O pensamento de quase vomitar nele me faz sentir pior do que já estou. — Me desculpa.

— Acha que me importo com isso, Nat? Deus, eu estava com tanto medo de que houvesse algo realmente errado com você e que ninguém estivesse percebendo. Estava com medo de dormir e quando acordasse, você estaria... bem, eu estava com medo.

— Sei que devo estar fedida e é provável que esteja com alguma virose que pode ser transmissível, mas pode, por favor, vir para a cama e me abraçar?

— Ficaria muito feliz em fazer isso. — Ele se levanta para dar a volta na cama e se deita comigo.

Me viro, porque não quero contaminá-lo mais do que já devo ter feito.

— Você não está fedida. Tive que te dar um banho de esponja ontem. Nós aproveitamos muito.

— Nós?

— Você e eu.

— Então você tirou o máximo proveito do meu estado febril para me apalpar?

— Acertou.

Seus braços ao meu redor são exatamente o que preciso. Com a cabeça apoiada em seu braço e o calor do seu corpo me aquecendo, começo a me sentir um pouco melhor. E então me lembro... estava esperando menstruar quando fiquei doente.

— Flynn...

— Oi, amor?

— Sei que acabamos de nos acomodar, mas queria usar o banheiro.

— Não se preocupe. — Ele se levanta, me ajuda a levantar e me leva para o banheiro. — Vá devagar. Você está muito fraca e pode ficar tonta.

Seguro a pia, esperando impedir o mundo de girar.

— Posso ficar sozinha por um instante?

— Pode fazer xixi na minha frente, Nat.

— Na verdade, acho que não.

— Tenho medo de te deixar sozinha.

— Vou ficar bem. Juro.

— Me chame se precisar de ajuda.

— Pode deixar.

Assim que a porta se fecha, me ocupo verificando o que está acontecendo lá embaixo. Nada. Estou muito grata por ele não ter que lidar com isso além do vômito e todo o resto.

Imediatamente, me arrependo de dar uma rápida olhada no espelho. Uso o resto da minha força para escovar os cabelos e os dentes antes de pedir que Flynn me leve para a cama.

— Acha que consegue comer alguma coisa?

— Não sei. Talvez uma sopa. Mais tarde. Agora só quero fechar os olhos por um minuto enquanto você me abraça.

— Podemos fazer isso.

Quando abro os olhos novamente, a luz do sol enche o quarto e estou sozinha na cama. Tento mexer os braços e as pernas, o que parece mais fácil do que na última vez que estive acordada. A dor de cabeça parece um pouco melhor também. Tento me sentar e tenho que parar um pouco até que a tontura pare.

Flynn entra no quarto usando bermuda de basquete e aqueles óculos sensuais que o fazem parecer tão inteligente. Seu cabelo está bagunçado e ele não se barbeia há dias, mas continua a fazer meu coração bater mais rápido só de entrar com Fluff atrás de si.

— Você parece melhor.

— Me sinto um pouco melhor.

— Graças a Deus. Quer comer?

— Seria ótimo.

— Progresso, Fluff. Eu te disse que a mamãe se sentiria melhor logo.

— Vocês estão se dando bem?

— Estamos vivendo a prova de que *é possível* ensinar novos truques a um cachorro velho. Ela aprendeu a não morder a mão que a alimenta.

Meu coração se derrete com o olhar de adoração que Fluff dirige a ele.

— Fico feliz em ver algo que bom aconteceu apesar da minha doença.

— Também trabalhei muito e coloquei tudo em dia, o que deixou Hayden muito, muito feliz.

— Que bom.

— Não é nada bom. Nunca mais quero te ver tão doente assim.

— Espero que tenha sido uma coisa única.

— O médico disse que você tem que manter o repouso de uma semana a dez dias, então cancelei a viagem para Londres.

— Não! Você tem que ir! Vou ficar em casa enquanto você vai.

— Não mesmo. Não vou a lugar nenhum sem você.

— Mas você vai ganhar!

— Não posso acreditar que você acabou de dizer isso em voz alta.

— Não é o momento para superstições.

— Natalie...

— Você tem que ir.

— Não vou sem você, e você não pode ir. Ponto final.

Reconheço a derrota quando a vejo. Suspirando, digo:

— Eu realmente estava ansiosa para ir a Londres.

— Nós iremos. Por enquanto, vamos relaxar em casa até que você esteja totalmente recuperada e é isso.

— Espero que você não fique doente também.

— Não vou. Nunca fiquei seriamente doente.

— Com todas as suas superstições, é melhor você bater na madeira com essa afirmação.

Ele faz uma grande cena para bater na mesa de cabeceira.

— Agora, vamos pegar um pouco de comida para você.

FIEL À SUA PALAVRA, depois que, finalmente, saímos do hotel, ficamos em casa durante toda a semana seguinte. Nós o assistimos ganhar o BAFTA de Melhor Ator pela TV e, desta vez, Marlowe aceita o prêmio por ele. Durante a semana, Flynn trabalha no escritório de casa, participando de teleconferências com a equipe da Quantum, além de verificar se estou bem e cuidar de todas as minhas necessidades. Ele também supervisiona outra reunião do conselho da fundação, a qual eu durmo do começo ao fim.

— Você é como o meu mordomo — digo quando ele faz o almoço na sexta-feira, um dia antes da festa do Dia dos Namorados que seus pais irão oferecer para comemorar o nosso casamento. Este é o primeiro dia em que me sinto um pouco normal, embora ainda esteja muito mais cansada do que deveria.

— Podemos brincar disso algum dia. Serei seu criado fiel, e você pode ser a dona da mansão que ordena que eu a sirva de diversas formas.

— Ahh, gosto disso. Posso te dominar neste cenário?

— Até certo ponto.

— Quando podemos fazer isso?

— Você pode não querer acender o pavio, baby. Estou me sentindo um pouco reprimido.

— Ahhhhh, meu pobre marido! Foi tão negligenciado por sua esposa doente.

— Você está acumulando deméritos — ele fala com um sorriso provocante.

Apoio as mãos em seu peito e olho para ele.

— Me diga a verdade. Você está cuidando dessa necessidade por conta própria? — Posso dizer, imediatamente, que a pergunta o surpreendeu e talvez o chocou.

— O que aconteceu com a minha doce e virtuosa esposa?

— Ela se casou com um maníaco enlouquecido por sexo que a transformou em uma também.

— É mesmo? — Ele encara meus lábios, seus olhos aquecendo com desejo. — Maníaca, hein?

— Responda à pergunta.

— Desde que você ficou doente, não toquei no meu equipamento nem uma vez, exceto para fazer xixi e lavá-lo.

— Não acredito.

Ele pega minha mão e a coloca em seu membro, que está duro como pedra.

— Ele é todo seu – e só seu – quando você estiver pronta para voltar ao combate. — Beijando minha testa e meus lábios, ele diz: — A propósito, não é divertido sem você. Espero que esteja feliz por ter arruinado uma longa carreira de bater punheta.

— Isso é nojento e muito engraçado.

— Também é verdade. Não tenho vontade de "cuidar das coisas" quando você está por perto.

— E esta é uma... *nova*... revelação?

— Muito nova. Minha mão e eu *terminamos*. Foi um rompimento desagradável.

Rio tanto que as laterais do meu corpo doem.

— Esta é a segunda vez que você ri da minha dor. Mais deméritos.

Resisto à vontade de revirar os olhos.

— Se eu fosse ajudá-lo com essa situação reprimida, você me deixaria sair de casa?

— Só se eu puder ir com você.

— Vou poder dirigir?

— Isso pode ser arranjado.

— E vai me levar para o clube hoje à noite?

— Ah, bem, hum, você está tão doente. Acho que não está pronta para isso ainda.

— Estou pronta. — Passo o dedo pelo seu peito e o encaixo no cós da sua calça jeans. — Estou mais do que pronta.

— Estou com medo de te tocar agora.

— Por quê?

— A coisa reprimida que discutimos anteriormente.

— Você tem medo de que isso possa me assustar?

Ele morde o lábio e concorda.

Eu me inclino perto o suficiente para tocar meus lábios no seu ouvido.

— Faça o seu pior.

Ele envolve o braço ao redor da minha cintura e me levanta por cima do ombro.

Solto um grito de surpresa quando ele nos leva para o quarto, se deitando sobre mim. Ele quebra o contato visual apenas pelo tempo suficiente para tirar nossas roupas e volta, me abraçando.

— Isso vai ser rápido — ele sussurra um segundo antes de capturar meus lábios em um beijo que me diz o quanto sentiu falta de estar perto de mim enquanto eu estava doente. Suas mãos estão em toda parte, acariciando meus mamilos, minhas costas e descendo, acariciando o calor úmido entre as minhas pernas.

— Preciso tanto de você, Nat.

— Me tome. Sou toda sua.

Quando ele desliza completamente para dentro de mim em um movimento profundo, arqueio as costas, precisando estar mais perto, o máximo que posso chegar.

Ele segura minhas mãos e as ergue sobre minha cabeça. Nossos olhos se encontram enquanto ele se certifica de que tudo está bem para mim. Está mais do que bem. Envolvo as pernas ao redor dos seus quadris e sinto todos os seus movimentos. Ele sai de dentro de mim, me deixando cambaleando e prestes a explodir.

— Vire-se.

Quando fico de quatro do jeito que ele me quer, ele se ajoelha atrás de mim, segura meus quadris e entra em mim de novo.

— Sim — ele sussurra. — Queria estar mais profundo.

Abaixo a cabeça, apoiando nos antebraços e me submeto completamente. Ele cuidou de mim com tanta gentileza durante a minha doença, que quero retribuir de todas as maneiras possíveis.

— Ah, caramba, Nat... — As pontas dos dedos apertam meus quadris, e ele aumenta o ritmo. Em seguida, acaricia meu clitóris.

— Flynn... — Ele não é meu senhor agora. Não é meu dominador. É meu marido, e eu o amo desesperadamente. — Por favor...

— Sim. Agora. Comigo.

É perfeito e lindo. A conexão que sinto com ele é nada menos do que espiritual. Ele realmente esteve presente para mim nos bons e maus momentos e tivemos muito dos dois nas seis primeiras semanas juntos.

Ele descansa em cima de mim, do jeito que sempre faz depois de fazer amor comigo. Amo o jeito que ele me abraça depois, enquanto nossos corpos esfriam e pulsam com os tremores secundários.

— Flynn.

— Humm?

— Obrigada por cuidar tão bem de mim enquanto eu estive doente.

— Foi um prazer cuidar de você, mas nunca mais me assuste assim.

— Quero que você saiba...

— O que, amor?

— Que me casar com você foi a melhor coisa que já fiz em toda a minha vida.

— Ahhh, linda, eu também.

— Muita coisa aconteceu desde que nos conhecemos e a minha vida mudou completamente — de algumas formas, nós dois desejamos que não tivesse acontecido. Mas mesmo sabendo o que estava reservado para nós, eu não mudaria nada se isso significasse que eu teria você.

— Fico feliz em ouvir isso. Às vezes me pergunto se você se arrepende do dia em que sua selvagem te conduziu até mim.

— Foi o melhor dia da minha vida. Não há dúvida.

— Meu também, linda. Meu também.

ESTOU TÃO ANIMADO quanto Natalie por estar fora de casa e cruzar a Pacific Coast Highway no sedã Mercedes prata que será dela quando ela tirar a habilitação. Nunca dei um dos meus preciosos carros de presente. Será um prazer dar este a ela.

— Precisamos agendar seu exame de direção. Você está pronta.

— Tem certeza?

— Você está indo muito bem. Nem parece que faz um tempo desde a última vez que pegou no volante. — Envio uma mensagem a Addie, pedindo que o agende para a semana seguinte ao Oscar.

— Estou mais confortável do que antes.

— Aproveitando que estamos falando sobre conforto, quero te falar sobre o clube.

— O que tem?

— Quero que você esteja preparada para o que te espera lá.

— Certo...

— É difícil falar sobre isso, porque estou muito condicionado a não fazê-lo.

— Entendo a necessidade de discrição.

— Isso vai além da discrição. Você verá pessoas que conhece e gosta. Vai ver a Marlowe, possivelmente usando roupa de couro e brandindo um chicote de equitação enquanto faz de algum cara seu submisso. Vai ver o Hayden e suas cordas e, talvez, Kristian, Emmett e Jasper em uma variedade de cenários.

— Você mencionou que todos são membros.

— O problema é que você não pode olhar para eles com qualquer tipo de julgamento, não importa o que estejam fazendo ou o quanto isso possa ser chocante para você. O clube é o lugar para se soltarem. É onde eles vão para serem totalmente livres. Tudo o que acontece lá é feito sob os princípios básicos de seguro, são e consensual. Todo mundo está lá porque quer, mesmo que esteja recebendo algo que possa parecer horrível para você. Todo mundo que está infligindo prazer doloroso está fazendo isso com o maior cuidado e preocupação com seus submissos. Não permitimos que pessoas que não acreditem nessas coisas sejam os valores centrais do nosso estilo de vida.

— Entendo exatamente o que você está dizendo.

— Não estou te acusando de ser crítica ou algo assim. Você tem sido o oposto disso, mas tudo ainda é muito novo para você.

— Eles vão se importar que eu esteja lá?

— Não, linda, eles ficarão felizes em te ver lá e saber que você aceitou a mim e ao meu estilo de vida por completo. Ficarão felizes por nós dois e ansiosos para compartilhar essa parte das nossas vidas e nossa amizade com você. — Olho para ela e a vejo refletindo sobre o que eu disse daquela sua maneira adorável e séria. — É difícil explicar até que você seja realmente parte disso, mas ao compartilhar esse aspecto das nossas vidas, nossas amizades se tornam mais profundas e significativas. Damos um ao outro um porto seguro para fugir da insanidade das nossas vidas públicas. Levar você para lá será uma das maiores emoções da minha vida.

— Mesmo se não fizermos nada?

— Não vamos fazer nada. Não lá. Não essa noite. Isso é algo que vamos trabalhar. Esta noite, estaremos lá para observar.

— E se...

— Diga. Não há nada que você não possa dizer ou perguntar.

— E se eu não conseguir fazer sexo com você em público?

— Então não vamos levar essa parte do nosso relacionamento para o clube. Mas isso não significa que ainda não possamos fazer parte do clube de outras formas.

— Que outras formas?

— Apoiar nossos amigos e sua necessidade de demonstrações públicas. Algumas pessoas se excitam muito ao fazer sexo em público.

— Você se sente assim?

— Me senti no passado, mas não é um ingrediente essencial para mim. Você e eu estamos testando o que funciona para nós. Nada e ninguém que veio antes de nós figura nisso. Se você me disser que tudo que eu posso ter é o que já fizemos, ficaria mais do que satisfeito.

— Mas há mais, certo? Coisas que você quer me mostrar e me ensinar?

— A variedade e as opções são infinitas. Estamos limitados apenas pela nossa própria imaginação. Mas nada disso precisa acontecer em público se não for do seu agrado – e eu entendo completamente se não for.

— Ainda não decidi nada. Estou reservando o julgamento até ter mais informações.

— Essa é uma maneira muito sábia de conduzir esse assunto. —

Olho para cima para ver que enquanto conversamos, chegamos quase em Redondo Beach. — Quer ir à praia?

— Podemos?

— Claro. — Pego meu boné do Dodgers no banco de trás e o coloco. — Vou mandar uma mensagem a Seth para avisar que vamos descer. — Encontramos um lugar para estacionar e conseguimos entrar na praia sem que ninguém nos note. Natalie está com seus longos cabelos escuros presos em um coque que a faz parecer muito mais jovem que seus 23 anos. Estou me sentindo corajoso e ousado hoje, então, depois de uma longa caminhada na praia com ela e Fluff, que tirou um bom cochilo no banco traseiro enquanto estávamos na estrada, eu a levo para um café à beira-mar, onde nos sentamos e aproveitamos o sol quente, bebidas e um aperitivo com o mínimo de confusão por parte dos garçons.

Josh e Seth estão em uma mesa próxima de olho nas coisas. Eles estão perto o suficiente para se envolver se necessário, mas longe o suficiente para nos dar privacidade.

— Este foi um dia muito bom — ela fala quando estamos voltando para a cidade.

— Foi bom sair e pegar ar. — Dirijo na volta, porque quero que ela tire uma soneca a caminho de casa. Eu me preocupo que ela se canse depois de ficar tão doente. Ela realmente me assustou com o jeito que ficou mal de uma hora para outra, ficando muito ruim por dois dias.

Em determinado momento, sua febre chegou a trinta e nove graus. Fiquei acordado por dois dias, de olho e cuidando dela. Nunca fiquei tão feliz em ver minha mãe como quando ela veio ao hotel para nos ver no segundo dia. Não queria expô-la à gripe, mas ela reclamou, dizendo que isso era um absurdo e passou metade de um dia comigo, me fazendo companhia enquanto eu me preocupava de forma obsessiva com Natalie.

O médico teve que me dizer mais de uma vez que era "apenas" uma gripe e tive que ser convencido a não levá-la ao pronto-socorro em duas ocasiões diferentes. Graças a Deus ela se recuperou e agora está quase totalmente boa, mas não vou me esquecer do susto com sua doença ou a solidão de tê-la por perto, mas indisponível tão cedo. Odiei isso quase tanto quanto odiei que ela estivesse doente.

Eu a olho e vejo que ela está dormindo com Fluff no colo. As duas são muito fofas juntas, mesmo que uma delas goste de me morder.

Mal posso esperar por esta noite, para levar Natalie ao clube e apresentá-la a mais uma faceta da minha vida. Me sinto confiante de que ela está pronta, de que conversamos sobre tudo e ela está preparada para o que esperar. Quando chegar em casa, vou mandar uma mensagem para os outros e avisá-los de que vou levá-la. Eles vão gostar de serem avisados, e espero que fiquem felizes em recebê-la.

Hayden, em particular, expressou preocupação sobre eu me casar com alguém fora do nosso estilo de vida, já que foi um fracasso tão espetacular da última vez. Isso me faz pensar em Valerie e me pergunto se ela aceitou a oferta que organizamos — participar de um reality show em um barco de pesca no Alasca.

Ao invés de confrontá-la e fazer seu dia com a minha raiva sobre o que ela tentou fazer com Nat e eu, Hayden sugeriu esse caminho e tenho que admitir que foi brilhante. Sorrio para mim mesmo quando a imagino em um ambiente que ela vai achar tão abaixo do seu nível, mas me certifiquei de que seja a única oferta que ela terá no futuro imediato.

Ela não terá escolha a não ser aceitar, o que vai tirá-la da cidade e do meu pé por enquanto. Nossa empresária, Danielle, que assumiu Val apenas porque pedi a ela quando nos casamos, ficou feliz em fechar algo tão longe dos padrões autodeterminados de Valerie quanto possível.

Quando Danielle nos avisou do reality no Alasca, Hayden e eu rimos muito e dissemos para ela ir em frente. Faça acontecer.

Estou bastante confiante de que Valerie não terá dúvidas de como ela acabou no Alasca. Ela pode me culpar o quanto quiser, mas não tenho culpa de que ela não tenha outras opções. Sua reputação como *prima donna esnobe* faz com que ninguém queira trabalhar com ela. A culpa disso é dela. O caso que ela teve com o diretor no final do nosso casamento também não lhe rendeu nenhum amigo, especialmente quando veio à tona que ela acabou com o casamento do homem para se vingar de mim.

Não esqueci o ás que ela ainda tem na manga: seu conhecimento das minhas preferências sexuais. A única razão pela qual eu me importaria se isso acontecesse é porque poderia envergonhar meus pais. Sem mencionar o impacto potencial na minha carreira. Mas isso é uma preocupação muito menor. Nem quero pensar nos meus pais descobrirem sobre minha preferência sexual. Pensar nisso me faz sentir mal.

Natalie ainda está dormindo quando chegamos em casa, então pego ela e a selvagem e as carrego para dentro, colocando Nat na nossa cama e a aconchegando. Temos muito tempo. O clube só abre depois das dez.

Aproveito o tempo livre para pensar sobre a grande ideia que tive no outro dia. Antes de ir muito além, preciso falar com Natalie a respeito, porque a história que está na minha cabeça é dela — e nossa. Desde que a ideia surgiu, é quase tudo em que consigo pensar. Aprendi a confiar no meu instinto neste ramo. Se um projeto me arrepia, é provável que também faça sucesso com o público. A história de Jeremy em *Camuflagem* é um exemplo recente dos meus instintos. Não só o filme é um enorme sucesso crítico e financeiro, como também acumula prêmios.

Pego o telefone para ligar para Hayden. Quero sua opinião. Se ele achar que é uma ideia ruim, não faz sentido falar com Natalie.

— E aí? — ele pergunta quando atende à ligação.

— Tudo bem. Recebeu minha mensagem?

— Sim. Vocês vão fazer uma cena hoje à noite?

— Não. Estamos dando pequenos passos, mas, até agora, está tudo bem. Ela está curiosa sobre o clube, então achei que deveria levá-la para que ela possa ter uma ideia de como é.

— Tenho que dizer... não imaginei que isso fosse acontecer. Tendo em vista tudo... seu passado e tudo mais.

— Ela tem uma força interior que me surpreende e a determinação de não deixar o passado ditar seu futuro.

— Sei que tenho sido meio babaca com vocês, mas espero que saiba o quanto estou feliz por você.

— Obrigado, cara.

— E, apesar de como isso possa ter parecido, eu gosto dela, ainda mais agora que você não está escondendo uma grande parte de quem é.

— Também gosto — digo com uma risada baixa.

— Aposto que sim.

— Ouça, estive pensando em algo que quero falar com você.

— É um título para o filme?

— Gostaria que fosse.

— Eu também — ele fala com um suspiro.

— Se for de algum consolo, o corte inicial está incrível.

— Estou feliz com isso também. Só queria que pudéssemos dar um nome ao filho da puta.

— Nós vamos.

— No que você está pensando?

— Na história da Natalie.

— Sério?

— É uma história poderosa que atinge os pontos certos.

— Você não está pensando seriamente...

— Não. Ainda. Até agora, é só uma ideia.

— O que ela tem a dizer sobre isso?

— Ela é a próxima na minha lista. Se você achar que a ideia é ridícula, não faz sentido falar sobre isso com ela.

— Não é ridículo.

— Mesmo?

— É uma história incrível, Flynn. Por que você acha que tem fotógrafos acampados em todos os lugares que vocês frequentam? Eles querem um vislumbre disso. As pessoas estão cativadas.

Cativado. Essa é a palavra que usei para descrever meus sentimentos no dia em que a conheci e nada mudou desde então.

— Isso daria um bom título.

— Ótimo, então você tem um título para um filme que nem

estamos fazendo ainda, mas para o que está quase pronto não tem nada?

Rindo do seu comentário irônico, sinto um alívio profundo por estar de volta ao terreno familiar com meu melhor amigo e sócio depois de algumas semanas difíceis.

— Estou trabalhando nisso. Juro.

— Sim, sim. Onde já ouvi isso antes?

— Te vejo hoje à noite.

— Estarei lá. Cresley está na cidade. Vai também.

— Ah, ótimo. Quero que Natalie a conheça. Te vejo lá.

— Até mais tarde.

Enquanto espero que Natalie acorde, preparo um jantar leve de salada e massa, alimento Fluff e saio com ela para o quintal para que ela possa fazer xixi. Olho para a piscina, que brilha por dentro com as luzes do timer, pensando em como a história de Natalie pode ser contada em um filme.

Eu a estaria violando ainda mais ao sugerir isso? Esse é o meu maior medo. Junto com ele, está minha maior motivação — contar ao resto do mundo sobre a mulher forte e incrível que tive o bom senso e uma sorte ainda maior em me casar.

— Aí está você — ela diz quando sai para se juntar a nós.

Fluff se aproxima para cumprimentá-la com a alegria de um filhote.

Natalie a pega para lhe dar um abraço e recebe beijos de cachorro no rosto. Isso a faz rir.

— Por quanto tempo eu dormi? Ela está agindo como se eu tivesse ficado fora por uma semana.

— Cada minuto sem você parece como uma semana para nós, certo, Fluff?

Fluff late em resposta e nós dois rimos.

— Você e o papai estão se dando bem?

— Estávamos discutindo um convite para uma dança de pai e filha quando você se juntou a nós.

Natalie solta Fluff e me abraça por trás.

— Sério?

— Sim. A Fluff disse que não tem nada para vestir, e eu respondi que a levaria para fazer compras se ela prometesse que nunca mais ia morder minha bunda quando eu ficasse junto com a mamãe.

— E o que ela disse sobre isso?

— O que significa "ficar junto", papai?

Ela cutuca minhas costelas e dá risada atrás de mim.

— Está com fome?

— Morrendo.

— Tenho algo para você. — Eu me viro, coloco meu braço ao seu redor e a conduzo para dentro para comer.

— Você fez isso sozinho?

— Claro que sim. Tive que ferver a água e tudo mais.

— Pensei que você não sabia como.

— Assisti a um vídeo no YouTube.

Ela ri enquanto sirvo uma taça de chardonnay gelado e comemos a refeição, que está surpreendentemente boa, considerando que fui eu que fiz.

— Como você está se sentindo?

— Ótima. O cochilo era exatamente o que eu precisava. Estou começando a me sentir como antes de novo.

— Fico feliz em ouvir isso. Gosto muito de como você era antes.

— Desculpe ser uma chata essa semana.

— Não se desculpe. Você estava doente.

Giro o macarrão no garfo, mas perco o apetite pensando na ideia do filme que quero falar com ela.

— Está pensando em quê? — Ela me olha por cima da taça de vinho.

— Uma ideia que está na minha cabeça.

— Que tipo de ideia?

— Do tipo que você vai amar ou odiar. Não posso decidir qual.

— Que tipo de tortura sexual você sonhou para mim agora?

— Não é sobre sexo, embora quando você me pergunta coisas assim, me dá outras ideias.

Suas bochechas ficam coradas.

— Esqueça que perguntei então.

— Não vou esquecer, mas a ideia é sobre sua história.

— Minha história? O que tem?

Aqui vai...

— Seria um filme bastante atraente.

Por um momento, ela está sem expressão e então sua boca se abre e fecha novamente.

— Você quer fazer um filme sobre o que aconteceu comigo?

— Gostaria de considerar a possibilidade. — Não consigo determinar seus verdadeiros sentimentos, porque sua expressão é totalmente vazia.

— Você passou de não querer falar sobre isso na entrevista com Carolyn para querer fazer um filme?

— Estou *apenas* falando sobre fazer um filme. Estou dizendo que é uma incrível história de resiliência, perseverança, coragem e determinação com um final feliz. É feito sob medida para Hollywood.

Mais uma vez, ela fica em silêncio enquanto contempla o que eu disse.

— É claro que a única maneira de acontecer alguma coisa com a sua história é se você quiser. Só estou sugerindo que poderia ser um ótimo filme. Não estou dizendo que tem que ser.

— Então você não vai ficar desapontado se eu não quiser fazer isso?

— Não. Como sempre, quero que você seja feliz. Se isso faz com que você fique insatisfeita, não vamos fazer.

— Como funcionaria se eu estivesse interessada?

— Primeiro, compraríamos os direitos da sua história, o que lhe daria a independência financeira de que você tanto gosta.

— A maioria das pessoas gostam de ser financeiramente independente.

Sorrindo para sua resposta previsivelmente atrevida, continuo.

— Em seguida, contrataríamos um roteirista para montar a história. Uma vez que temos um roteiro aprovado por nós, nos ocupamos em fazer acontecer.

— Você faz parecer tão simples.

— Não é. É um processo longo e complicado para levar algo da ideia para a telona, mas também é emocionante e estimulante.

— Posso ver que você está animado com a possibilidade.

— Estou animado. Desde que a ideia me veio à cabeça no outro dia, está constantemente nos meus pensamentos. Geralmente, é um bom sinal para mim de que estou fazendo algo. Mas como falei, a decisão é toda sua.

— E sem ressentimentos se eu optar por não fazer?

— Sério, Nat? Eu nunca poderia me ressentir de qualquer coisa que diga respeito a você.

— Me parece que você tem sentimentos *pesados* no que se refere a mim.

Seu comentário me faz rir.

— Muito engraçado. Mas sem brincadeira, tenho pilhas de scripts e projetos em potencial nos três escritórios. Vou encontrar outra coisa que me interesse. Não se preocupe com isso.

— Gostaria de pensar a respeito.

— Leve todo o tempo que precisar e se sinta à vontade para dizer não. Prometo que se fizer isso, vou aceitar. — Eu a alcanço e a trago para o meu colo, porque preciso abraçá-la agora. — Se você estiver interessada, é algo que deve considerar com muito cuidado. Agora você tem uma ideia melhor do tipo de atenção que geraria e se você pode ou não lidar com isso. Já pedi muito de você. Não quero que essa seja outra coisa que você sinta que tem que fazer por mim. Isso diz respeito a você e compartilhar sua incrível história com o mundo. A decisão de contar ou não é sua e sempre será.

— Aprecio que você ache a minha história convincente o suficiente para considerar algo como isso.

— É uma história incrivelmente atraente. Eu adoraria dizer ao mundo inteiro como tenho sorte de ter me casado com você.

Ela sorri e me beija.

— Vou pensar sobre isso.

— Tudo bem. Você e eu temos um encontro quente hoje à noite e precisamos nos preparar.

— Nos preparar como?

— Venha comigo que vou te mostrar.

13

Natalie

Aparentemente, "me preparar" para ir ao clube envolve um banho com meu marido, durante o qual ele me levanta, apoia minhas costas na parede e me toma com força e rapidez enquanto o vapor se eleva ao nosso redor.

— Quis transar de novo com você no banho desde a primeira vez que fizemos isso — ele sussurra no meu ouvido enquanto me penetra.

— Você faz alguns dos seus melhores trabalhos na vertical.

Ele ri e apoia a cabeça no meu ombro.

— Não me faça rir quando estou tentando te fazer gozar.

— Onde mais você gostaria de fazer isso? — consigo perguntar.

As mãos que estão segurando meu traseiro o apertam e o abrem.

— Aqui.

Esse pensamento faz todo o meu corpo formigar.

— Você me disse.

— Tive outro sonho.

Abro os olhos e o vejo me observando e avaliando minha reação.

— Vai me contar sobre ele?

— Depois que eu te fizer gozar.

— Humm, depressa.

Saber que estou curiosa e ansiosa para ouvir sobre seu sonho parece incitar algo nele que aumenta o ritmo, entrando e saindo de mim repetidamente até que nós dois atingimos o orgasmo. Ele me abraça forte por vários minutos antes de me soltar para que eu fique de pé, mesmo com as pernas bambas.

Saímos do banho e nos secamos. Estou pegando um roupão quando ele segura minha mão e me leva para a nossa cama. Ele levanta as cobertas.

— Deite.

— Achei que íamos sair.

— Vamos. Mais tarde.

— Tá... — Vou para a cama, e ele me segue. Nos aconchegamos no meio do colchão com os braços e pernas enroscados um no outro em uma rotina que se tornou maravilhosamente familiar para mim. Não me lembro de como era a vida antes de dormir em seus braços todas as noites. Mas não vamos dormir agora e, a julgar pelo calor ardente que vejo em seus olhos, nem vamos sair por enquanto. — Me conte. Quero saber o que você sonhou.

— Estávamos no clube. Trabalhamos por semanas para chegarmos a este momento. Todo mundo estava lá para assistir. Você estava debruçada sobre o banco de surra, e eu usei uma palmatória. Sua bunda estava quente e vermelha e sua boceta estava tão molhada que escorria pelas pernas.

Eu me contorço para chegar mais perto dele. Mesmo que ele tenha gozado há menos de dez minutos, está duro de novo. Sua mão segura minha bunda para me apertar contra ele, seu dedo mergulhando nela.

— Você está usando o maior plug que tenho e foi uma luta para colocá-la. Eu te digo que não é nada comparado a mim, e você começa a tremer. Todo o seu corpo está vibrando e eu ainda nem liguei o brinquedo erótico.

Seu dedo desliza entre as minhas pernas e pressiona a minha entrada de trás de forma provocativa, me fazendo queimar de desejo.

— Quer ouvir mais?

Minha boca está tão seca que aceno em resposta.

— Preciso das palavras.

— Quero. Quero ouvir tudo.

Seu grunhido baixo é extremamente estimulante. Saber que o estou excitando ao deixá-lo falar comigo sobre suas fantasias me excita mais do que poderia imaginar.

— No meu sonho, posso dizer que você está com medo. Quero afastá-lo, mostrando como pode ser incrível entregar seu controle e confiar em mim com o seu prazer. Pergunto se você quer parar e a lembro da sua palavra segura. Você está com medo de sentir dor, e eu digo que sim, vai doer, mas só por um curto período de tempo. Depois você vai gostar. Gostar muito.

Seu dedo mergulha dentro de mim, me deixando tensa, excitada e ansiosa ao mesmo tempo. Ainda não consigo acreditar no quanto gosto de ser tocada lá. Toda vez que ele faz isso, me deixa em chamas.

— Prometo te dar o orgasmo mais poderoso da sua vida.

Tremo ao pensar nisso. Mais poderoso do que o que já experimentei com ele?

— Primeiro, o plug tem que sair, e é tão difícil quanto foi para entrar. É claro que vou devagar e vou tirando até que você está praticamente me implorando para fazê-lo. Me diga o que você quer, linda. Me deixe te ouvir dizer as palavras.

— Quero que você... me coma por trás.

— Puta merda, isso é tão excitante. Te ouvir dizer essas palavras... caramba, Nat.

Seu dedo entra mais, e eu faço força contra ele, precisando de mais. Ele levanta minha perna por cima do seu quadril, e entra em mim, me dando metade dele enquanto continua a me torturar com o dedo. Se falar sobre isso é intenso, não posso imaginar como será quando *realmente acontecer*.

— O plug finalmente sai, e eu me movo rapidamente para nos lubrificar e começo a te penetrar. De imediato, você entra em pânico. Me diz que é muito grande. Claro que isso me faz ficar ainda maior.

Apesar do ataque aos meus sentidos, eu rio.

— Você me faz rir quando pergunto se está pronta para mais e me questiona como pode haver mais. Mas você não pode ver o mesmo que eu, que nós apenas começamos. Tento te dar outra coisa para pensar acariciando o seu clitóris e mamilos e quando você está distraída, consigo entrar mais.

Solto um gemido com o pensamento de como será.

— Porra, Nat, você é tão apertada e quente. Seus músculos ondulam ao redor do meu dedo.

E, com certeza, ele fica maior dentro de mim, me esticando quase ao ponto da dor mais uma vez.

— Você murmura: "puta merda". Nunca te ouvi dizer essa expressão por vontade própria. E é muito sexy te ouvir falar isso enquanto estou te comendo por trás. Pergunto se ainda está doendo e você responde: "não tanto quanto antes". Mas ainda não está bom. Estou determinado a te dar prazer. Peço para você relaxar e você me responde dizendo: "tente *você* relaxar enquanto tem um pau gigantesco preso na sua bunda". Você me faz rir, mesmo quando estou tentando me concentrar e te dar prazer.

Ele retira o dedo e o pressiona de volta para mim. Desta vez, um segundo dedo se junta.

— Começo a entrar e sair bem devagar até ter certeza de que você está pronta para receber o resto. Você grita quando entro quase por inteiro, te dando a maior parte de mim. Começo a te comer devagar e com cuidado, e os sons que você faz, Nat... caramba, fico louco ao ver que você finalmente está gostando. Toco seu clitóris... faça isso agora. Se toque.

Nunca fiz isso antes, mas estou tão desesperada para gozar que não hesito em tocar meu ponto de prazer. Não posso acreditar no quanto estou molhada. Circulo o clitóris e suspiro pelo prazer que vibra através do meu corpo inteiro. Todos os sentidos estão em alerta total e estou pronta para gozar.

— Flynn...

— Quem sou eu neste cenário?

— Senhor... por favor... me deixe gozar.

— Ainda não terminamos.

Gemo em resposta a isso. Como pode haver mais?

— Eu te como até que não posso mais me segurar. Preciso que você goze para que eu possa gozar também. Goza para mim, Nat.

Pressiono o clitóris com força enquanto ele desliza mais fundo em mim com seus dois dedos e o pênis. O orgasmo me atinge como um tsunami e eu grito com o seu poder. É sem dúvida o mais forte que já tive e já tive alguns muito intensos.

Ele geme quando goza também.

— Puta que pariu, Nat. Isso foi maravilhoso e incrível.

— Quero fazer isso. O que você descreveu... eu quero, Flynn.

Um grande tremor balança seu corpo.

— Temos que prepará-la.

— Tudo bem.

— Vai usar um plug para mim hoje à noite?

— Sim.

— Sem hesitação?

— Nenhuma.

— Sinto que só posso estar sonhando por poder compartilhar isso com você, Nat... não posso nem te dizer o que significa para mim.

— Quero compartilhar tudo com você.

— Os plugs estão no andar de baixo. Quer descer comigo?

— Sim. Vamos lá.

***

Flynn

SUA RESPOSTA ansiosa é o afrodisíaco mais incrível. Eu a tive duas vezes em uma hora e já estou pronto para mais. Depois de uma rápida parada no banheiro para me limpar, vou até a cozinha pegar a chave do quarto no andar de baixo. Não posso acreditar que estou prestes a levar Natalie, minha esposa e o amor da minha vida para o meu mundo mais privado.

É um sonho se tornando realidade. *Ela* é um sonho se tornando realidade.

Ainda estamos nus quando ela me segue para baixo e fica no meio do grande espaço, observando tudo de novo. Seus mamilos estão eriçados, os dedos unidos na frente do corpo enquanto seus olhos se movem lentamente dos objetos na parede para o banco, a cruz e depois para as cordas penduradas no teto.

— Para que servem? — ela pergunta a respeito das cordas.

— Imobilização e *bondage*. Muito do que tenho aqui requer um nível pesado demais de *bondage* para que seja seguro, por isso não passaremos muito tempo aqui. Não posso jogar com você na cruz, por exemplo, a menos que eu saiba que você está segura.

— Talvez eu esteja disposta a tentar. Algum dia.

Dou de ombros.

— Se isso acontecer, ótimo. Se não, não se preocupe.

— O que é isso? — ela pergunta, apontando.

— É uma cadeira de Tantra. Dá para fazer muitas posições legais. Penetração profunda.

— Podemos tentar isso algum dia?

— Com certeza.

Vou até o armário e pego o maior plug que possuo.

— Venha aqui. — Faço um gesto para o banco de surra e digo a ela onde colocar os joelhos e cotovelos para que fique curvada na posição correta. Abrindo uma embalagem de lubrificante que aquece com o contato, preparo a ela e o plug.

— Pronta?

— Sim.

— Se lembra da sua palavra segura?

— Sempre.

— Pegue as alças de couro. Ajuda ter algo onde se segurar.

Ela faz como indicado, e eu pressiono o plug contra ela, penetrando lentamente para que ela tenha tempo de se ajustar e se adaptar. A última coisa que quero é fazê-la perder o tesão antes mesmo de começarmos.

— Como está? — pergunto.

— É grande. Dói.

— Eu sei, linda. Apenas continue respirando e empurre de encontro.

Demora cerca de dez minutos até que eu consiga colocar o plug no lugar. Ela está suando e suas costas e bunda estão coradas. Quero desesperadamente ver seu rosto, então a guio para os meus braços.

Seus olhos estão fechados, os lábios entreabertos e seu rosto está tão vermelho quanto o resto. É a coisa mais sexy que já vi.

— Fale comigo.

— Hummm.

— Isso não é uma palavra.

Ela acaricia meu pescoço.

— Ahammm

— Isso também não é uma palavra. Quero as palavras, Nat.

— Meu corpo parece uma grande terminação nervosa. Tudo está formigando e sinto que poderia gozar se você só soprasse meu clitóris.

— Posso fazer isso. Posso soprar em qualquer parte que você queira.

Ela sorri, seu rosto angelical e relaxado apesar do que acabamos de fazer.

— Precisamos ir. Seus amigos estão nos esperando.

Não consigo acreditar que me esqueci dos nossos planos de ir ao clube.

— Podemos fazer isso outra noite se você quiser ficar em casa.

— Eu quero ir. Quero ver e entender.

— Está bem então. Acho que precisamos de outro banho antes.

— Com certeza.

Saímos de casa quarenta e cinco minutos depois. Nat está vestida com um top justo que deixa seus ombros nus e calça preta que molda todas as suas curvas. Sandálias pretas de salto com tiras finaliza sua roupa sexy. Seu cabelo está com uma profusão de cachos, e ela usa uma maquiagem forte que realça os olhos verdes. Ela usa os brincos e o bracelete de diamantes que lhe dei. Amo que ela esteja usando as joias, especialmente os dois anéis de diamante que estão em seu dedo anelar esquerdo.

Uma parte de mim quer cancelar nossos planos, porque não quero que ninguém, nem meus amigos mais próximos, veja minha mulher tão linda. Saber que por baixo da roupa sexy ela está usando meu plug só aumenta a minha agitação.

— O que há de errado? — ela pergunta quando estamos a caminho do Aston Martin Vanquish.

— Hã? Nada. O que poderia estar errado?

— Não sei, mas você não disse uma palavra desde que saímos de casa e você não é assim.

Seguro sua mão.

— Não tem nada errado, baby. Pela primeira vez em toda a minha vida, tudo está bem.

— Então no que você está pensando?

— De verdade?

— Sempre.

Respiro fundo.

— Não quero que meus amigos te vejam assim.

Ela olha para sua roupa.

— Eu deveria ter usado outra coisa?

— Não, amor. Você está linda e sexy. Incrivelmente sexy.

— Estamos indo a um clube de sexo, Flynn. Achei que sexy era a palavra da noite.

— E é.

— Então qual é o problema?

— Não quero outros caras te olhando.

— E ainda assim você quer fazer sexo comigo em público?

— Não faz sentido para mim também. — Aperto o volante com mais firmeza e meus dedos ficam brancos pela pressão. — Talvez eu não queira as coisas do mesmo jeito que antes. É diferente agora.

— O quê?

— Tudo. Nunca pensei duas vezes em fazer sexo com outras

mulheres no clube, mas o pensamento de fazer isso com você... na frente das pessoas... é diferente. Você é diferente. *Somos* diferentes.

— Você disse que há outras maneiras de curtir o clube sem ter relações sexuais, certo?

— Muitas, incluindo sexo. Temos quartos privados lá.

— São como o seu quarto no porão?

— Alguns. Outros são mais como quartos comuns com acessórios disponíveis.

— Acessórios disponíveis — ela fala com uma risada. — Como serviço de quarto excêntrico?

Respondo, sorrindo.

— Algo parecido.

— É como você disse – podemos descobrir o que funciona ou não para nós. Só porque você fez algo no passado, não significa que queira fazer agora. Talvez tudo isso tenha acontecido para te preparar para mim.

— É bem possível. — Olho para ela e depois de volta para a estrada. — É tão bom poder ter essas conversas, não ter que esconder esse meu lado de você. Ainda sinto muito pelo jeito que você descobriu, mas não sinto que você saiba.

— Eu também não. Tudo o que fizemos até agora foi... — Ela balança a cabeça quando não consegue encontrar as palavras. — Odiaria não poder conhecer esse seu lado.

Me sinto tocado com sua aceitação, confiança e amor. O que fiz para merecer o amor de uma mulher tão incrível está além da minha compreensão, mas farei o que for preciso para ter certeza de que sempre serei digno dela.

Chegamos ao edifício Quantum e, a julgar pelos carros que já estão no estacionamento, será uma noite movimentada.

— Está pronta?

— Sim.

— Vamos então. — Dou a mão para ela e uso o scanner de palma para ter acesso ao prédio, assim como ao elevador que leva ao clube, no porão. As portas se abrem, e eu a conduzo para dentro, minha linda e submissa esposa.

14

Natalie

Não tenho certeza do que estava esperando, mas não era uma boate. Pessoas bem vestidas e atraentes, usando vestidos e trajes de festa, outras com roupas de couro de aparência elegante, alguns homens sem camisa e todos com bebidas na mão. Há uma pista de dança e um bar lotado, além de mesinhas altas e cabines. A música vibra pelo salão, se misturando com as conversas. A batida me faz lembrar a vibração do desejo que experimentei com Flynn, e meu corpo começa a reagir ao som familiar. Meus músculos se contraem ao redor do plug.

A única coisa que diferencia o clube das outras casas noturnas que visitei são os tablados montados em vários pontos da sala, as cruzes, os bancos e outros equipamentos que identificam que aqui não é como um clube normal. Ainda é cedo, pelo menos é o que Flynn me fala enquanto segura minha mão e nos leva ao bar. Todo mundo parece feliz em vê-lo e várias pessoas me cumprimentam pelo nome, mesmo que eu não as reconheça. Todos me conhecem, que isso é algo que ainda acho estranho, mesmo todas essas semanas depois.

Um grito do meu lado esquerdo me chama a atenção e Marlowe se aproxima para me abraçar.

— É tão bom te ver aqui, amiga.

— Obrigada, Mo. É bom estar aqui.

— Você está *maravilhosa*!

— Marlowe Sloane acha que estou maravilhosa. Me belisque, por favor.

— Vou deixar que o seu dominador sexy te belisque. Mas, falando sério, fico feliz em ver você aqui e saber que aceitou esse lado dele. É demais.

— As últimas semanas têm sido interessantes.

— Eu imagino. Sabe que pode conversar comigo a qualquer momento, né? Se precisar de uma perspectiva externa.

— É muito gentil da sua parte. Até agora, Flynn e eu estamos indo muito bem com a conversa. Ele *adora* conversar.

Sua risada maliciosa me diz que ela entende o que quero dizer.

— Eu me lembro disso sobre ele. Não ficamos juntos há muito tempo, mas isso é algo de que me lembro.

Sinto que fui atingida por uma arma de choque. Flynn não me disse que ele e Mo eram apenas amigos? Quantas vezes pensei sobre o lindo casal que eles poderiam ter feito?

— À propósito, você está aqui para assistir ou para jogar?

— Assistir.

— Talvez eu faça uma cena mais tarde com um novo submisso. — Ela me dá uma piscada. — Ele é jovem e assustado, do jeito que eu gosto. Espero que estejam por perto para assistir.

— Não perderia por nada depois desse comentário. — Embora eu ainda esteja me recuperando do que ela me revelou, não posso deixar de rir. O que quer que tenha acontecido entre ela e Flynn, já faz muito tempo. Mas vou perguntar a ele assim que tiver chance.

— Vamos ver se ele aparece. Acho que ele está com medo de mim.

Flynn me leva para uma mesa longe da confusão e me entrega uma taça de vinho. Eles está com um copo de Bowmore, a julgar pela cor do líquido.

— Beba devagar. Temos um limite de duas bebidas.

— Por quê?

— Queremos que todos estejam sóbrios para qualquer atividade que decidam participar. Ninguém tem permissão para ficar bêbado aqui. — Ele me olha, seus olhos suaves, mas sérios. — Não há lugar para grandes quantidades de bebida em um ambiente seguro, são e consensual.

— Faz sentido.

Somos interrompidos pela chegada de uma mulher alta e linda que reconheço imediatamente como Cresley Dane, a supermodelo.

— Esta é a famosa Natalie que tirou o nosso amigo Flynn do mercado de uma forma tão dramática? — ela pergunta com um sorriso caloroso para mim e um abraço para Flynn.

— Cresley, conheça a minha esposa, Natalie.

Cresley me surpreende quando me abraça também.

— É tão bom conhecê-la. Sou uma grande admiradora.

— Ah. Obrigada. Isso é bom de se ouvir. Igualmente.

Hayden se junta a nós, passando um braço ao redor de Cresley, que se inclina para ele.

— É bom te ver por aqui, Natalie — ele fala.

— É bom estar aqui.

— Você está pronta? — ele pergunta a Cresley, que acena em resposta.

— Vamos lá.

— Até mais tarde? — Cresley nos pergunta.

— Estaremos aqui — Flynn responde. — Podemos até assistir.

— Que bom — Cresley responde com um sorriso que nos envolve antes de deixar Hayden levá-la.

— Para onde eles estão indo?

— Para o calabouço.

Estou surpresa com a pontada de angústia que sinto no coração ao saber que Hayden vai transar com Cresley quando é óbvio que ele está apaixonado por Addie.

— O que eles farão lá além do óbvio?

— Ele é praticante de Kinbaku, a arte japonesa de amarração erótica.

— O que isso significa? Amarração?

— Cordas. É uma prática complexa projetada para estimular todos os pontos de prazer.

— Posso ver isso?

— Claro, podemos ir mais tarde. Eles ficarão lá por horas. — Ele me olha, me analisando daquele seu jeito intenso. — O que você está pensando?

— Só me pergunto como ele pode passar horas fazendo sexo com Cresley quando gosta tanto da Addie.

Flynn expira longa e profundamente.

— É complicado para ele. Addie e Hayden são amigos muito próximos, e ele não está disposto a arriscar o que tem com ela expondo-a a isso. Se ela rejeitasse o estilo de vida – e a ele – do jeito que Valerie fez comigo, ele nunca superaria.

— Então ele se recusa a tentar. — A realidade da situação de Hayden me entristece.

— Sim. Conversamos sobre isso algumas vezes recentemente, e ele está inflexível.

— É triste.

— Nisso nós concordamos. Não acho que ele esteja dando crédito suficiente para Addie.

— Você acha que ela ficaria chateada ao descobrir? Sobre o fato de que todos vocês estão envolvidos e ela não sabe?

— Não tenho ideia, mas não é algo que compartilhamos com qualquer pessoa. Além de você e meus parceiros na Quantum, não há ninguém mais próximo do que meus pais, minhas irmãs e Addie, e nenhum deles sabe.

— Posso te perguntar outra coisa?

— Qualquer coisa.

— Você ia me dizer que já esteve com Marlowe?

— Já te falei isso.

— Hum, não, não falou. Ela, sim. Ela presumiu que eu já sabia.

— Ah. Merda. Você está chateada? Foi há anos, antes de me casar com a Val. E foi breve. Descobrimos muito rápido que somos muito melhores amigos do que amantes.

Gesticulo para o salão ao nosso redor.

— Você fez isso com ela?

— Algumas coisas. Todos nós éramos novatos e estávamos em treinamento. Praticamos um com o outro de vez em quando. Isso torna estranho sua convivência com ela?

— Não, não realmente. Como você disse, foi há muito tempo e sei que você teve uma vida antes de mim. Uma vida *agitada*.

Ele gargalha e aperta meu nariz.

— Fofa.

— É verdade. E quanto a Cresley?

— O que tem ela?

— Já esteve com ela também?

— Já, mas apenas em trios com Hayden.

Tomo um gole do vinho buscando forças. A dolorosa verdade é o que recebo por perguntar.

— Ela é linda.

— Sim, mas ela não é Natalie Godfrey.

— Certo — falo, rindo. — Ela é uma supermodelo.

— Você viu a pilha de requisições da Danielle que deixei na cozinha?

— O que tem?

— Há cerca de dez ofertas de algumas das principais agências de modelos do país, junto com empresas de cosméticos, lojas de roupas e agências de publicidade, todas babando na ideia de contratar Natalie Godfrey para representar seus produtos.

— Não mesmo!

— Claro que sim! Eu te disse para olhar as coisas que deixei para você.

— Achei que você estava falando dos resultados dos meus exames.

— Essa foi apenas uma das várias coisas que deixei para você. Mencionei também o interesse dos diretores de elenco? Desde o Globo de Ouro, a Danielle também foi bombardeada por eles.

— Isso é loucura. O que eu sei sobre atuar?

— Talvez nada, mas eles reconhecem a beleza verdadeira quando as veem. — Ele me beija. — E eu também.

— Não estou interessada em nada disso. Quero trabalhar na fundação e estar com você. Isso é tudo que eu quero agora.

— Então é tudo que você tem que fazer. Mas tem que saber que o mundo inteiro está interessado em você.

— Não me importo com o mundo inteiro. Só me importo com você, que você esteja interessado em mim.

Ele prende um braço ao meu redor e pressiona minhas costas na parte da frente do seu corpo para que eu possa sentir sua ereção.

— Devo dizer que estou muito interessado.

— Isso é tudo o que importa. — Mal as palavras saem da minha boca para que o plug em meu traseiro comece a vibrar. É bom que seu braço esteja ao meu redor ou eu poderia ter caído do salto alto.

Pressionando o pênis contra o meu traseiro, ele geme com a vibração, que pode sentir também.

— Você está fazendo uma cena — falo quando percebo que as pessoas estão nos observando.

— É o que fazemos aqui. — Ele beija meu pescoço e continua a se esfregar contra mim. Sua mão, que estava plana contra a minha barriga, desce com os dedos abertos. — Fazemos cenas.

— Flynn...

— Shhh, ninguém pode ver o que estamos fazendo. Parece que estamos apenas conversando.

A mesa alta me atinge logo abaixo das costelas, escondendo a metade inferior do meu corpo. Suspeito que esse seja o seu propósito secundário. Seu dedo médio afunda mais, me separando e pressionando contra o meu clitóris através da calça. Suspiro pelo prazer que passa por mim.

— Não podemos fazer isso aqui.

— Não estamos fazendo nada.

— Você está me tocando.

— Você é minha esposa. Espero tocar em você.

— *Flynn...*

— Qual é o meu nome aqui?

Ah, caramba.

— S-senhor.

— Isso mesmo. E qual é a sua palavra segura?

— Fluff.

— Use-a se precisar, caso contrário, espero que você se lembre das regras.

Ele simplesmente mudou as regras, mas entendo o que ele está fazendo. Está me mostrando como é incrivelmente excitante experimentar o desejo em uma sala cheia de pessoas, a maioria das quais não está prestando atenção a nada. Mas há alguns que estão nos observando de perto, e suspeito que saibam exatamente o que ele está fazendo comigo.

A vibração do plug aumenta um pouco, e eu agarro a borda da mesa.

— Solte a mesa, Nat. Estou te segurando. — Sua voz é baixa e intensa em meu ouvido. Ele está me pedindo que confie nele para saber o que é melhor.

Forço as mãos a relaxar o aperto firme na mesa.

— Junte-as e as apoie sobre a mesa.

Quando junto as mãos, percebo que estão suadas. Com as mãos apoiadas onde ele pode vê-las, tudo o que faz é balançar contra mim, seu dedo provocando meu clitóris através das roupas. Ele me leva até o limite do clímax em menos de um minuto.

Minhas mãos se apertam uma na outra. Não posso gozar aqui, na frente de todas essas pessoas. Não posso. Não vou.

— Flynn...

— Me chame assim de novo e vai ganhar uma punição em casa.

— Senhor... por favor... não faça isso comigo aqui.

— Qual é a sua palavra segura?

Se eu disser, mesmo em resposta a sua pergunta, ele vai parar. É isso que eu quero, com meu corpo preparado para explodir? Isso é loucura. É a coisa mais louca que já fizemos. Meu coração está batendo com tanta força, que estou com medo de explodir, e meus pulmões parecem ter encolhido, me fazendo sentir como se estivesse hiperventilando.

— Natalie?

Permaneço quieta. Se ele quiser isso, vou dar, mesmo que não pretendesse.

Minha cabeça começa a se inclinar para frente. Estou me escondendo atrás do cabelo para que ninguém possa me ver desmoronar.

— Coloque sua cabeça de volta no meu ombro.

Quero grunhir com frustração e vergonha. É claro que ele sabe que eu estava tentando me esconder. Como sou submissa, faço o que ele pede e apoio a cabeça no seu ombro.

— Nunca tenha vergonha do seu prazer.

— Eu disse que não queria isso aqui.

Seu dedo roça meu clitóris enquanto sua ereção bate contra o plug.

— Você sabe como fazer parar.

Não tenho certeza do que me faz fazer isso, se é onde estamos ou se estou testando o sistema, mas a palavra escapa dos meus lábios.

— Fluff.

Ele se retira imediatamente e o plug para de vibrar. Apenas seu braço em volta da minha cintura me impede de tombar quando minhas pernas parecem falhar.

— Muito bem, linda.

— Isso foi um teste?

— De certa forma. — Se aninhando no meu pescoço, ele diz: — Quero que você se lembre sempre de que você tem todo o poder. Você diz sim, não, não aqui, isso não. A decisão é sempre sua.

— Você me deixou toda agitada.

— Essa decisão foi sua, não minha.

— Qual é a palavra para "retribuição"?

— Não há uma palavra para isso, mas se você quiser levar esse assunto para algum lugar privado e terminar o que começamos, posso fazer acontecer.

Estou prestes a aceitar sua oferta quando vejo Kristian levando uma mulher nua para uma das cruzes. Ele está usando apenas uma calça de couro preto, deixando seu peito musculoso, costas e braços em plena exibição. Parte de mim sente que eu deveria desviar o olhar para respeitar a privacidade do amigo de Flynn. Mas não é por isso que estamos aqui. Viemos para assistir, o que é, ao mesmo tempo, excitante e embaraçoso. Estou morrendo de vontade de ver o que vai acontecer, mas envergonhada ao mesmo tempo.

— Qual é o veredicto? — Flynn pergunta, seus lábios perto do meu ouvido.

— Podemos encontrar um local privado depois de vermos o que Kristian está prestes a fazer?

— Sim. Quer que eu te fale sobre o que está acontecendo?

Sem fôlego, excitada e curiosa, eu aceno.

— O nome Cruz de Saint Andrews vem de *crux decussata* ou a cruz diagonal em que Santo André supostamente foi martirizado. Uma submissa pode ser presa ali, na frente ou atrás, e algumas das cruzes giram, permitindo que o sub seja invertido.

— Não acho que eu gostaria disso — falo.

— Eu também não. Isso me faria sentir enjoado. Então, se estão voltados para a frente com as costas contra a cruz, como a submissa de Kristian, o jogo é mais relacionado à provocação e sedução lenta.

— O que acontece quando estão voltados para o outro lado? — pergunto.

— Será chicoteada ou açoitada.

Estremeço com o pensamento de ser chicoteada.

— Não se preocupe, linda. Esse é um limite rígido para nós dois. Não acho divertido ou excitante, embora muitas pessoas achem.

— Como podem achar esse tipo de dor excitante?

— Algumas pessoas sentem prazer com a dor provocada por isso, sem mencionar a humilhação.

— Eu a conheço de algum lugar? — pergunto a respeito da sub de Kristian.

— Ela faz um programa de TV. — Ele fala o nome de um seriado popular que faz minha boca se abrir. Claro! É de lá que a conheço. Ela é alta e cheia de curvas, com longos cabelos ruivos e seios grandes que parecem reais, não que eu saiba a diferença. Como não há nada que eu não possa perguntar, murmuro minha dúvida para Flynn.

— Sim, são verdadeiros.

— Como você sabe?

— Por favor, linda. Cresci em Los Angeles. Posso dizer a diferença entre peitos de verdade e falsos desde que eu tinha 8 anos.

— Por que não estou surpresa? Então qual é a diferença?

— Verdadeiros — ele fala segurando os meus em suas mãos grandes. — se movem do jeito que deveriam. São mais macios, mais flexíveis. Os falsos são mais duros, mais próximos e não se movem assim. — Enquanto fala, ele acaricia meus seios para demonstrar seu ponto de vista.

Solto um longo suspiro que estava prendendo. Seu toque é sempre eletrizante, mas aqui, em público, é ainda mais.

— Bom saber.

Kristian vendou sua submissa e a prendeu na cruz pelos pulsos, tornozelos e cintura. Estamos longe demais para que eu possa ouvir o que ele está dizendo, mas ele fala constantemente com ela enquanto a prepara para a cena. Ela está vermelha, como se estivesse nervosa, excitada ou talvez as duas coisas. Com as pernas apoiadas, também posso ver que ela está totalmente nua.

Ele começa estimulando os mamilos com as mãos e a boca, acariciando-a até que os dois estejam eriçados e vermelhos. Então ele prende algo nos mamilos, que a faz gritar.

— Grampos — Flynn murmura atrás de mim. — Estão conectados por uma corrente. Viu o terceiro pendurado na corrente?

Concordo.

— Veja o que ele faz com isso.

Não posso desviar o olhar quando Kristian bate entre suas pernas antes de prender o terceiro grampo em seu clitóris, fazendo-a gritar e lutar contra as restrições. O pensamento de como deve ser passa por mim como um raio de eletricidade, me deixando formigando.

— Isso não dói muito?

— Por um segundo, mas depois, dizem que é uma loucura. Quer tentar isso algum dia?

— Não sei. Não tenho certeza se gostaria.

— Se lembra do que dissemos? Podemos tentar tudo uma vez ou duas se gostarmos? — Ele passa o dedo pelo meu braço, e eu estremeço, provando que não sou nada além de uma grande terminação nervosa.

— Existe grampo de pênis? Porque, se vamos tentar de tudo uma vez...

Sua risada baixa me faz sorrir.

— Engraçadinha. Existe anéis penianos. Podemos tentar algum dia.

— Estou ansiosa para isso.

Ele aperta seu abraço.

— Eu te amo muito, Nat. Você estar aqui, fazendo perguntas e querendo explorar esse mundo comigo... não tem ideia do que significa ser eu mesmo, por inteiro, com você.

Aperto seu braço que está ao meu redor. Amo saber que o faço feliz, o que é muito importante para mim.

Kristian joga com sua submissa até que ela esteja se contorcendo na cruz, implorando por alívio a cada movimento do seu corpo. Mas ele não parece estar com pressa. Pega um grande vibrador rosa da mesa que contém seus suprimentos e, depois de aplicar lubrificante, a provoca com o objeto antes de empurrá-lo para dentro dela. Ele faz o vibrador entrar e sair e, em seguida, solta os grampos, um de cada vez. Ela goza com gritos que ecoam pelo clube, e os ouço muito claramente, apesar das vozes e da música alta.

Assistir a cena se desdobrar diante de mim me deixa no limite mais uma vez. Meu corpo inteiro está formigando com a necessidade de gozar.

— Você disse algo sobre quartos particulares?

— Minha garota está se sentindo excitada?

— Talvez um pouquinho.

Ele segura minha mão para me levar para os fundos do clube.

— Temos mais uma parada que precisamos fazer antes de ficarmos à sós.

Contenho um gemido com o pensamento de esperar mais tempo por alívio. Estar aqui, observando a cena de Kristian, permitindo que Flynn me toque em público... estou pegando fogo por dentro. Minha pele está arrepiada e formigando, o pulsar entre as minhas pernas é como um segundo batimento cardíaco e quero pegar meu marido e arrastá-lo para o canto escuro mais próximo.

Ele apoia a mão em um dispositivo na parede e uma porta se abre.

— O que é isso?

— O calabouço. Só nós cinco temos acesso a ele.

A palavra *calabouço* faz com que meus sentidos, já intensificados, aumentem ao tentar imaginar o que acontece aqui. Vejo imediatamente quando entramos na enorme sala que pulsa com a música alta... Cresley está suspensa no teto. Uma corda de cor natural foi envolvida em seu corpo num padrão intrincado que é estranhamente bonito. O esquema elaborado é unido por um único nó que cai logo acima do clitóris, preso com grampos, assim como os mamilos.

Quando Hayden a vira, percebo que ela está com um plug na frente e outro atrás. Como deve ser isso, entregar tanto controle a outro ser humano, confiar nele com tanta coisa fora de um relacionamento? Enquanto penso nisso, meu próprio plug começa a vibrar.

O braço de Flynn ao redor da minha cintura me impede de perder o equilíbrio.

— Fale comigo, linda — ele sussurra de forma rude no meu ouvido. — Me diga o que você está pensando.

— Por que ela gosta disso? É uma mulher poderosa e bem sucedida. O que a faz querer ser dominada tão completamente?

— É por ela ser tão bem-sucedida e poderosa que gosta de ceder o controle a outra pessoa por algumas horas. Isso a afasta de todas as suas responsabilidades e proporciona um tipo de liberdade que ela não consegue encontrar em nenhum outro lugar.

— Eu...

— Gostaria de poder ver dentro da sua cabeça para que eu pudesse conhecer todos os seus pensamentos.

Coloco a mão em cima do seu braço, querendo compartilhar isso com ele.

— Eu me pergunto como é para ela ceder esse tipo de controle para alguém que ela não ama.

— Ela ama o Hayden. Eles são velhos amigos e há confiança na amizade.

— Ainda assim, fazer isso com um homem por quem ela não está apaixonada... é preciso...

— Colhões?

— Sim — concordo com uma risada nervosa — é isso.

— É uma forma de relaxamento para os dois.

— Relaxamento... hum, tudo bem. — Eu não ficaria nada relaxada na posição de Cresley.

— Não, sério, olhe para ela. Dê uma boa olhada.

Os olhos de Cresley estão fechados, seu rosto relaxado, os lábios estão um pouquinho separados, e ela parece estar flutuando pela sala, no que eu vejo agora, após um exame mais detalhado, um estado feliz.

— Chamamos de subespaço quando a submissa alcança um lugar de confiança total e submissão absoluta. Ela confia em seu dominador para tudo naquele momento. É uma rendição total.

— Eles se importam que estejamos aqui?

— Não, linda, eles adoram ser vistos. A maioria de nós gosta. É parte da emoção. — Ele me leva a um sofá que eu não havia notado em um canto escuro e me posiciona na sua frente, entre as pernas abertas com os braços em volta de mim.

— Eles vão mesmo transar?

— Provavelmente. Geralmente é o que acontece. Só permitimos relações reais nos calabouços e salas privadas, não na sala principal do andar de cima.

Como ele quer conhecer todos os meus pensamentos, falo:

— Não sei como me sinto sobre ver o Hayden transar e depois vê-lo na festa de amanhã.

— Quer sair antes que aconteça?

Estou dividida entre querer ver a cena até a conclusão e não querer ver Hayden transando. Ainda não consigo desviar o olhar.

— Podemos ficar.

A cena avança lentamente. Não tenho ideia se estamos lá há meia hora ou duas, porque estou muito envolvida com o que está acontecendo entre eles.

A ereção de Flynn está pressionada contra o meu traseiro e o plug vibratório, sua mão está apoiada em minha barriga, e estou quase implorando para que ele me toque quando ele abre o botão da minha calça.

Imediatamente me sinto em pânico e muito excitada. Esse desejo é mais quente e potente do que qualquer coisa que já senti antes.

Ele puxa o zíper, lenta mas insistentemente, como se estivesse esperando que eu o pare. Mas pará-lo é a última coisa que quero fazer. Levanto os quadris de encontro à sua mão, o encorajando a me tocar antes que eu morra de desejo.

Do outro lado da sala, vejo Hayden remover o vibrador da vagina de Cresley. Ele tira a calça, e eu penso em desviar o olhar, mas não consigo. Vejo enquanto ele puxa o corpo de Cresley para perto e a penetra. Ela grita com o impacto.

A mão de Flynn desliza dentro da minha calça.

Como o tecido parece dez vezes menor, quero tirar a calça para lhe dar espaço. Me depilei mais cedo, então a minha pele está ultrassensível. Cada terminação nervosa no meu corpo parece ter chegado em um lugar para festejar a noite toda. Só preciso de um toque do seu dedo sobre o meu clitóris para detonar um orgasmo daqueles. Naturalmente, ele deve saber disso, porque me toca em todos os lugares, exceto onde eu mais preciso.

— Tão molhada — ele sussurra enquanto desliza os dedos em mim.

— Flynn... não me provoque.

— Quem eu sou aqui?

— S-senhor. Por favor... — Abro os olhos para ver Hayden entrando e saindo de Cresley. Não pretendia assistir, mas não consigo desviar o olhar.

— Gosta de assisti-los, Nat?

O sussurro da sua respiração contra o meu ouvido dispara através de mim em uma onda de sensações. Levanto meus quadris, tentando fazê-lo mover os dedos, mas ele não aceita ser apressado.

— Natalie? Me responda.

— Sim, gosto. Gosto de assistir. — Dizer em voz alta, admitindo meu desejo, é como jogar gás no fogo, já fora de controle que queima dentro de mim.

— Humm, percebi.

Ele me mantém encaixada em seus dedos, entrando e saindo de dentro de mim enquanto a pulsação insistente me atravessa.

— Hayden pode fazer isso por horas. Eu também.

— Não... — A única palavra é expelida em um gemido.

— Não, quem?

— *Senhor*. Não, Senhor.

— Está dizendo não para mim, Natalie?

— Estou implorando, Senhor. Por favor, me deixe gozar.

Ele ajusta a vibração do plug para o próximo nível, o mais intenso, e eu grito antes que possa me lembrar de onde estou ou que posso perturbar os outros. Mas eles estão tão envolvidos no que estão fazendo que não me notam.

— Eu não posso... tenho que...

Os dedos de Flynn encontram um ponto profundo dentro de mim que aciona o clímax épico que está sendo construído há muito tempo. Enquanto onda após onda de prazer quase insuportável me atinge, me ocorre que ele não me deu permissão para gozar. Antecipar a punição que vou receber desencadeia um segundo orgasmo menor.

— Alguém está em uma *grande* enrascada — ele sussurra enquanto me acalma lentamente, diminuindo a vibração a um nível mais baixo. Seus dedos ainda estão enterrados dentro de mim, pressionados contra o ponto que me deixa louca. Se ele continuar pressionando, vai acontecer de novo, o que eu tenho certeza que ele já sabe.

— Senhor...

— Sim, Natalie?

— Por favor, me leve para casa agora.

— Como você desejar, meu amor.

15

Natalie

Meu corpo inteiro está dolorido pelo que fizemos na noite passada. Não consigo me mexer enquanto forço os olhos a se abrirem para um novo dia, no qual vamos comemorar nosso casamento com a família de Flynn. Estou decepcionada, porque nenhuma das minhas irmãs conseguiu tirar folga das aulas e do trabalho e que Leah não conseguiu que ninguém cobrisse seu turno no bar. Aileen teve outra rodada de quimioterapia na sexta-feira, então não poderá vir também.

Digo a mim mesma que tudo bem não ter nenhuma das minhas amigas aqui, mas não posso negar que estou desapontada por elas não conseguirem conciliar a vinda, mesmo depois de Flynn ter oferecido seu avião.

Preciso me levantar. Tenho que tomar banho e lavar o cabelo, assim estarei pronta quando cabelereiro e maquiador chegarem aqui para me ajudar a me arrumar. Eu disse a Flynn e Addie que não queria tudo isso, mas ele insistiu em mimos completos hoje.

— Ei, você está acordada — ele fala entrando no quarto com Fluff. Usando só uma bermuda de basquete, Flynn está carregando uma bandeja e o aroma do café tem toda a minha atenção. — Feliz dia dos namorados.

Tento me sentar e, imediatamente, me arrependo de me mexer.

— Meu Deus, amor. Está doendo?

— Estou bem.

— Me diga a verdade.

— Estou dolorida.

— Vou te dar um banho quente depois que você comer. — Ele aponta para o prato com ovos, bacon e panquecas.

Meu estômago ronca alto.

— Você fez tudo isso?

— Não, Fluff fez. Mas eu supervisionei.

Rio, apesar da minha dor e sofrimento.

Fluff late e pula na cama para "ajudar" com o meu café da manhã.

Eu me esforço para encontrar uma posição confortável e quando estou acomodada, ele coloca a bandeja no meu colo.

— Nunca tomei café da manhã na cama antes de te conhecer.

— O que você acha disso?

Dando uma mordida no bacon, sorrio para ele.

— Poderia me acostumar.

— Por mim, tudo bem.

— Está acordado há muito tempo?

— Algumas horas. Dei uma corrida e trabalhei um pouco. — Ele aceita o pedaço de panqueca que ofereço a ele. — Não é divertido estar acordado sem você.

Movimento um dedo, chamando para mais perto para que eu possa beijá-lo.

— Feliz Dia dos Namorados para você também. Me desculpe por ter dormido até tão tarde.

— Não se desculpe. Você estava esgotada.

— Extremamente.

— Você se arrepende... quer...

Coloco um dedo sobre seus lábios.

— Adorei. Sem arrependimentos nem dúvidas.

Ele respira fundo e libera o ar lentamente.

— Pronta para o banho quente?

— Parece um sonho.

— Você vai ter bastante tempo para ficar na banheira antes que a massagista chegue.

— *Massagista?*

— Exatamente. Quero que minha esposa esteja bem e relaxada para o seu grande dia.

— Você é bom demais para mim.

Ele se inclina para me beijar.

— Você também é boa para mim. — Ele vai ao banheiro encher a banheira e Fluff o segue de perto.

Falei sério sobre não ter arrependimentos. Amo quando o Flynn está feliz, satisfeito e relaxado, sem que ele esteja tão nervoso a ponto de explodir por tentar negar quem e o que ele é. Falei que queria tudo dele e consegui isso na noite passada. Não tenho absolutamente nenhum arrependimento.

Flynn retorna ao quarto com Fluff mais uma vez logo atrás.

— Você notou que ela te segue do jeito que ela costumava me seguir? —pergunto.

— Te incomoda que agora ela goste de mim?

— Claro que não. Quero que vocês sejam amigos.

— Achei que você queria que fôssemos pai e filha.

Rio da sua expressão indignada.

— Isso também.

Ele vem até a cama e tira a bandeja, colocando-a em uma mesinha próxima.

— Meu amor, seu banho te espera. Coloque seus braços em volta do meu pescoço e me permita te levar.

Como estou muito dolorida, faço o que me é dito e gosto do jeito que seus braços fortes me pegam como se eu não pesasse nada.

— Ei, o que aconteceu com minhas ligas e todo o resto?

— Eu as tirei depois que você apagou na noite passada.

— Estou preocupada com quanto tempo você passa acordado enquanto estou dormindo.

— Estou sempre cuidando de você, linda. — Ele me coloca na banheira que está cheia de bolhas e algo mais.

— O que é isso? Esse perfume?

— Eucalipto. Vai melhorar a sua dor.

— Isso é muito bom. — Seguro sua mão. — Entre comigo.

Ele tira a bermuda e entra atrás de mim. A banheira é ainda maior do que a do seu apartamento em Nova York, então há espaço mais que suficiente para nós dois.

Com seus braços ao meu redor, recosto em seu peito e suspiro de contentamento.

— Já é o melhor dia dos namorados de todos os tempos.

— Para mim também, linda. Está animada para a festa?

— Muito. Mal posso esperar para ver o que a sua mãe preparou para nós. Tenho certeza de que vai ser incrível.

— Ela ama fazer festas. Neste exato momento, eu a imagino com uma prancheta e um megafone dando ordens a todos ao redor. Minhas irmãs, provavelmente, não estão por perto. Elas são bem espertas.

— Um *megafone?*

— Ela trabalha melhor com amplificação.

Gargalho com a imagem da sua elegante mãe dando ordens em um megafone.

— Não se preocupe. Com Stella no comando, será uma festa incrível.

— Não tenho dúvidas. Só queria que minhas irmãs, Leah e Ailleen pudessem vir.

— Eu sei, linda. Sinto muito por elas não terem conseguido.

— Não é culpa sua. Nem você pode fazer com que os chefes de outras pessoas lhes deem folgas.

— Vamos comemorar com elas na próxima vez que as encontrarmos.

Depois do banho, saio do quarto para encontrar a sala repleta de rosas vermelhas que perfumam o ar com seu aroma. As persianas estão fechadas contra o sol da manhã e uma mesa de massagem foi colocada onde a mesa de centro geralmente fica.

Flynn está na cozinha com uma mulher alta e loira que parece conhecer bem.

— Essa é a Nat. Linda, venha conhecer a Jasmine.

O nome dela é Jasmine e o meu único pensamento é se ele dormiu ou não com ela.

— Pode vir aqui um segundinho, Flynn?

— Com licença, Jas.

Jas... quero grunhir de raiva e ciúme.

— Vou atender ao celular — ela responde, segurando o telefone enquanto se dirige para o deque da piscina. — Estarei bem aqui quando você estiver pronta.

Ele vem até mim.

— O que há de errado?

— Ela é... você... esteve com ela?

Vejo a surpresa antes de perceber a mágoa e, imediatamente, me arrependo da pergunta. Ele fala baixinho, então só eu posso ouvi-lo.

— Você acha que eu traria alguém com quem tivesse trepado para a nossa *casa* para cuidar de você?

— Eu... não. Sinto muito.

Ele parece atordoado.

— Como você pôde pensar...

— Você não me contou sobre a Marlowe.

— Meu Deus, Nat. Isso foi há um século e durou minutos.

— Você não me contou.

— Quer uma lista de todas elas? Em uma planilha, talvez?

— É uma pergunta justa, Flynn.

Balançando a cabeça, ele me olha como se estivesse me vendo pela primeira vez.

— Estou desapontado por você estar pensando isso de mim.

— Sinto muito.

— Ainda quer a massagem?

Não. Quero me afastar dele e ficar sozinha, mas depois que ele se deu ao trabalho de organizar uma surpresa tão linda para mim, não faço isso.

— Sim, por favor.

— Vou chamá-la.

Ele se afasta e é quando percebo que meu coração está batendo forte e estou tonta com a discussão incomumente controversa. Retornando com Jasmine, ele nos apresenta e nos deixa para começar a massagem sem olhar diretamente para mim.

Jasmine é alegre e profissional e tenta me fazer sentir confortável sob as toalhas aquecidas, mas sabendo que ele está com raiva de mim — de forma justa ou não — se torna impossível desfrutar verdadeiramente da massagem.

Estou dividida entre parar e temer magoar seus sentimentos se o fizer.

Ela me vira quando ouço a voz alta de Flynn vindo do deque da piscina. Tento ouvi-lo, mas não consigo entender o que ele está dizendo.

— Jasmine, me desculpe, mas tenho que parar.

— Sem problemas, sra. Godfrey. Podemos fazer isso outra hora.

— Sim, por favor. Outra hora seria ótimo. E me chame de Natalie.

— Pode deixar, obrigada, Natalie.

Ela me entrega o robe e se vira de costas para pegar seus suprimentos enquanto eu o visto. Deixo que ela termine de limpar tudo e vou para o deck.

Ele está andando de um lado para o outro, o telefone pressionado contra a orelha, o corpo rígido com a tensão que me lembra os dias que se seguiram à decisão de David Rogers de vender minha história para quem pagasse mais. Virando, ele me vê lá e baixa a voz.

Me sinto de fora, excluída do que quer que esteja acontecendo, mas resisto à vontade de virar as costas e entrar. Em vez disso, espero que ele termine a ligação, o que ele faz alguns minutos depois.

— A Jasmine foi embora?

— Sim.

— Não levou uma hora.

— Não consegui me concentrar ou relaxar. Ouvi você gritando. O que há de errado?

— A esposa do Rogers foi à imprensa para pressionar o FBI a fazer uma prisão pela morte do marido.

— Alguém em particular que ela queira ver preso?

— Quem você acha?

— Flynn...

— Não se preocupe. Eles não têm nada contra mim ou já saberíamos disso. Falei com o Emmett. Ele disse que nosso investigador em Lincoln está fazendo progresso e deve ter algo em breve.

— Tem como fazer a esposa dele parar de falar que você fez isso?

— O Emmett está lidando com isso também.

Está um dia quente e o sol está batendo no deck, mas ainda estou gelada por dentro. Normalmente, Flynn me abraçaria ao oferecer conforto, mas agora ele se mantém à distância.

— Você está bravo comigo.

— Um pouco, acho.

— Posso fazer essa pergunta novamente no futuro.

— Só para que você saiba, não sou próximo nem me encontro regularmente com qualquer mulher com quem eu tenha dormido além da Marlowe.

— E quanto a Cresley?

— Somos conhecidos. Não ficamos juntos, exceto de vez em quando nos clubes. Não falo com ela entre as visitas ou transo quando estou em Nova York. Gosto dela. Nos divertimos juntos, encontrei o filho dela algumas vezes, fizemos sexo algumas vezes com o Hayden. Isso é tudo que já aconteceu. Ela não vai aparecer aqui de repente para ficar conosco.

— Ela estará na festa?

— Não.

— Alguma outra mulher com quem você dormiu vai estar na festa? Ele não gosta da pergunta, mas não me importo.

— Além da Marlowe, não.

— Você acha que ultrapassei os limites ao perguntar essas coisas?

— Não.

— Então por que está tão chateado?

— Por quê? Você acha que contratei alguém com quem transei para vir aqui e passar as mãos em você. Você realmente achou que eu faria isso.

— Eu não sabia se você faria isso, porque suas atitudes em relação ao sexo são muito diferentes das minhas até ter te conhecido. Ainda estou aprendendo as regras de como as coisas são no seu mundo.

Ele parece perder um pouco a rigidez quando ouve o que eu falo.

— Tudo bem, é justo. Não estava vendo isso do seu ponto de vista. Mas você tem que saber que nunca vou te desrespeitar desse jeito.

— Agora eu sei.

Ele dá um passo na minha direção e depois outro.

Faço o mesmo, o encontrando no meio do caminho.

— Isso conta como uma briga?

Quando ele sorri para mim, fico emocionada — e aliviada — ao ver que a ternura está de volta em seus olhos castanhos sensuais.

— Talvez. Você me atingiu bem aqui ao me fazer essa pergunta. — Ele esfrega a mão sobre o peito.

— Não queria te magoar, mas tenho dúvidas. Provavelmente terei outras à medida que avançamos. Preciso saber que posso perguntar sobre elas.

Suas mãos cercam meus quadris, e ele me olha daquele jeito intenso.

— Você está autorizada a perguntar, assim como eu estou autorizado a não gostar.

— Mas você sempre vai me responder com sinceridade?

— Sim, prometo.

Fico na ponta dos pés para beijá-lo.

— Ela esfregou óleo em mim. Parece uma pena desperdiçar isso, não é?

— Humm — ele fala, mordendo o lóbulo da minha orelha. — Seria uma baita vergonha.

1 6

Flynn

A caminho de Beverly Hills, no Bentley com motorista enviado por meu pai para nos buscar, Natalie se senta perto de mim e segura minha mão. Ela está usando o mesmo vestido que usou em nosso casamento em Vegas. Estou com meu smoking Armani favorito. Pelo que me disseram, a imprensa de entretenimento está fervilhando por conta das acusações que a esposa de Rogers está fazendo contra mim, mas sou confortado pelas declarações públicas do FBI de que não sou suspeito.

Espero que estejam falando sério. Eles realmente não me disseram isso — ainda. Emmett passou o dia ao telefone tentando conseguir mais informações, mas além do que vimos na TV, eles não falam nada.

Não matei David Rogers. Nunca encontrei o cara. Lamento que outra pessoa o tenha matado? De modo algum. Depois do que fez a Natalie por dinheiro, ele teve o que merecia.

Hoje, preciso deixar tudo isso de lado para me concentrar na minha linda esposa e nas muitas surpresas que tenho guardadas para ela. Em conluio com meus pais, garanto que este será um dia que ela nunca esquecerá. Nossa discussão hoje cedo me deixou inquieto, apesar do espetacular sexo de reconciliação que se seguiu.

Odeio que ela tenha pensado, por um segundo, que eu levaria uma mulher com quem transei para casa como mão de obra contratada. Não que eu pense em Jas desse jeito. Ela faz massagens para a equipe da Quantum há anos e é, na verdade, uma amiga íntima da Marlowe. Nunca me ocorreu que Natalie pudesse pensar que dormi com ela. Mas, em retrospecto, posso entender por que ela perguntou, mesmo que eu tenha detestado isso.

Meu estilo de vida ainda é muito novo para ela, e eu a incentivei a fazer perguntas. Tenho que estar disposto a respondê-las, mesmo aquelas que me deixam desconfortável. Nunca me envergonhei da maneira com que tenho lidado com sexo e mulheres e não vou começar agora a pensar duas vezes nas escolhas que fiz.

No entanto, agora que encontrei a mulher com quem quero ficar para sempre, gostaria que houvesse menos situações e pessoas para que ela perguntasse a respeito.

Chegamos a Beverly Hills e a rua dos meus pais foi fechada pela segurança do evento. Eles acenam para o carro do meu pai.

— Uau — Natalie murmura. — Fecharam a rua. Os vizinhos não se importam?

— Não, eles entendem e têm acesso total às suas casas. Se a notícia sobre isso fosse divulgada, seríamos invadidos por paparazzi. Os vizinhos preferem ter a segurança do que os fotógrafos.

Meus pais saem para nos receber quando chegamos. Usando um vestido cor de champanhe, minha mãe está bastante emocionada. Ela esperou muito tempo por esse dia e fico feliz por proporcionar algo que ela queria tanto para mim. Meu pai adora toda e qualquer hora que passa com a família, então ele também está radiante quando nos recebe com abraços e beijos. Ele está usando com um smoking preto que o faz parecer vinte anos mais jovem.

— Sua mãe foi com tudo — ele me fala.

— Não tenho dúvidas. Avisei a Natalie.

A gargalhada estrondosa do meu pai ecoa pelo *foyer* enquanto eles nos acompanham para o segundo andar.

— Venham ver. — Minha mãe abre as portas do pequeno salão de baile que já recebeu muitos dos mais importantes eventos da família

Godfrey ao longo dos anos. No interior, funcionários de smoking estão correndo para dar os toques finais.

— Ah, meu Deus — Natalie fala, seus olhos brilhando enquanto ela observa o cenário elegante e íntimo diante de si.

Tento ver através dos seus olhos como se estivesse vendo o salão pela primeira vez, com seu teto alto e sancas elaboradas. A peça central é um lustre de cristal enorme que ilumina a sala com uma luz suave e romântica. Com bom gosto, minha mãe deu ênfase ao Dia dos Namorados com toques em vermelho, mas, felizmente, não há um mar de corações. Mesas redondas estão arrumadas com louças de porcelana, taças de cristal, velas e rosas vermelhas.

— Está muito lindo, Stella — Natalie fala com os olhos brilhando de lágrimas.

— Estou tão feliz por você ter gostado, querida. Estamos felizes em recebê-la oficialmente na nossa família. — Enquanto minha mãe abraça Nat, luto com um enorme nó na garganta. É em momentos como este, quando toda a loucura que me rodeia desaparece, que me lembro do que é verdadeiramente importante nesta vida. — Venham — minha mãe chama, segurando Natalie pela mão. — Vocês dois podem relaxar no antigo quarto do Flynn até os convidados começarem a chegar. Não queremos que eles vejam a linda noiva e o noivo antes de estarmos prontos.

Ela nos encaminha ao meu antigo quarto, que está exatamente como o deixei, até o pôster antigo de Farrah Fawcett na parede, a bandeira dos Dodgers, os cartazes de surfe, os troféus da minha curta carreira como astro de polo e pôsteres das bandas de heavy metal que eu adorava no ensino médio.

Enquanto me sento na cama e desejo mais tempo a sós com minha esposa no meu antigo quarto, Natalie olha para tudo.

— Metallica? Sério?

— Foi uma fase.

— Me diga que você não usou o cabelo com mullet.

— Certo, não usei mullet.

— *Você usou?*

— Eu te desafio a encontrar uma foto minha neste quarto onde eu esteja com o cabelo assim.

— Vou perguntar às suas irmãs. Elas não mentem para mim.

— Venha aqui, sra. Godfrey, e faça todas as minhas fantasias de adolescente se tornarem realidade.

— De jeito nenhum vou chegar perto de você quando já estou pronta. Você gosta de me bagunçar demais.

— Você está usando a calcinha, certo?

— Sim, Flynn — ela fala em um tom de sofrimento fingido que me faz sorrir. — Se você ligá-la quando eu estiver conversando com amigos dos seus pais, vou te matar. Entendeu?

— Sim, senhora.

Uma batida na porta faz meu coração acelerar com entusiasmo, porque sei quem é e mal posso esperar para ver a reação dela. Finjo verificar meu telefone.

— Pode atender, linda?

— Claro.

Natalie se dirige até a porta, e eu seguro o celular para tirar fotos. Quero capturar cada segundo disso para mostrar a ela mais tarde. Ela abre a porta para Candace e Olivia, que estão usando vestidos de seda vermelha combinando.

— Ouvimos dizer que você precisava de damas de honra hoje — Candace fala.

Natalie solta um grito que me lembra um pouco demais de outras vezes que ela fez aquele som em particular, mas reprimo esses pensamentos para mergulhar completamente em sua alegria ao ver as irmãs. É a primeira vez que ela vê Olivia pessoalmente em mais de oito anos e as três se abraçam, todas falando ao mesmo tempo.

Pedi a Addie que dissesse a maquiadora de Nat para usar apenas rímel à prova d'água. Agora estou feliz por termos pensado nisso.

As meninas continuam abraçadas quando Leah e Aileen aparecem na porta.

— Isso é uma festa particular ou podemos participar da diversão? — Leah pergunta.

Natalie solta outro grito e se lança para suas amigas, que a envolvem em abraços.

— Ah, meu Deus! *Estou cercada por mentirosos!*

— Foi tão difícil — Aileen fala. — Todas nos sentimos *muito mal* dizendo que não poderíamos vir.

Estou feliz em vê-la com uma aparência mil vezes melhor do que da última vez que a vimos. O médico amigo do meu pai indicou o melhor especialista em câncer de mama de Nova York, que fez algumas mudanças em seu tratamento. Isso a fez se sentir muito melhor. Ela e Leah também estão usando os vestidos vermelhos que escolheram para usar como damas de honra de Natalie.

Natalie se vira para mim, balançando a cabeça.

— E você... *você* fez isso.

Vou até ela, coloco meu braço ao seu redor e beijo sua testa.

— Você não poderia se casar de novo sem sua família aqui.

— Muito obrigada. — Ela me olha com aqueles olhos que me aprisionaram desde a primeira vez que os vi. — Obrigada.

— Qualquer coisa para você, meu amor. — Eu a libero para abraçar minhas cunhadas, que estão fingindo não olhar para mim. — Eu sou o Flynn. É muito bom finalmente conhecer vocês duas.

— Vocês não adoram como ele diz isso? — Leah pergunta com um sorriso bobo. — Eu sou o Flynn. Como se o mundo inteiro não soubesse disso.

— Ele tem *boas maneiras*, Leah — minha esposa diz com ironia. — Você pode querer pegar um pouco.

— Boas maneiras são superestimadas.

Rindo, eu a abraço e depois a Aileen.

— Fizeram boa viagem?

— O jatinho particular foi um saco — Leah responde. — Nós o odiamos.

— Achei que isso aconteceria. — Ela dá uma gargalhada. Para Aileen, pergunto: — Onde estão as crianças?

— Ah, meu Deus — Nat fala. — O Logan e a Maddie estão aqui também?

— Sim. — Aileen olha por cima do ombro. — Estão com seus sobrinhos perto da piscina. Só espero que eles não caiam.

— O Ian está com eles? — pergunto sobre meu sobrinho mais velho.

— Ele é o que se parece com você, certo?

— É o que dizem. Ele vai ficar de olho nas coisas. Meu pai diz que ele nasceu com trinta anos de idade.

Falando no diabo, meu pai aparece na porta carregando uma enorme caixa de flores para as garotas — vermelhas para as damas de honra e brancas para Nat. Minha mãe realmente pensou em tudo.

— Estamos prontos quando vocês estiverem, crianças.

Natalie limpa a garganta.

— Max... estava me perguntando se você poderia... — Ela respira fundo, parecendo se fortalecer. — Se você poderia me conduzir até o andar de baixo.

— Seria uma honra, querida — ele diz suavemente.

Ela é tão doce e emocionou a mim e meu pai com seu pedido adoravelmente hesitante.

Estendo a mão com a palma para cima.

— Sra. G, preciso da sua aliança emprestada para que possamos fazer isso tudo de novo.

Ela está tão hesitante em tirar sua aliança de casamento do dedo quanto estou em remover a minha.

— Só por um curto período de tempo, então nunca mais vamos tirar de novo — sussurro enquanto a beijo. — Te vejo lá embaixo?

— Estarei lá.

— É melhor estar.

Enquanto desço as escadas da casa onde cresci e saio para o quintal onde minha esposa e eu trocaremos nossos votos na frente de nossa família e amigos, tudo está certo no meu mundo.

Natalie

NÃO POSSO ACREDITAR que ele tenha trazido as garotas, embora, provavelmente, devesse esperar algo assim. Ele pensa em tudo. Tenho que dar crédito a todos, pois foram muito convincentes ao me dizer que não poderiam vir e soando apropriadamente de coração partido por perderem a chance de participar de uma grande festa em Hollywood.

— Está chateada por termos mentido? — Livvy pergunta em voz baixa, o que faz meu coração se apertar.

Eu a abraço novamente.

— Estou feliz que você tenha mentido e me dado a melhor surpresa da vida. Estava muito triste por vocês não poderem estar aqui, mas não queria admitir nem para mim mesma.

— Foi tudo ideia do Flynn — Leah fala. — Ele achou que seria divertido te surpreender e foi! Você deveria ter visto seu rosto quando entramos.

— Achei que estava vendo coisas.

Um som vindo do corredor me faz correr para a porta novamente. Vejo Addie levando Fluff na coleira. Eu me inclino para pegar meu bebê, que corre para mim quando me vê.

— O que ela está fazendo aqui? — Ela está usando uma coleira vermelha nova e um laço da mesma cor no alto da cabeça. Não posso acreditar que ela permitiu isso.

— Flynn pediu que os seguranças a trouxessem. Ele sabia que você a queria aqui.

— Depois que ele me disse que ela estaria mais feliz em casa. Ele é demais. Obrigada por tudo que você fez para tornar este dia tão especial para nós, Addie.

Ela me abraça.

— O prazer é meu. Garotas, vamos lá para baixo. — Addie alinha as garotas para Leah e Aileen irem primeiro, seguidas por minhas irmãs.

Max estende o braço para mim.

— Vamos, minha querida?

— Sim, por favor. — Apoio a mão em seu cotovelo, impressionada com o quanto é triste que meus pais tenham escolhido não fazer parte da minha vida. Embora, olhando para trás agora, eu não mudaria nada, porque tudo o que aconteceu no meu passado me levou a Flynn.

Apesar do fato de que nada sobre esta casa me seja familiar, já me parece um lar. Pela primeira vez desde que deixei minha casa há muitos anos, sinto que estou exatamente no lugar onde pertenço. Quem poderia imaginar que a casa do meu coração seria em Beverly Hills, entre *superstars* conhecidos no mundo todo?

Acompanhado pelos sons de um quarteto de cordas, Max me conduz pelas escadas sinuosas até o pátio, onde um gazebo e cadeiras foram colocados para a cerimônia.

Saímos da casa para o sol quente e suave do final da tarde no sul da Califórnia. O quintal está cheio de gente, mas Flynn é o único que vejo. Ele está em pé com Hayden, Jasper, Kristian e Emmett, os irmãos do seu coração ao seu lado e está focado em mim quando vou em sua direção de braços dado com o seu pai.

Max me entrega com um abraço, um beijo e nos deseja uma vida longa e feliz juntos.

Flynn recebe um abraço do pai e segura minha mão, abrindo um sorriso enorme para mim. Sua alegria é minha e sua felicidade é essencial para mim. E nunca o vi parecer mais feliz do que agora.

Entrego minhas flores para Candace, assim posso segurar as duas mãos dele enquanto o juiz, que é amigo íntimo de Max, nos pede para recitar nossos votos. Não é menos emocionante prometer mais uma vez minha vida e meu amor a esse homem extraordinário que me transformou tão profundamente.

— Flynn e Natalie prometeram suas vidas e seu amor um ao outro e agora desejam compartilhar alguns pensamentos pessoais. Natalie?

Desde que Flynn e eu concordamos em fazer isso, pensei muito sobre o que quero dizer para ele, mas agora que o momento está diante de mim e as pessoas estão assistindo, meu cérebro está congelado. Ele aperta minhas mãos, sorri e olha nos meus olhos daquele seu jeito intenso. Esqueço de todos e me concentro apenas nele.

— Se há seis semanas alguém tivesse me dito que eu estaria neste lindo jardim em Beverly Hills, olhando nos olhos de Flynn Godfrey e prometendo amá-lo para sempre, eu acharia que essa pessoa estava louca. Coisas assim não acontecem com pessoas como eu. Ou foi o que pensei até te conhecer e descobrir que os sonhos realmente se realizam, que o amor verdadeiro existe, que contos de fadas não são só coisas de cinema. Nunca imaginei ser amada por ninguém do jeito que você me ama. Serei grata e vou proteger esse amor pelo resto das nossas vidas. Mal posso esperar pelo nosso futuro e estou ansiosa para cada minuto de nossas vidas juntos. Eu te amo muito. Você nunca saberá o quanto.

Seus olhos brilham com lágrimas não derramadas enquanto ele me ouve e quando termino, ele me beija, despertando uma onda suave de riso através das fileiras de convidados nos olhando.

— Nunca vou me esquecer do momento em que minha vida mudou no Bleecker Park — ele começa, me olhando enquanto fala. — A primeira vez que coloquei os olhos em você eu soube, apenas soube que você era a pessoa certa que eu nunca esperei encontrar. Adoro o fato de você não se impressionar com meu trabalho ou com a bagagem que vem com ele. Amo que você me enxergue, apenas a mim, do jeito que mais ninguém consegue. Amo que eu possa ser totalmente eu mesmo com você e que você aceite cada parte de mim.

Um rubor de calor viaja dos meus seios para o meu rosto em sua referência às partes dele que aceitei completamente. Tenho que conter a vontade de rir da sua fala escandalosa, que só eu e alguns outros reconheceremos como tal.

— Vou passar o resto da minha vida me certificando de que sou digno de todos os presentes de valor inestimável que você me deu, Natalie. Amo você agora e para sempre.

Nós nos beijamos novamente, e o juiz limpa a garganta, nos lembrando que não terminamos.

Rindo, trocamos as alianças — de novo — e nos beijamos com

mais intensidade depois que o juiz nos declara marido e mulher. Novamente.

Apesar de parecer tão real quanto em Vegas, desta vez parece oficial, porque aqueles que mais amamos testemunharam tudo. Fluff circula nossos pés, latindo.

Flynn se curva para pegá-la e coloca-a em meus braços antes de me levar pelo corredor entre as fileiras de cadeiras onde suas irmãs, sua família e outras pessoas que ainda não conheci aplaudem enquanto passamos.

Tiramos centenas de fotos no belo jardim dos Godfrey, algumas sozinhos e outras com a família e amigos. Tomamos champanhe e nos beijamos com a maior frequência possível antes de sermos levados para o salão de baile. A festa de casamento é anunciada, e apenas Flynn e eu permanecemos do lado de fora das portas, de mãos dadas e nos beijando com Fluff correndo entre nós.

— Eu diria que não precisávamos disso — digo a ele —, mas estou muito feliz por termos feito.

— Eu também. Parece mais oficial agora que temos todas essas testemunhas.

— Pensei a mesma coisa. Não há como escapar agora, sr. Godfrey.

Ele me beija novamente, demorando mais do que, provavelmente, deveria com uma sala cheia de pessoas esperando por nós.

— Não tenho qualquer desejo de escapar de nada, sra. G.

De dentro da sala, ouvimos:

— Por favor, juntem-se a nós para receber o sr. e a sra. Flynn Godfrey.

— É a nossa deixa, linda. — Ele estende o braço para mim.

Deslizo a mão na curva do seu cotovelo.

A sala explode em aplausos quando entramos com Fluff seguindo ao nosso lado como se fosse a estrela do dia. Sem ela, nada disso estaria acontecendo. Candace a pega e dou um sorriso agradecido para minha irmã. Ainda não consigo acreditar que ela, Livvy, Leah e Aileen estão aqui. Sopro beijos para Logan e a irmã, Maddie, que estão radiantes.

Fico completamente surpresa ao ver uma orquestra, um palco e Jason Mraz.

Jason Mraz?

— Surpresa — Flynn sussurra enquanto me leva para a pista de dança e Jason canta *I Won't Give Up*, a música que escolhemos como nossa naquela noite em Las Vegas.

— Ah, meu Deus, não posso acreditar nisso! — Estou impressionada com a incrível surpresa enquanto dançamos a música que sempre traz de volta lembranças tão bonitas da primeira vez que dissemos "aceito". E agora isso... — Foi uma surpresa incrível. Muito obrigada.

— Você vai ter que agradecer a minha mãe. Ela cobrou alguns favores à gravadora. — Ele me puxa para mais perto, perto o suficiente para que eu possa sentir sua excitação dura e grossa contra a minha barriga. — Não vou desistir, Nat. Não importa o que aconteça, nunca vou desistir de nós.

Me esfrego contra ele tão descaradamente quanto posso sem fazer uma cena.

— Eu também não. Prometo. — Suspiro quando vibração na calcinha que ele me fez usar se inicia. Sinto a mesma emoção que tive no clube quando as pessoas estavam nos observando.

— Guarde alguns desses movimentos para a lua de mel.

Erguendo a cabeça do seu ombro para que eu possa ver seu rosto, pergunto:

— Que lua de mel? Ficamos em lua de mel por semanas.

Ele zomba.

— Por favor. Dá um tempo. Ficar em casa não é lua de mel.

— Flynn...

— Shhh. — Ele beija meus lábios. — Aproveite o seu casamento.

Quando a música termina em um retumbante aplauso, Jason chama Estelle Flynn ao palco e entrega o microfone a ela. Felizmente, Flynn desliga o vibrador, e eu me apoio contra ele aliviada. Meu corpo inteiro está zumbindo com a batida do desejo. Estou começando a aceitar isso como uma parte permanente da minha nova vida com Flynn.

— Muito obrigada, Jason — Stella fala. — Não foi incrível? — Ela puxa outra rodada de aplausos para o cantor, que faz uma reverência cortês e nos manda um beijo antes de sair do palco.

Tento não desmaiar nos braços do meu marido.

— Max e eu estamos muito satisfeitos e honrados em receber Natalie na nossa família. Esperamos e rezamos para que nosso filho maravilhoso encontrasse alguém que lhe proporcionasse o tipo de alegria que ele sente com Natalie. Amamos vocês dois e estamos muito felizes por vocês. — Depois de mais aplausos, Stella continua. — Acredito que minha nora e eu temos algo em comum, então gostaria de dedicar isso a ela e ao meu amado filho. — Ela acena para a orquestra, que toca uma música familiar que, imediatamente, traz lágrimas aos meus olhos.

— Ah, Flynn...

Stella canta *Something Good*, de *A noviça rebelde*, e eu simplesmente me derreto nos braços do homem que amo enquanto sua mãe nos faz uma serenata. É, sem dúvida, um dos momentos mais incríveis da minha vida.

A noite toda é algo saído de um sonho. Conheço uma família extensa — a irmã de Max, o irmão de Stella — os primos de Flynn, amigos da família, algumas celebridades, mas nada nesse dia tem relação com o mundo artístico. Tem tudo a ver com celebração, amor, família e todas as coisas que mais importam na vida. Comemos uma refeição deliciosa, cortamos nosso bolo e bebemos mais champanhe.

Depois do jantar, digo a Flynn que volto logo e me levanto para falar com Leah.

— Venha comigo por um segundo.

— Hum, está bem. O que foi?

— Você vai ver.

Eu a levo até a mesa onde Marlowe está conversando com as irmãs de Flynn e a apresento a todos.

— Marlowe, quero que você conheça minha amiga de Nova York, Leah. Leah, Marlowe.

Embora ela esteja totalmente chocada, Leah consegue apertar a mão de Marlowe.

— Prazer em conhecê-la — Marlowe fala.

— Sim — Leah responde, tentando não encarar. — Igualmente. Nat falou muito sobre você.

— Só coisas boas, espero.

— Sim, só coisas boas.

— Bom, a Marlowe precisa desesperadamente de alguém como a Addie, e a Leah precisa de um emprego. Achei que vocês duas poderiam se ajudar.

Leah olha para mim com a boca aberta.

— Você... eu...

— Normalmente, ela é muito mais articulada — digo a Marlowe, que abre um sorriso enorme.

— Em quanto tempo você pode estar aqui, Leah?

— O-o quê? Você não pode estar falando sério. Sou professora. Ou era. Não quero dar aulas e, ah, meu Deus, estou balbuciando.

— O trabalho é seu se você quiser. A Natalie está certa. Preciso desesperadamente de alguém como a Addie, e ela pode te ensinar tudo que você precisa saber para ser como ela. Você vai considerar a proposta?

— Você nem me conhece.

— Conheço a Natalie e se ela diz que você é ótima, é tudo que preciso ouvir. No entanto, quero que você se mude para cá, já que a maior parte da minha vida acontece aqui.

— Me mudar para cá. Trabalhar para Marlowe Sloane. Alguém me belisque.

Belisco seu braço gentilmente, fazendo as duas rirem.

— Isso é um sim? — Marlowe pergunta.

— Sim! — Os olhos de Leah estão brilhando com prazer. — Um milhão de vezes, sim.

— Excelente! — Estou satisfeita que minha sugestão deu certo e que minha melhor amiga vai morar em Los Angeles em breve.

Enquanto danço com Max muito mais tarde, Hayden dança com Addie, Marlowe com um dos primos mais novos de Flynn e Jasper com Ellie, a irmã do meu marido. Kristian e Emmett estão de pé ao lado da pista de dança com um bando de mulheres ao redor. Flynn dança com suas sobrinhas, India e Ivy, que riem das suas brincadeiras. Ele vai ser um pai maravilhoso.

— A mãe dele e eu tínhamos quase desistido de esperar que esse dia chegasse — Max diz suavemente, apenas para meus ouvidos. — Olhe para ele com as crianças. Ele é tão bom com elas, e elas o amam muito. Não podíamos acreditar que ele perderia a chance de ter sua própria família, mas não parecia que iria acontecer. E então ele conheceu você e bem... estamos muito felizes por vocês dois.

— Obrigada, Max, e obrigada por este dia inesquecível. Eu disse a Flynn antes que teria dito que não precisávamos de uma grande festa, mas estou feliz por termos essas memórias. E também quero agradecer a você e Stella pela maneira como abriram seus braços para mim. Vocês nunca vão saber o quanto isso significou.

— Você tem uma nova e grande família que te ama e a suas irmãs. Esta é a sua casa agora e você será sempre bem-vinda aqui.

Com lágrimas nos olhos, abraço meu sogro até que meu marido vem me buscar, fazendo piadas sobre o pai dele estar muito perto da sua garota.

Flynn envolve seus braços ao meu redor, e eu me aconchego em seu abraço, emocionada pelo dia inesquecível e pelas semanas que o precederam.

— O que acha que irmos embora daqui, meu amor?

— Pronto para ir para casa?

— Estou pronto para ficar sozinho com minha esposa.

— Espero que esta noite de núpcias seja um pouco melhor do que a última — digo em tom de brincadeira.

— Não tenho nenhuma queixa sobre a primeira. — Com as mãos no meu rosto, ele me beija daquele jeito terno que sempre me desarma. — Venha, vamos embora.

17

Flynn

Foi um dia maravilhoso, repleto de todas as coisas que mais importam para mim. Fomos cercados pelo amor da nossa família e amigos, mas agora o momento é só nosso e quero minha esposa só para mim. Suas irmãs e amigas passarão a noite com meus pais e voltarão para casa amanhã. Meus pais também estão cuidando de Fluff para nós na próxima semana, não que Natalie saiba disso quando se despede do seu bebê pelo que ela acha que é só esta noite.

Abraçamos e beijamos Candace, Olivia, Leah, Aileen e as crianças, e minha família antes de entrarmos novamente no Bentley do meu pai. O motorista sabe para onde estamos indo, então, à medida que saímos do lugar onde cresci, posso dar toda a atenção a Natalie.

— Estava pensando — ela fala.

Acaricio seu pescoço.

— Sobre?

— A sua ideia de um filme sobre a minha história.

Não teria pensado que algo poderia me interessar mais do que a base sexy do seu pescoço.

— O que tem?

— Seria um bom filme, especialmente com o final feliz de hoje.

— Acha mesmo?

— Tenho certeza. Todo mundo já sabe, então não é como se estivéssemos contando uma história que iria me expor ou aos meus segredos. Não tenho mais nenhum e gosto assim.

— Ainda assim, isso provocaria um interesse renovado no seu passado.

— Talvez uma das coisas que eu possa fazer com minha fama seja chamar a atenção para a força e resistência dos sobreviventes de ataques sexuais. Minha história é a prova de que isso não precisa arruinar uma vida ou defini-la.

— Nat... — Minha voz é pouco mais que um sussurro. — Já falei isso antes e vou dizer sempre: a sua coragem é inspiradora. Seria uma honra contar sua história. Daríamos o nosso melhor. Juro.

Ela puxa minha gravata borboleta, desamarrando-a.

— Quem você interpretaria?

— A mim mesmo, o mocinho *atraente e impetuoso* cuja vida é salva pela mocinha corajosa que mostrou a ele o que realmente importa.

Sua risada toca minha alma.

— Mocinho atraente e impetuoso, é?

— Tive que correr atrás para evitar que você fugisse.

— É verdade. — Ela me dá um olhar astuto e sexy que me deixa instantaneamente duro. — É claro que algumas partes da nossa história terão que permanecer privadas.

— Claro.

— Meu marido é uma figura muito pública que não gostaria que eu vendesse seus segredos para Hollywood.

— Não, ele não gostaria. Esses segredos são só para você. — Então eu a beijo do jeito que tenho desejado fazer há horas. Seus braços envolvem meu pescoço, e ela se entrega a mim com a doce submissão que me deixa excitado o tempo todo. Ela nem sabe que está fazendo isso. Essa é a melhor parte. Ela me dá tudo que preciso sem que eu tenha que dizer a ela como.

Em deferência ao motorista do meu pai, que trabalha para minha família há décadas, interrompo o beijo aos poucos e com pesar. Teremos muito tempo para continuar de onde paramos.

Natalie olha pela janela.

— Para onde estamos indo?

— Não é para casa.

— Estou vendo. Mais surpresas?

— Talvez...

— Não vai me dizer?

— Que graça teria?

— Eu não trouxe nada comigo.

— Não vai precisar de nada.

— Preciso de uma escova de dentes.

Sorrindo, eu a beijo e depois, de novo, porque uma vez não foi suficiente.

— Cuidarei de todas as suas necessidades, meu amor. Não se preocupe com nada.

— Desde que eu possa participar da reunião do conselho da fundação na terça, sou toda sua.

— Hum, sim, quanto a isso...

— O que tem?

— Reagendei para a próxima terça-feira.

— Flynn! Você não pode simplesmente mudar minhas reuniões sem me avisar.

— Se eu quiser te surpreender com a lua de mel que estou prometendo há semanas, posso. — Diante dos meus olhos, a irritação que estava começando a surgir parece se dissipar. — Estou perdoado?

— Depende de onde estamos indo.

— Você vai ver em breve.

— Vou te avisar se está perdoado quando eu souber para onde estamos indo. — Ela puxa minha gravata novamente. — Depois disso, chega de surpresas. Temos que voltar à vida normal. Estamos sendo preguiçosos e autoindulgentes há semanas. Preciso ser produtiva.

— Você tem sido muito produtiva, linda.

— Flynn! Você sabe o que eu quero dizer.

— Sim — concordo, achando graça de sua reação —, sei o que você quer dizer e preciso voltar à realidade também. Se eu não fosse autônomo, já teria sido demitido a essa altura. Mas vamos tirar essa semana para nós primeiro. Somos recém-casados. Merecemos uma lua de mel.

— A maioria das pessoas diria que mais de uma semana em uma casa na praia de Malibu, seguido por dias e dias em uma com piscina em Hollywood Hills contaria como uma lua de mel.

— Não somos a maioria das pessoas.

Ela deita a cabeça no meu ombro.

— Você não está com raiva, né?

— Não.

— Gosto de te surpreender.

— Eu sei.

— Não vou tomar liberdades com sua agenda depois disso, a menos que eu tenha uma razão muito boa. Ok?

Ela entrelaça a mão na minha.

— Obrigada.

— Pelo quê?

— Por todas as surpresas de hoje, por saber o que eu precisava ouvir agora e por ter certeza de conseguir tudo o que quero e preciso o tempo todo. Ter as garotas lá hoje... isso fez um dia já perfeito muito melhor do que teria sido sem elas.

— Se elas realmente não pudessem vir, teríamos remarcado. Espero que você saiba disso.

— Foi um milagre conseguir que muitas das pessoas que são importantes para nós estivessem em um só lugar ao mesmo tempo. Nunca esperei que você remarcasse.

— Não teríamos feito isso sem suas irmãs e melhores amigas, Nat. Eu disse a minha mãe desde o começo, e ela concordou.

— Amei a música que a sua mãe cantou para nós.

— Ela estava muito animada para cantar.

— Foi tudo perfeito.

— Espere até ver o que vem a seguir.

— Mal posso esperar.

Chegamos ao LAX para o voo de duas horas e meia para Cabo San Lucas. Mal posso esperar para mostrar a Natalie o lugar que comprei há alguns anos, depois de inúmeras visitas à cidade turística que se tornou um dos meus lugares favoritos. Levo uma mochila pequena para o avião e a coloco entre nossos assentos. Ela contém tudo o que vamos precisar enquanto estivermos lá.

Preciso estar de volta no sábado para o ensaio do Oscar, mas os próximos seis dias pertencem única e exclusivamente a Natalie. Meus pais e Addie têm o número da casa em caso de emergência. Caso contrário, meu celular está desligado e ficará assim até voltarmos a Los Angeles.

Ela está prestes a descobrir o que uma verdadeira lua de mel implica quando se casa com um dominador sexual. Meu pau fica duro só de pensar nos seis dias que pretendo passar nu com minha esposa.

Depois que decolamos, posso dizer que ela está esperando que algo aconteça. Algo sempre acontece quando estamos juntos em um avião. Mas desta vez, decido deixar a antecipação crescer e finjo cochilar. Quando ela vê que estou "dormindo", se acomoda também, colocando os pés para cima e puxando um cobertor sobre si. Espero até que ela esteja toda agasalhada antes de ligar a vibração na sua calcinha, provocando um suspiro e depois um gemido dela.

— Truque muito sujo.

— Humm?

— Não aja como se não tivesse ideia do que está fazendo.

— Achei que eu estava dormindo.

— Você não está dormindo. Está me torturando.

Abro os olhos e me viro para ela, absorvendo sua adorável indignação.

— Linda, se eu quisesse te torturar, poderia fazer muito melhor do que isso.

— Como?

A pergunta me atinge como uma arma de choque, enviando uma corrente elétrica pelo meu corpo que se acumula na virilha.

— Como eu iria te torturar?

Ela morde o lábio e assente.

— Em um mundo perfeito onde eu poderia fazer qualquer coisa que tivesse vontade?

Embora sua bochecha tenha ficado ainda mais corada, ela concorda novamente.

— Eu te amarraria na cama, pelos pulsos e tornozelos. Eu te vendaria e colocaria grampos em seus mamilos. Enfiaria o maior plug que tenho no seu traseiro e usaria um vibrados na sua boceta que também estimula o clitóris. Te provocaria com gelo, penas e tudo mais que eu pudesse pensar, mas não deixaria você gozar, talvez por horas.

Ela estremece visivelmente.

— E você gostaria disso? De fazer isso comigo?

— Amaria.

— Por quê?

— Por que eu amaria? Porque eu manteria seu prazer e bem-estar nas minhas mãos, porque você confia em mim o suficiente para me proporcionar isso. — Seguro sua mão e passo os dedos sobre a pele sensível do seu pulso. — Porque quando eu permitisse que gozásse-mos, seria tão explosivo que você nunca esqueceria. Nem eu.

— Quero fazer isso. Tudo o que você disse... eu quero.

Balanço a cabeça em negativa.

— Vendar é um limite rígido para você.

— Podemos fazer o resto?

— Como a sala de jogos, esse cenário é algo que vamos trabalhar um pouco de cada vez. Você é muito nova nisso, e eu não quero te assustar.

— Eu estava com medo antes de saber o quanto eu amo entregar meu prazer a você.

Me remexo no lugar, porque estou muito duro.

— Nat, porra... você não sabe o que faz comigo quando diz coisas desse tipo.

— O que eu faço? Me conta.

Coloco nossas mãos unidas sobre o meu colo e a palma da sua mão contra o meu pau.

Antes que eu tenha um segundo para avaliar suas intenções, ela está fora do seu assento e de joelhos diante de mim.

— Posso ajudá-lo com isso, senhor?

É a primeira vez que ela tem a iniciativa, e vê-la de joelhos na minha frente, usando o lindo vestido que ela colocou antes de sairmos da casa dos meus pais e se oferecendo para mim me deixa louco. Ela é como todas as fantasias eróticas que já tive unificadas em uma mulher perfeita. A sorte que tive em encontrá-la é algo em que vou pensar todos os dias pelo resto da minha vida.

— Me liberte da calça. — Minha voz está longe de ser tão firme ou exigente como eu gostaria que fosse. Mas não precisa estar com ela. Ela não tem expectativas nem noções preconcebidas de como um dominador deveria soar. Posso ser quem eu quiser e nunca será errado.

Natalie mantém a cabeça abaixada enquanto abre a calça. Antes que ela possa removê-la, retiro o controle do vibrador do bolso e o seguro. O arrastar do zíper sobre meu pau me faz lutar pelo controle, e ela nem me tocou ainda. Ela segura as laterais da calça e da boxer e puxa.

Me levanto para ajudá-la a removê-las.

Ela desabotoa minha camisa e a empurra para o lado, pairando sem fôlego sobre mim por um momento.

— Você é tão lindo.

— Assim como você. — Enrolo o dedo em uma longa mecha do seu cabelo. — Eu não mudaria nada.

— Nem eu.

— Quero você nua. — Natalie se levanta de forma obediente e se vira de costas para que eu possa abrir o vestido, que cai aos seus pés deixando-a nua, exceto pela calcinha, a liga e meias. Ela pega o vestido e o coloca sobre a outra cadeira antes de retornar à sua posição entre as minhas pernas.

Ela inclina a cabeça no meu peito, beija e lambe meu abdômen. No momento em que chega e envolve a base do meu pau, estou vazando copiosamente. Ela estende a língua e me lambe, me fazendo ofegar pelo prazer dolorido. Eu poderia dizer a ela para me colocar em sua boca. Poderia fazê-la me sugar e me acariciar, mas espero para ver o que ela fará sozinha.

E ela não decepciona. Com a mão se movendo ao redor da base grossa, ela abre a boca e me leva para dentro, chupando e lambendo enquanto me acaricia. Antes que ela me faça esquecer, ligo o vibrador, esperando que ela não perca a noção do que está fazendo e me morda. Felizmente, ela não faz isso, mas perde o ritmo por um segundo e olha para mim com uma expressão de necessidade. Ela ficou boa nisso durante as semanas que passamos juntos. Aprendeu a abrir a garganta para me deixar ir fundo. Ela sabe exatamente onde lamber, como acariciar e quando sugar, mas ainda não gozei na sua boca. Isso não é algo que eu simplesmente faria.

— Nat... linda... — Puxo seu cabelo, com força suficiente para chamar sua atenção, mas não o suficiente para causar dor. — Vou gozar. Amor...

Ao invés de me liberar do jeito que normalmente faz, ela se inclina, praticamente me engolindo no apertado espasmo da sua garganta. *Puta que pariu...* seguro o máximo que posso, lhe dando tempo de mudar de ideia, mas ela pressiona os dedos na parte de trás das minhas bolas, e eu explodo.

Ela engole cada gota, me derrubando devagar e gentilmente. Sem dúvida, é o boquete mais intenso da minha vida.

Meu pau sai da sua boca, e ela se inclina contra o meu abdômen, nós dois respirando com dificuldade.

— Tudo bem?

— Nat, caramba, foi o melhor que já tive.

Apoiando o queixo na minha barriga, ela me olha.

— É mesmo?

— Ah, sim. Venha aqui em cima.

Se apoiando em meus quadris, ela sobe pelo meu peito e se encaixa em meus braços. Eu a abraço bem de perto, precisando do contato e do cheiro e da sua essência. O zumbido da vibração na sua calcinha faz meu pau voltar à vida.

— Vai desligar essa coisa? — ela pergunta depois de um momento de silêncio.

— Não até você gozar.

— Como você me quer?

— Sente-se e se mova contra mim. — Eu a guio para a posição com as mãos em seus quadris e as dela em meu peito. — É isso, querida, agora se mova da forma que precisar. Pegue o que você precisa. — Nunca me recuperei tão rápido quanto com ela, especialmente quando ela está se contorcendo em cima de mim, seu corpo inteiro corado pelo calor, os mamilos eriçados, os lábios entreabertos e os olhos fechados. Ela é uma deusa e é toda minha. — Se entregue, amor. Deixe acontecer.

Seu corpo inteiro fica rígido nos segundos antes de ela gozar, mordendo o lábio para conter os gritos de prazer. Mal posso esperar para ficar completamente sozinho com ela no México e poder ouvir esses gritos repetidas vezes.

Ela cai em meus braços, e eu puxo um cobertor sobre suas costas. Eu a abraço pelo resto do voo. Me sinto relaxado de um jeito que raramente consegui ficar. Mal posso esperar para me concentrar exclusivamente na minha linda e sexy esposa pelos próximos seis dias. Planejo proporcionar a ela uma lua de mel que nenhum de nós jamais esquecerá.

Natalie

A CASA de Flynn em Cabo San Lucas é de tirar o fôlego. Situada no alto de uma colina com vista para a água azul cristalina, é toda de azulejos em tom terracota, paredes brancas e cerâmica colorida. Amo o lugar à primeira vista. Os quartos são grandes e arejados, o mobiliário é projetado para o conforto e relaxamento.

— O que acha? — ele pergunta depois de me mostrar tudo.

— É fabuloso. Posso ver porque você ama tanto esse lugar.

Ele envolve meu corpo por trás.

— Estamos completamente sozinhos aqui.

— E a segurança?

— Nada além dos portões que cercam o lugar. Ninguém além da minha família e meus amigos mais chegados sabe que tenho esse lugar. É para onde venho quando quero fugir de tudo. — Ele puxa o zíper do meu vestido enquanto dá beijos quentes e molhados no meu pescoço. — Já que estamos completamente sozinhos e a casa está totalmente abastecida com tudo o que precisaremos, provavelmente é um bom momento para te contar que será uma lua de mel totalmente nua.

Estou tão focada no que ele está fazendo no meu pescoço que demoro um segundo para registrar suas palavras.

— Espere. O que você disse?

— Você me ouviu. Seis dias inteiros. Nenhuma roupa é permitida.

— Por roupas, você quer dizer...

Com o zíper totalmente aberto, ele passa o dedo pela lateral do meu corpo, por cima das costelas e para no quadril.

— Sem. Roupas. Quero ver você e só você o tempo todo que estivermos aqui.

Esse pensamento faz todo o meu corpo zumbir com a sensação. Meu coração está batendo mais rápido e minha pele se arrepia de repente.

— Não podemos ficar nus por seis dias inteiros.

— Acha que não?

— Se é isso que você quer, por que fez uma mala?

— Fico feliz que você tenha perguntado. Depois de tirar o vestido e tudo o que está usando, você pode desfazer a mala e colocar tudo sobre a cama. Estarei lá em breve.

Fico parada por um segundo, me sentindo congelada no lugar.

— Natalie? — Ele coloca o cabelo atrás da minha orelha. — Você sabe como dizer não, linda.

Suas palavras ditas suavemente me lembram das regras do nosso jogo e o poder que tenho em uma única palavra que pode parar tudo. Não quero parar nada. Quero ter essa experiência com ele, ver o que ele planejou para nós, aproveitar cada segundo do tempo que temos juntos.

Nossas vidas estarão ocupadas e complicadas quando voltarmos à realidade. Ter esse tempo completamente à sós, onde podemos explorar todo o nosso desejo é emocionante, mesmo que o pensamento de seis dias inteiros nua seja desconcertante. Antes dele, eu não gostava nem de ficar nua no chuveiro, um pensamento que me faz sorrir quando pego a mochila e vou para o quarto.

Ao me mostrar o lugar, ele abriu as portas para um deque. Uma brisa morna entra, fazendo as cortinas brancas se agitarem. O ventilador de teto é feito de bambu e folhas de palmeira e a cama de dossel com lençóis brancos é enorme. Coloco a bolsa em cima dela e depois de abrir o vestido, a abro.

Ele não trouxe uma única peça de roupa para nenhum de nós, apenas uma grande seleção de brinquedos que removo um por um. Encontro uma variedade de *dildos* em vários formatos e tamanhos, plugs de borracha, um chicote, uma palmatória, bolas de borracha presas em uma corda, um item curvo com duas cabeças, um anel de borracha grosso, uma embalagem grande de lubrificante, lenços de seda, uma caixa de preservativos, longos pedaços de velcro, fita de cetim vermelho, uma corrente com grampos nas extremidades e outra corrente com um terceiro grampo, três plugs de vidro em tamanhos cada vez maiores e várias velas perfumadas.

Alinho cada item na cama até que eles preencham de uma ponta a outra o colchão. Claramente, meu marido pensou muito e planejou essa lua de mel que eu não sabia que teríamos. Antecipando sua chegada e qualquer outra coisa que ele tenha planejado, me movo rapidamente para tirar a roupa. Penduro o vestido no closet. É o único item ali, o que me faz rir. Ele se certificou de que não haja outras roupas na casa.

Quando volto para o quarto, Flynn está de pé na porta. Ele está lindo, gloriosamente nu e totalmente excitado.

— O que achou do que eu trouxe?

— Estava com medo de ficarmos entediados com essa coisa de *todo mundo nu o tempo todo*, mas vejo que você pensou nessa possibilidade e se planejou com antecedência.

Seu sorriso se estende pelo rosto.

— É verdade.

Olho os itens na cama com um sentimento de estremecimento, que é combatido pelo desejo esmagador.

— Então, o que você quer fazer?

— Não sei quanto a você, mas estou morrendo de fome. Que tal comer e dar um mergulho?

E ele adora me manter deliciosamente desequilibrada, me excitando e depois me fazendo esperar.

— Devo cozinhar nua também?

— Claro que não. Há uma adorável senhora da região que nos fez comida suficiente para alimentar um exército. Tudo o que temos que fazer é aquecer.

— Humm, comida mexicana feita por uma nativa?

— Só o melhor para minha esposa. — Ele estende a mão para mim, e eu atravesso o quarto até ele. Seus braços deslizam ao meu redor, me trazendo contra seu corpo. — Vamos ter momentos incríveis. Prometo.

— Não tenho dúvidas.

18

Flynn

Natalie boia na piscina, o cabelo está espalhado como uma sereia e as pontas dos seus magníficos seios aparecem na superfície. Eu a amo assim — desinibida, relaxada e livre das preocupações que carregou por tanto tempo. Nunca esquecerei o olhar chocado em seu rosto quando a informei que seria uma lua de mel totalmente nua. Seu choque foi rapidamente substituído por uma curiosidade e desejo que me incendiaram.

Deslizo na da água, me movendo devagar para que possa pegá-la de surpresa quando me inclino para colocar a ponta do mamilo na boca. Seus olhos se abrem e a mão desliza languidamente pelo meu cabelo. Segurando-a em meus braços, sugo seu mamilo por vários minutos, como se eu não tivesse outra preocupação no mundo, o que não tenho. Então eu mordo, tão forte quanto ouso, provocando um gemido nela.

— Quero que você entre, escolha três itens dos que eu trouxe e os coloque na mesa de cabeceira com o lubrificante e a fita vermelha. Coloque o resto dos brinquedos na gaveta da mesa do seu lado da cama. Depois de fazer suas escolhas, quero que você fique de joelhos no meio da cama, de frente para a porta, de cabeça baixa e mãos cruzadas. Alguma pergunta?

— Só uma. — Ela me olha daquele jeito aberto e confiante. — Quanto tempo você vai me fazer esperar?

— Não muito. — Eu a coloco no chão, a beijo e a mando ir com um tapinha em seu traseiro lindo. Mal posso esperar para ver o que ela vai escolher.

~

Natalie

APESAR DO REFRESCANTE MERGULHO, estou em chamas depois de receber suas instruções. Me enxugo e deixo a toalha do lado de fora para secar. Entro, maravilhada com a forma como ele me faz andar nua como se fosse a coisa mais natural do mundo quando, há apenas algumas semanas, me deixaria incrivelmente desconfortável.

É uma das muitas coisas que mudaram desde que nos conhecemos. Os brinquedos alinhados na cama são um lembrete de outras coisas que mudaram. Analiso cada item com cuidado. Saber que não tenho muito tempo para decidir aumenta a tensão e intensifica o pulsar entre as minhas pernas que começou com a atenção de Flynn ao meu mamilo na piscina.

Me sentindo apressada e desequilibrada — exatamente o que ele pretendia —, escolho a corrente com dois grampos, as bolinha presas a uma corda e uma das velas, imaginando que me daria uma pausa da última seleção. Com minhas escolhas feitas, recolho os outros itens e os guardo antes de me arrumar na cama de acordo com suas instruções.

Mesmo sabendo que não precisarei esperar muito, a expectativa aumenta e se multiplica a cada minuto que passa. Em pouco tempo, minhas pernas estão tremendo e sinto que posso hiperventilar enquanto repasso minhas escolhas. Ele vai usar os grampos nos meus mamilos. Eu os escolhi, porque tenho curiosidade sobre como é a sensação, mas agora que está prestes a acontecer, não tenho tanta certeza se quero saber. E as bolinhas... onde ele vai colocá-las? Meu corpo se aperta como se já estivesse tentando mantê-las do lado de fora.

Talvez eu ainda tenha tempo para mudar de ideia. Começo a me mover em direção à mesa, mas sou parada por uma sombra que aparece no chão. Volto para a posição designada, esperando não ter merecido uma punição. Embora eu tenha aprendido a gostar da sua forma de me punir.

— Tudo bem aqui? — ele pergunta no tom de voz severo que usa para esses momentos.

— S-sim. Senhor.

Quando ele entra, quero ver se também está nu, mas não levanto os olhos para checar. Ele vai até a mesa de cabeceira para ver minhas escolhas. O som da corrente faz meus mamilos intumescerem.

— Ótimas escolhas, meu amor. Vamos nos divertir muito hoje à noite.

A gaveta da mesinha de cabeceira se abre e depois fecha, me fazendo pensar se ele está adicionando uma das suas próprias escolhas às minhas. Essa possibilidade não me ocorreu quando tomei minhas decisões. O barulho de um fósforo sendo aceso e o cheiro pungente de enxofre enchem o ar quando ele acende uma vela e a coloca de volta na mesa de cabeceira.

— Com o que você gostaria de brincar primeiro, linda? Os grampos, as bolas ou a cera quente?

Engulo em seco com a menção da cera quente. Essa possibilidade nunca me ocorreu quando escolhi a vela.

— Natalie?

— O-os grampos, por favor, senhor.

— Preciso de você de costas, com os braços sobre a cabeça e as pernas abertas. Quando estiver em posição, quero que fique perfeitamente imóvel.

Sinto os membros pesados enquanto me movo para a posição, apoiando a cabeça em um travesseiro fofo. Desse jeito, posso vê-lo, e ele também está nu. Seu pênis está grande e grosso contra sua barriga, a cabeça rosada e úmida. Amo que ele esteja tão excitado com o que estamos fazendo. Adoro o fato de o estar agradando e fazendo-o feliz com minha apresentação.

— Como você se sente com seus braços sendo amarrados com a fita?

— Estou disposto a tentar.

— Essa é a minha garota corajosa. — Usando o longo pedaço de fita, ele segura meus pulsos um contra o outro, mas não tão firme que machuque. — Eu te amo de vermelho, linda. Vou prender a fita neste gancho na cama. Tudo bem?

— Sim, senhor.

— Feche os olhos e tente relaxar. — Faço o que ele ordena e o sinto se aproximar até que esteja entre as minhas pernas. — Eu te amo assim, Nat.

— Assim como, senhor?

— Aberta e disposta a tentar qualquer coisa.

— Vamos fazer uma vez, duas se gostarmos.

— Isso mesmo. Quero que você goste de tudo, assim você vai querer fazer isso de novo. — Ele se inclina sobre mim, beijando minha barriga e deixando sua barba macia se esfregar contra a pele sensível. — Você ainda está dolorida da outra noite?

— Não, senhor.

— Então anal está na nossa lista de *duas vezes, se gostar*?

Umedeço os lábios que, de repente, estão secos.

— Humm, sim, senhor.

— Bom saber. — Sua boca agora está pressionada sobre o meu osso púbico, me fazendo querer arquear contra ele. — Fique quieta, linda.

Com os olhos fechados, não posso ver onde ele vai me beijar em seguida, o que me mantém a beira de um orgasmo. Isso faz com que eu me pergunte se eu poderia gozar por antecipação. Quero esfregar minhas pernas uma na outra para aliviar a dor, mas não posso me mover.

Sinto sua barba contra a parte inferior do meu peito.

— No que você está pensando?

— Que eu poderia gozar e você mal me tocou, senhor.

— Isso tudo faz parte – a espera, o pensamento, a expectativa... envolve tanto o mental e emocional quanto o físico. Você está começando a entender as conexões.

— *Sim* — digo ofegante quando seus lábios se fecham ao redor do meu mamilo.

Ele suga e puxa do jeito que fez na piscina, concentrando toda a sua atenção naquele pedaço de pele túrgida até que desejo puxar seu cabelo para fazê-lo parar. Minhas mãos se fecham e as unhas afundam nas palmas das minhas mãos. Estou pensando na palavra Fluff quando ele afasta a boca do mamilo. Ele me toca com movimentos suaves da língua, repetidas vezes, até que começo a flutuar em um mar de prazer que é abruptamente interrompido pela dor feroz e ardente do grampo.

Isso dói. Puta merda, dói. Um grito se forma em meu âmago e atinge a minha garganta antes de se soltar em um longo fluxo de som.

— Calma, linda — enquanto ele fala, bate nas minhas pernas, pressionando contra o meu clitóris e me dando algo para pensar além da dor. — Só dói por um minuto. Respire fundo. É isso aí. Agora o outro. — Ele beija o local onde o grampo é colocado. A explosão inicial de dor diminui para uma sensação que não é desagradável. Ela vem em ondas do mamilo e viaja direto para o clitóris.

— Qual é a sua palavra segura, Nat?

— F-Fluff.

— Precisa dela?

Como estou determinada a tentar tudo uma vez, balanço a cabeça.

Ele se move para o outro lado e como sei o que está vindo desta vez, estou tomada por tensão.

— Continue respirando, linda. Respire fundo. Ele beija e mordisca o outro mamilo até que também esteja duro. Como se aquilo não estivesse ligado a mim, quero avisar sobre o que está por vir. Quero me esconder. Ele o solta e, mais uma vez, proporciona conforto com movimentos suaves e carinhosos da língua. Mas dessa vez, eu sei. Não baixo a guarda, então estou melhor preparada para a dor lancinante do segundo grampo.

No entanto, não consigo conter o grito ou a necessidade de me afastar da dor.

Suas mãos nos meus quadris me mantêm no lugar.

Quando sinto seus lábios no meu rosto, percebo que lágrimas estão caindo pelas minhas bochechas, e ele as está secando com beijos. O tempo parece parar. Não tenho ideia se estamos aqui há uma hora ou um dia. Meu mundo inteiro foi reduzido às pontas comprimidas dos meus seios. Tremo violentamente pelo prazer doloroso que irradia dos mamilos presos, fazendo com que o resto de mim pareça tenso, líquido e quente, muito, muito quente.

Ele está beijando meu pescoço, seu pau duro está contra a minha barriga e tenho medo do seu peito encostar nos mamilos.

— Pronta para mais, linda?

Embora eu não tenha certeza se posso aguentar, mordo o lábio e concordo.

— Palavras, Nat. Preciso das palavras.

— Sim, senhor — eu digo, soando sem fôlego até para os meus próprios ouvidos. — Estou pronta para mais.

— Mantenha seus olhos fechados e permaneça imóvel. Preciso da sua promessa de que você não vai se mexer.

— Não vou me mexer.

— Não importa o que aconteça?

— Não importa o que aconteça.

E é assim que ele me traz rapidamente de volta à beira da sanidade. Eu o ouço soprando algo e sinto o cheiro da vela sendo apagada. Estou tão excitada e ansiosa que mal consigo respirar, mas faço o que ele quer e mantenho os olhos fechados e meu corpo imóvel.

Até que o primeiro toque da cera quente se encontra com a minha barriga.

O som que vem de mim é uma combinação de gemido e grunhido. Não dói tanto, o calor irradia do local onde a cera caiu. Um segundo respingo pousa no meu peito esquerdo, o próximo, no direito. Ele deixa um rastro de cera no meu corpo, guardando a última explosão aquecida para o meu monte nu.

— Fale comigo, Nat. Me diga como se sente.

— É... eu... quente. Estou quente.

— Mas não quente demais?

Balanço a cabeça.

— Quer gozar?

— Sim, por favor.

— Ainda não. Temos mais uma coisa a fazer, mas primeiro vou dar um jeito na bagunça que fiz com a cera. — Ele beija o centro da minha barriga. — Fique aí. — Sinto a cama se mover quando ele se levanta. — Mantenha os olhos fechados.

Me apoio no colchão, aproveitando o intervalo para respirar profundamente. Estou muito ciente do aperto dos grampos nos mamilos. Não é mais uma dor ardente, mas mais como uma dor constante. A cera secou na pele, fazendo-a ficar dolorida.

— É melhor que seus olhos estejam fechados —Flynn diz ao se deitar na cama. Ele está amando tudo isso. Posso sentir pelo tom eufórico da sua voz e não posso negar que também estou. Não sei o que vai acontecer a seguir. Adoro antecipar que o fim, seja lá como chegaremos lá, será espetacular.

Algo frio atinge minha pele, deslizando do meu centro para a barriga e indo até os seios. Gelo. Ah, caramba.

— Fique quieta, linda.

O gelo se conecta com meus mamilos presos — nos dois ao mesmo tempo — e quase levito para fora da cama. Faço ruídos que mal parecem humanos, mas não consigo controlá-los.

— Caramba, você é tão gostosa. A maneira como você responde a tudo é incrível.

Suas palavras atravessam meu cérebro confuso. Estou agradando. Ele está feliz. Estou flutuando em uma nuvem de satisfação enquanto a batida do desejo continua sua marcha implacável.

— Vou te virar agora, linda.

Estou ciente dele me virando, a fita girando frouxamente em volta dos meus pulsos e a pressão dos grampos enquanto meus seios caem sobre um monte de travesseiros.

Ele está beijando minhas costas, meu traseiro, minha bunda, me lambendo e me deixando louca. Ele suga meu clitóris por um segundo antes de me deixar implorando por mais. Ouço um clique e o som de lubrificante me deixa em alerta.

— Só meus dedos, amor. — Ele pressiona a minha entrada de trás daquele jeito insistente. Sei como pará-lo, mas não digo a palavra. Então seus dedos se afastam e outra coisa está lá. Ah, caramba, as bolinhas. Ele as empurra para dentro, uma de cada vez. Tento me lembrar o quão grande era a maior e me contorço um pouco, tentando buscar alívio da pressão implacável.

O rápido movimento provoca um puxão na corrente que conecta os grampos, desencadeando uma explosão de dor. Não quero que isso aconteça novamente, então fico parada enquanto ele continua a inserir as bolinhas. Quantas já haviam entrado? Gostaria de ter contado.

— Me fale o que está pensando, linda.

— Isso é o suficiente. — As palavras soam como se fossem arrancadas de mim.

— Só foi metade.

Grunho quando outra, ainda maior, pressiona a minha entrada.

— É suficiente — digo em um gemido quando começo a suar.

— Você sabe como fazer isso parar. — Ele me abre para sua língua, girando-a em mim, em meu clitóris e de volta para onde as bolinhas estão me esticando. Em seguida, ele alcança a frente do meu corpo e puxa a corrente de leve, me fazendo gritar. As bolas continuam a entrar. Se eu soubesse que ele ia colocá-las ali, nunca as teria escolhido, mas é tarde demais para mudar de ideia agora.

— Mais três — ele fala. — As grandes.

— N-não... chega.

Ele esfrega meu traseiro com sua mão grande.

— Você pode fazer isso, linda. Aqui vamos nós.

Minha palavra segura está na ponta da língua, mas não falo. Não posso dizer nada enquanto me concentro na pressão esmagadora e na sensação intensa que me queima à medida que as três bolas finais são inseridas. Ele beija minhas costas.

— Conseguiu, linda. Todas elas.

Não posso falar, respirar ou me mover com medo de empurrar uma das áreas do meu corpo que foi tomada por ele. Então sinto seu pau duro pressionando a minha entrada e começo a tremer de novo. Por causa das bolas, o encaixe é excepcionalmente apertado.

— Tente relaxar e me deixe entrar — ele fala.

— É muito grande.

Ele ri.

— Ele fica maior quando você o elogia.

— Isso não foi um elogio.

Isso só o faz rir mais quando ele entra em mim um pouco de cada vez, gentil mas insistente. Estou convencida de que ele vai me dividir ao meio.

Ele puxa a corda conectada às bolinhas, tirando de mim uma parte da maior até que a pressão se torne tão intensa que quase pronuncio a palavra que para tudo.

Parecendo sentir que estou chegando ao limite, Flynn recoloca a bola, pressiona os dedos no meu clitóris e alcança meu peito com a outra mão para remover os grampos.

— Pode gozar, Natalie.

Quando o sangue corre de volta para meus mamilos em uma inundação de dor excruciante, eu explodo. Me derreto completamente, perco todo o senso de espaço e tempo enquanto tudo fica escuro.

Meus olhos se abrem para descobrir que o quarto ficou escuro. Olho para o relógio na mesa de cabeceira e fico chocada ao descobrir que tem mais de uma hora que entrei aqui. Uma hora. Caramba...

Flynn está aconchegado a mim, o peito nas minhas costas, seu braço ao meu redor, meus braços desamarrados. Ele beija meu ombro.

— Bem-vinda de volta, linda.

— O que aconteceu?

— Você gozou tão intensamente que desmaiou.

— Sério? Isso pode acontecer?

— Sim, linda. Acontece.

— Quanto tempo fiquei desmaiada?

— Apenas alguns minutos. Eu estava aqui com você o tempo todo, me certificando de que você estava bem.

— Uau.

Cubro o braço que ele tem ao meu redor com a mão.

— Você...

— Ah, sim. Foi demais.

Me mexendo para encontrar uma posição mais confortável, descubro que as bolinhas ainda estão no lugar e gemo.

— O que há de errado?

— As bolinhas...

— Sabia que tinha esquecido alguma coisa.

Dou uma cotovelada na sua barriga, porque ele nunca esquece nada.

Se aninhando no meu pescoço, ele diz:

— Queria que você estivesse completamente desperta e consciente quando elas saíssem.

— Você é bom demais para mim.

Ele segura meu peito e aperta de leve o mamilo dolorido entre os dedos.

— Você foi tão bem, Nat. Se entregou para mim. Me deu sua confiança e seu desejo. Me deu tudo. Significa muito para mim receber essas coisas de você e saber que me ama.

Suas palavras de elogio e aprovação vão direto ao meu coração.

— Sim. Te amo muito.

— Te amo mais.

— De jeito nenhum.

— Você tem que aceitar isso.

— Nunca.

Sua risada baixa me faz sorrir.

— Nós realmente fizemos sexo por uma hora?

— Sim.

— Caramba, você não estava brincando quando disse que sabe conduzir isso e fazer durar.

— Mas o final...

— Foi espetacular, como prometido.

— Que bom que você pensa assim. Me conte mais sobre como foi para você. Quero saber tudo. — Enquanto fala, ele passa os dedos pelo meu cabelo, o que me acalma e me tranquiliza. O dominador se foi e, em seu lugar, está o amante terno que me iniciou em uma vida de extremos sensuais.

— Os grampos doeram mais do que eu esperava.

— Fiquei surpreso por você escolhê-los quando poderia ter optado por qualquer outra coisa.

— Estava curiosa a respeito deles depois de vê-los sendo usados no clube. Mas não posso nem imaginar o grampo de clitóris. Entrou na minha lista de limites rígidos.

— Justo.

— Escolhi a vela, porque pensei que você só a usaria para a atmosfera.

Rindo baixinho, ele comenta:

— Um erro comum de novata – subestimar a imaginação do seu dominador.

— Estou descobrindo que isso é uma péssima ideia no que diz respeito a você.

— Minha imaginação não conhece limites, especialmente quando posso brincar com você. O que achou da cera?

— Não podia acreditar que era realmente excitante ter cera quente derramada no corpo. Não imaginei que gostaria disso.

— Tudo uma vez...

— ...duas vezes se gostarmos.

— Então gostamos da cera?

— Sim. O gelo foi um pouco demais.

— É a maneira mais rápida de se livrar da cera. A coisa do quente e frio muitas vezes andam de mãos dadas. Os dois extremos contribuem para uma experiência inebriante.

— Se eu quisesse fazer isso com você em algum momento, você deixaria?

— Qual parte?

— O quente e frio.

— Eu poderia estar disposto a ceder o controle, mas apenas temporariamente.

— Ahhh... nesse caso, quero o anel peniano na mistura também.

Ele solta um gemido baixo.

— Isso pode ser arranjado. O que achou da fita e de ter os braços amarrados?

— Gostei. E também do jeito que isso me forçou a te dar o controle.

— Gostei disso também.

Há outra coisa que quero contar a ele. Só espero encontrar as palavras certas.

— Estava pensando...

— Sobre o quê?

— Amo que o que fazemos juntos não é nada parecido com o que aconteceu comigo no passado. Não é nem remotamente semelhante.

— Estou muito feliz em ouvir você dizer isso.

— Parece uma espécie de epifania perceber que uma pessoa não tem nada a ver com a outra.

— Não, não tem. — Ele acaricia meu ombro. — Quer se livrar dessas bolinhas?

— Com certeza.

Ele começa devagar, puxando a corda com uma mão e acariciando minha bunda com a outra enquanto a maior bola se solta, me deixando ofegante e suada. As outras saem mais fácil, mas ele vai devagar, provocando o máximo efeito com a remoção. No momento em que ele as deixa no chão ao lado da cama, estou muito excitada e à beira de outro orgasmo.

— Flynn...

— Sim, baby?

— Quero gozar.

Seu grunhido baixo é o único aviso que tenho antes de ele me virar de costas e enterrar o rosto entre as minhas pernas. Só preciso de três toques da sua língua para me acabar.

Abro os olhos para vê-lo olhando para mim com um sorriso bobo no rosto.

— Por que você está sorrindo assim?

— Porque eu te amo. Adorei você ter me pedido para te fazer gozar. Amo ter você neste lugar que eu amo e saber que temos muitos dias para ficamos juntos sem ninguém nem nada para nos incomodar.

— Você não quer dizer passar dias nus juntos?

Ele apoia a cabeça no meu peito.

— Humm.

Passo os dedos pelos seus cabelos, amando o toque macio.

— Você realmente me trouxe aqui para me fazer sua escrava sexual, não é?

— Você me descobriu.

Ficamos assim, abraçados um ao outro por muito tempo. Tempo suficiente para que a lua comece a se elevar sobre a água.

— Ei, Nat?

— Sim?

— Apesar de como isso pode parecer, na verdade, eu sou seu escravo. Sabe disso, não é? Estou completa e totalmente à sua mercê.

— E eu estou à sua.

— Você nunca pode me deixar.

Amo quando ele — que poderia ter qualquer mulher que quisesse — me mostra seu coração e vulnerabilidade no que diz respeito a mim.

— Não há outro lugar que eu prefira estar do que aqui com você.

19

Natalie

Na noite de quinta, fazemos de tudo duas vezes e muitas coisas três vezes, porque gostamos muito. Meu corpo está vibrando por causa das horas que ele passou me preparando para me partir em mil pedaços e depois me juntar de volta de um jeito que só ele pode.

Foi a semana mais alegre e sensual da minha vida. Ter sido capaz de relaxar completamente apesar do zumbido quase constante de desejo é incrível para mim. Estou triste que tenhamos que ir para casa amanhã, mas estou pronta para voltar a uma espécie de rotina produtiva depois das lindas semanas que passei com Flynn.

Também sinto falta de Fluff. Este é o maior tempo que já nos separamos, e espero que ela esteja se comportando com os pais de Flynn. Exceto pela consulta semanal com meu terapeuta, Curt, que Flynn insistiu em manter, não falamos com ninguém há dias.

Meu corpo está dolorido, as nádegas ardendo por serem espancadas, a parte interna das coxas dolorida e minhas áreas mais sensíveis formigando pelo entrar e sair do seu pau em mim. Estou oficialmente viciada nesse pau grande e em todas as formas incríveis que ele o usa para me amar. Estamos deitados na cama, nossos corpos esfriando de outra rodada de sexo vigoroso quando o telefone da casa toca, nos assustando.

— Provavelmente é o piloto confirmando a partida — ele fala enquanto se levanta para atender. — Vou avisar que não estamos prontos para ir.

— Estamos, sim. Temos o Oscar neste fim de semana e nós vamos. Meu marido é o favorito para vencer.

Ele grunhe e faz uma cara sinistra e divertida para mim.

— Não posso acreditar que você falou isso em voz alta.

Sorrindo, eu o vejo sair do quarto. Não deixo de amar a visão do seu traseiro, mesmo depois de quase uma semana olhando para ele.

Ouvindo o zumbido baixo da sua voz no outro cômodo, começo a cochilar. Estou relaxada como nunca depois desse tempo idílico com ele. Não fizemos nada além de nadar, deitar ao sol, comer comidas deliciosas, beber margaritas e vinhos dos vinhedos da Quantum e fazer amor o máximo que pudemos. Cada parte de mim — e dele — está bronzeada em virtude das horas ao sol. Passamos dias inteiros na cama, conversamos sobre todos os tópicos possíveis e fizemos mais planos para nossa fundação. Embora eu queira que nosso tempo aqui possa durar para sempre, Flynn me garante que podemos voltar em breve. Enquanto isso, estou ansiosa para assumir meu novo papel com a fundação e fazer a diferença para as crianças com fome.

Acordo com um estremecimento quando seu braço me envolve por trás. Por quanto tempo dormi? Quanto tempo ele ficou longe?

— Tudo certo?

— Era o Emmett.

As três palavrinhas me colocam imediatamente em alerta. Eu me viro para encará-lo.

— O que há de errado?

— Fizeram uma prisão no caso Rogers.

— Que ótima notícia! Ah, meu Deus, que alívio. Agora nos deixarão em paz.

— Nat...

— O quê? Quem foi preso?

— O seu pai.

~

Flynn

ODEIO TER que dar a ela essa notícia. Não tenho ideia de como ela vai aceitar ou o que isso significa para ela ou para nós.

Ela se senta na cama, cobrindo os seios com o lençol. É a primeira vez que ela sente a necessidade de se cobrir a semana toda.

— Meu pai. Ele matou David Rogers? Mas por quê? Ele nem o conhecia.

— O Emmett não tinha os detalhes ainda e, obviamente, o Vickers não está atendendo as ligações dele, agora que não sou mais suspeito.

— Eu... não entendo.

Sua confusão e descrença me deixam furioso. Ela estava tão relaxada e livre de preocupações. E agora isso. Eu a abraço.

— Você não vê seu pai há muito tempo. Talvez ele tenha tido algum contato com Rogers nos anos seguintes. Nunca se sabe.

— Talvez. Mas por que iria matá-lo agora, depois que ele levou as informações sobre mim a público?

— O Emmett disse que foi o nosso investigador quem avisou ao FBI sobre o possível envolvimento do seu pai. Ele disse que não quiseram nos incomodar enquanto estivéssemos aqui, então não nos contaram até que ele fosse preso. Aparentemente, o investigador percebeu o envolvimento do seu pai, porque decidiu investigar todos os envolvidos no caso Stone desde o começo.

— Preciso ligar para a Candace e a Olivia. Preciso dizer a elas...

— Claro, linda. Vou pegar o seu telefone. — Eu me levanto para pegar o telefone dela que ficou guardado na bolsa a semana toda. No caminho de volta para o quarto, ligo o aparelho. O telefone não para de apitar com mensagens de texto e correios de voz. — É bem possível que elas já saibam. — Entrego o aparelho para ela.

Ela começa a responder as mensagens de texto das irmãs.

— O que elas estão dizendo?

— Estão em choque e se escondendo dos repórteres.

— Vou enviar uma equipe de segurança para elas. — Uso meu telefone para enviar uma mensagem para Gordon Yates, nosso diretor de segurança em Los Angeles, pedindo que ele trabalhe com Addie para providenciar segurança imediata para as irmãs de Natalie.

Já estou cuidando disso, Gordon responde imediatamente. Compartilho essa notícia com Natalie.

— Obrigada. Odeio pensar nelas sendo perseguidas por repórteres e tendo as vidas reviradas novamente por causa disso.

— E a sua vida, linda?

— A minha vida está ótima e continuará assim. Isso não tem nada a ver comigo.

— Nat...

— O quê? Não tem.

— É possível que seu pai tenha feito o que fez porque quer acertar as coisas com você e achou que matar Rogers era uma forma de conseguir isso?

Ela balança a cabeça e percebo que a descrença foi substituída pela raiva.

— Não é por minha causa. Ele fez isso, porque Rogers ressuscitou toda a merda sobre Oren. Na cabeça dele, estava protegendo Oren ao matar o Rogers. Ele sempre protegeu o Oren, mesmo agora.

— Você não tem certeza disso.

— Tenho, sim. E a única coisa que importa para mim é que o FBI não está mais te considerando um possível assassino.

— O Emmett disse que a imprensa está enlouquecendo a Liza, querendo uma declaração nossa sobre a prisão.

— Pode dizer que Natalie não vê nem fala com o pai há mais de oito anos. As ações dele não refletem as suas ou das irmãs, que também não têm contato com Martin Genovese e pedimos que respeitem nossa privacidade e a dos familiares.

— Tem certeza de que é o que você quer?

— Absoluta.

Natalie

Fiquei acordada a noite toda pensando em coisas que eu preferiria esquecer. Meu pai matou David. Em retrospecto, faz um sentido doentio. Ele deve ter ficado enfurecido ao ver a situação sórdida ressuscitada depois que David divulgou minha história. Ao ver o nome de Oren mais uma vez arrastado na lama e cada detalhe doentio do que ele havia feito comigo retransmitido para um público totalmente novo, provavelmente ele ficou irado. A audiência era muito maior desta vez, graças ao meu relacionamento com Flynn e ao apetite insaciável da imprensa de Hollywood.

Apesar do horror pelo que meu pai fez, estou aliviada em saber que os holofotes estão longe de Flynn.

— Posso sentir suas engrenagens girando, linda — ele murmura.

Achei que ele estava dormindo.

— Fale comigo.

— Não há muito a dizer.

— O que você está pensando?

— A única coisa que importa é que o FBI não te considera mais suspeito.

— Essa não é a única coisa que importa. Você também é importante.

— Isso não pode me atingir se eu não permitir, Flynn. O que me importa se meu pai perdeu a cabeça e matou David? Ele não tem sido meu pai, exceto biologicamente, desde a noite em que arrastou minha mãe para fora do pronto-socorro depois que seu amigo me atacou violentamente. Quando ele me deixou lá, levantou um muro que nunca mais pode ser derrubado.

— Ia perguntar se você queria que eu arranjasse um advogado para ele.

— Não. Ele está por conta própria. Ele fez suas escolhas e agora vai lidar com elas. Não quero nada com ele nem com o que fez.

— Como quiser, linda. Estou seguindo suas ordens. E quanto a sua mãe?

— O que tem ela?

— Estava pensando se você gostaria de vê-la, agora que está em contato com suas irmãs.

— Pensei sobre isso, sobre ela e tenho que admitir que me doeu ouvir que ela finalmente deixou meu pai, mas não conseguiu fazer isso quando eu mais precisei dela. Como voltei a ter contato com as garotas e pretendo estar totalmente presente em suas vidas, acho que vou encontrá-la em algum momento, mas não posso imaginar ter um relacionamento próximo com ela.

— Entendo totalmente. Ela teve a chance de ficar ao seu lado e não fez isso.

— Não, não fez e, de jeito algum, ela pode consertar isso, não no que me diz respeito. — Entrelaço os dedos nos dele. — Quero que você saiba... se algo assim, como meu pai matar David, tivesse acontecido antes disso, antes de nós, teria me levado de volta ao começo de tudo, mas estou mais forte do que nunca e é por sua causa.

— Não, baby, é por sua causa. Você é a pessoa mais forte que já conheci.

— Nosso amor me fez mais forte do que quando eu estava sozinha. E isso me fez mais feliz do que jamais imaginei estar.

— A mim também.

— Obrigada por correr atrás de mim no dia em que Fluff te mordeu.

— Obrigado por se virar e por me dar uma chance.

Sorrio para ele, loucamente apaixonada e livre do passado.

— Como se eu tivesse alguma escolha.

— A escolha sempre foi sua, linda.

— Eu escolho você. Escolho a gente.

Ele me abraça e me beija.

— Sempre te escolherei também.

Sã e salva em seus braços, sinto que posso conquistar o mundo e vencer sempre.

Natalie

É uma noite muito boa para a *Quantum Productions*. Jasper acaba de ganhar o Oscar de melhor fotografia por seu trabalho em *Camuflagem* e agora estamos aguardando o prêmio de Melhor Diretor ser anunciado.

Hayden trouxe Addie como sua acompanhante, algo sobre o qual Flynn e eu temos sussurrado a noite toda. Ela disse ao Flynn que estava aqui para a sua grande noite, mas não achamos que essa seja a única razão.

Meu marido se inclina para sussurrar no meu ouvido.

— Acho que ela está segurando a mão dele.

— Estou mais animada com isso do que com os prêmios.

Ele sorri para mim e coloca algo na minha mão.

Olho para baixo e vejo a fita vermelha com a qual brincamos no México. Todo o meu corpo se inflama com a lembrança dela enrolada nos meus pulsos enquanto ele realizava seus desejos sexuais comigo. Me sinto mais confortável em ser amarrada e espero que um dia consiga jogar no quarto do porão. Mas Flynn diz que vai demorar um pouco até eu estar pronta para esse tipo de escravidão. Tudo bem. Temos todo o tempo do mundo para chegarmos lá.

— Combina com o seu vestido.

Estou usando um vestido vermelho da Givenchy para a sua grande noite, porque ele me ama nessa cor.

— O que devo fazer com isso? — pergunto, cheia de inocência fingida.

Ele pisca para mim.

— Mantenha isso à mão para mais tarde.

A epifania que tive no México sobre o tipo de sexo que tenho com Flynn não ser nada parecido com o que meu agressor fez comigo ajudou a me libertar dos grilhões do passado.

Não me preocupo mais com gatilhos ou flashbacks. Segui em frente e encontrei meu caminho. Sou capaz de separar tudo o que acontece com meu amado marido do que aconteceu, há muito tempo, com a garota que fui.

Sou uma mulher agora, apaixonada por um homem extraordinário e ele me mostrou as possibilidades ilimitadas do nosso amor. Quero voar até o céu com ele como meu guia e companheiro. Quero experimentar tudo o que a vida tem para nos oferecer por completo. Estive no inferno, voltei e sobrevivi. Não tenho mais medo.

Meu pai foi formalmente acusado pelo assassinato de David Rogers. Depois que divulgamos nossa declaração para a imprensa, eles nos deixaram em paz. O fato do meu pai e eu ficarmos sem contato por quase uma década faz com que a história não seja relevante para a imprensa de Hollywood. Tenho certeza de que é em Nebraska. Mas não é em L.A e escolhi manter distância disso. Encorajei minhas irmãs, que estão aqui conosco hoje, a fazerem o mesmo.

Elas estão sentadas em algum lugar nos fundos do enorme salão de baile com a família de Flynn. Me diverti muito me preparando com elas mais cedo, compartilhando meu entusiasmo e orgulho do meu marido com as duas pessoas que mais amo — depois de Flynn e Fluff, é claro.

Quando o nome de Hayden é chamado para o prêmio de melhor diretor, nos levantamos para aplaudi-lo. Ele beija Addie nos lábios na frente de todos antes de ir para o palco para aceitar seu prêmio.

Lágrimas escorrem pelo rosto dela enquanto o observa. Sua expressão aturdida ao receber aquele beijo é inestimável.

Flynn e eu trocamos um sorriso. Ele está muito feliz esta noite e adoro vê-lo compartilhar este momento especial com seus amigos mais próximos.

— Muito obrigado à Academia — Hayden fala, uma vez que a animação da multidão diminui. — *Camuflagem* foi um projeto muito especial para todos nós, e vê-lo reconhecido com esses prêmios esta noite é a maior emoção da minha vida. Tenho muitas pessoas para agradecer, incluindo toda a equipe da Quantum, todos os meus amigos e familiares que me apoiaram durante a produção deste filme e nosso elenco, encabeçado pelo incrível Flynn Godfrey, que teve o melhor desempenho da sua carreira como Jeremy. Para o público de cinema que abraçou totalmente a história de Jeremy e, por extensão, as histórias de todos os nossos soldados feridos e suas mulheres... Obrigado por deixá-los saber que vocês se importam, se lembram e apreciam os muitos sacrifícios que os militares e suas famílias fazem por todos nós. — Ele segura a estátua dourada. — Obrigado novamente por esta incrível honra.

Quando Hayden deixa o palco, estou enxugando as lágrimas pelo seu discurso sincero de aceitação. Addie, Marlowe e eu estamos acabadas de tanto chorar, o que faz os caras rirem.

Depois de um interminável intervalo comercial, a premiação continua com o Oscar de melhor atriz, que vai para uma velha amiga de Flynn. Ele está feliz por ela, mas está segurando firme a minha mão, porque finalmente chegou a hora da sua categoria.

A vencedora do prêmio de melhor atriz do ano passado sobe ao palco para anunciar os indicados para melhor ator. Cenas do desempenho de cada um são reproduzidas enquanto seus nomes são lidos. Flynn aparece em uma cena de hospital, metade do seu rosto queimado quando fala para outro guerreiro ferido sobre desistir da sua recuperação. Está entre os momentos mais poderosos do filme, e o público no Dolby Theater dá à cena uma enorme salva de palmas.

— E o Oscar vai para... Flynn Godfrey.

Por um breve segundo, somos apenas ele e eu, presos neste momento do tempo, a descrença e o espanto refletidos em seus lindos olhos. Então ele se inclina para me beijar antes de se levantar para aceitar abraços e parabéns dos seus parceiros de produção e amigos mais próximos.

Todos ao nosso redor estão em lágrimas enquanto ficamos de pé e o aplaudimos.

Ele sobe as escadas para o palco e aceita o prêmio, abraçando a atriz que o apresentou antes de se virar para o público. Demora mais um minuto para o aplauso parar. Nesse momento, Max e Stella aparecem em uma das telas, os dois de pé, sorrindo, chorando e aplaudindo o filho.

Espero que ele consiga vê-los do palco.

— Muito obrigado. Obrigado. — Ele olha para a estatueta dourada na mão. — Uau. Pensei que sabia como isso poderia ser, mas, aparentemente, eu não tinha ideia. Obrigado à Academia e a todos os envolvidos na criação de *Camuflagem*. Sabíamos, desde a primeira vez que lemos o roteiro, que seria um projeto especial. Não tínhamos ideia de como se tornaria tão importante para todos nós e sou profundamente grato à Academia por este prêmio, bem como aos outros que vocês concederam ao filme hoje. Todos vocês sabem que os últimos meses têm sido agitados para mim profissional e pessoalmente. Quero agradecer aos meus amigos e colegas nesta sala pelo apoio inabalável durante os tempos difíceis. Vi mais o coração desta comunidade nas últimas semanas do que em toda a minha carreira e estou profundamente agradecido. Para minha linda, corajosa e incrível esposa, Natalie, agradeço por me mostrar o que é realmente importante nesta vida. Eu te amo tanto, linda. — Ele levanta o prêmio. — Obrigado mais uma vez.

Amo ele ter usado a palavra incrível. Nossa palavra. Amo ele ter me chamado de linda para o mundo inteiro ouvir. Ele se esquiva das recepcionistas que querem que ele vá para os bastidores e desce as escadas para me pegar em seus braços. Ele ainda está me abraçando quando *Camuflagem* ganha o prêmio de melhor filme. Flynn e a maioria dos nossos amigos sobem ao palco para receber o prêmio por produzirem o filme.

Como produtor executivo, Kristian fala por todos.

— Como Hayden disse anteriormente, é uma honra única na

carreira trazer essa história especial para a vida. Sei que falo por todos na Quantum e por todos os envolvidos com o filme quando digo que nenhum de nós jamais esquecerá este momento. Obrigado à Academia pelo seu reconhecimento a *Camuflagem* e aos nossos militares e suas esposas, nosso passado, presente e futuro. Vocês têm o nosso eterno respeito e admiração. Obrigado mais uma vez.

Há fotos a serem tiradas, entrevistas a serem dadas e festas para participar. Mas depois que a premiação termina, Flynn desce do palco com um Oscar em cada mão e segue direto em minha direção. Envolvo meus braços ao seu redor e seguro firme.

Somos, de fato, vitoriosos.

AGRADECIMENTOS

Obrigada por ler Vitória e a Trilogia Quantum que inicia a série! Espero que você tenha gostado de ler a história de Flynn e Natalie tanto quanto eu gostei de escrevê-la.

E agora, os agradecimentos! Para a minha equipe da HTJB: Julie Cupp, Lisa Cafferty, Holly Sullivan, Isabel Sullivan, Nikki Colquhoun e Cheryl Serra, obrigada por tudo que vocês fazem para que eu não faça quase nada além de escrever. E para meu marido, Dan, que organiza nossas vidas para que eu fique livre para escrever o máximo possível. Para os meus filhos, Emily e Jake, que tanto apoiam minha carreira — vocês são a luz da minha vida, e eu os amo demais. Obrigada ao meu filho Jake, que foi meu consultor de automóveis para os três primeiros livros da série Quantum e escolheu todos os carros do Flynn para as várias ocasiões — sem ler os livros.

Obrigada aos meus leitores beta Anne Woodall, Ronlyn Howe e Kara Conrad. A minha editora, Linda Ingmanson: obrigada por sempre ter tempo para mim quando preciso de você. E para minha revisora, Joyce Lamb, você é a melhor, e eu adoro ter seus olhos de águia em meus livros antes de serem lançados. Joyce fez um trabalho incrível me ajudando com todos os detalhes e agradeço muito a ela! A

Sarah Spate Morrison, enfermeira, obrigada por sua ajuda com os detalhes médicos.

E para os meus adoráveis, maravilhosos e incríveis leitores que mudaram minha vida completamente, muito obrigada por seguirem essa jornada comigo. Eu não estaria em lugar algum sem todos e cada um de vocês, e sou mais grata do que vocês jamais saberão. Obrigada do fundo do meu coração!

Com amor,
Marie

ARREBATADOR

SÉRIE QUANTUM — LIVRO 04

Capítulo 1

Addie

Camuflagem ganhou vários prêmios no Oscar, e Hayden Roth me beijou. Não tenho certeza do que é mais impactante. Estamos cercados pelo ouro do Oscar: Hayden ganhou como melhor diretor, Flynn, como melhor ator, Jasper, o prêmio de melhor fotografia e a equipe Quantum por produzir o melhor filme do ano. Eles estão eufóricos enquanto comemoram em uma festa após a outra. Mas tudo o que posso pensar é que quando Hayden ganhou, ele me beijou — e foi um beijo de tirar o fôlego.

O beijo foi do jeito que desejei desde que o conheci, o que já faz dez anos. Sou apaixonada por ele por todo esse tempo. Em algumas ocasiões, achava que ele também gostava de mim — mas nunca tive tanta certeza do que quando ele me beijou mais cedo — só que jamais cedemos à atração que existe entre nós.

Talvez seja porque trabalho para Flynn, seu melhor amigo e sócio, bem como para o próprio Hayden e os outros diretores da Quantum. Ou talvez ele ache que sou jovem demais para ele, embora seis anos não seja uma diferença tão grande. Não é como se eu tivesse dezessete. Tenho vinte e quatro e já sou adulta, mas temo que ele pense em mim como a garotinha que já fui e não a mulher que me tornei.

A esposa de Flynn, Natalie, coloca o braço ao redor dos meus ombros e me dá um aperto.

— Se divertindo?

— Com certeza. E você?

— Essa é a melhor noite de todas. Eles estão tão felizes.

— Flynn está radiante porque você está aqui, não por causa do Oscar. — Os dois estão loucamente apaixonados e, embora eu esteja entusiasmada por ele, também estou com inveja. Quero o mesmo. Desejo a conexão que eles têm e a anseio com um homem que está constantemente indisponível para mim.

— Estou muito feliz por ele ter ganhado — Natalie fala. — Ele merece.

— Merece mesmo. — O desempenho destemido e corajoso de Flynn como um veterano de guerra gravemente ferido tem sido o assunto da temporada de premiações deste ano, o que fez com que ele ganhasse o Globo de Ouro, SAG, BAFTA e agora o Oscar.

Hayden merece uma grande parte do crédito como o diretor que conseguiu o desempenho do seu melhor amigo. Os dois juntos são como ouro, como ficou evidenciado esta noite e nos últimos dois meses.

Estamos espremidos em uma mesa na festa da *Vanity Fair*. Hayden está do meu lado, Natalie do outro. O calor da perna dele pressionada contra a minha tem toda a minha atenção enquanto a de Natalie, do outro lado, não me provoca nada, ainda que eu a adore.

Não, é Hayden quem eu quero, em toda a sua glória complicada, enlouquecedora, sexy e frustrante. Durante todos os anos que mantive essa paixão impossível, me ocorreu que eu poderia ter escolhido um homem muito mais simples para adorar de longe. Um que não fosse o melhor amigo e sócio do meu chefe, duas coisas que me colocam mais ou menos fora dos limites para ele. Poderia ter escolhido alguém menos complicado e intenso.

Sou uma mulher inteligente e estou ciente de que essa fixação que tenho em um homem tão complicado não é saudável para mim. Mas fale isso para o coração que pula e dá cambalhotas sempre que ele está presente, ainda mais quando está encostado em mim, irradiando o tipo de calor que me faz fantasiar sobre estar nua em uma cama com ele.

Não me importo se desejá-lo não é bom. Não ligo para o fato de que Flynn, provavelmente, não aprove ou que Hayden seja mais reservado que a CIA quando se trata da sua vida pessoal. Nem que o meu pai não o suporte ou que muitas das pessoas que trabalham para ele vivam com medo da sua ira imprevisível. Não me interessa que sua família seja uma das mais disfuncionais de Hollywood — o que é muito relevante nesta cidade.

Nada disso importa. Eu o quero e depois de como ele me beijou esta noite, estou em chamas com desejo e determinação. Esta é a noite. Quando ele me levar para casa mais tarde, vou agir e que se dane as consequências. Estou farta de desejar algo e não fazer nada para conseguir o que quero. Vai ser agora ou nunca.

Solto um gemido com meus próprios pensamentos clichês, mas essa situação se tornou um clichê gigante e ridículo. Se ele não me deseja com a mesma intensidade que eu, então por que ele me beijaria como um amante ao ganhar o Oscar?

Como se pudesse ler meus pensamentos, Hayden se afasta da conversa que está tendo com Jasper para sorrir para mim. Na verdade, chamar o sutil movimento dos seus lábios de sorriso é dar a ele muito crédito. É mais como um sorrisinho arrogante do que um sorriso de verdade.

— Você está bem? — ele pergunta. Os olhos azuis, geralmente frios, aquecidos com o que pode ser carinho.

Tenho que resistir ao desejo de suspirar com o prazer de ter sua atenção exclusiva.

— Estou. E você?

— Nunca estive melhor — ele responde com um sorriso sincero e genuíno, tão raro e fugaz que gostaria de poder tirar uma foto antes que desaparecesse.

— Estou muito feliz por vocês. Sei o quanto vocês trabalharam em *Camuflagem*. Merecem todos os prêmios e elogios.

— Obrigado. Estou bastante emocionado.

Hayden é uma mistura complicada. É, ao mesmo tempo, brilhante e temperamental, impulsivo e ambicioso, implacável e leal. Ver a euforia se infiltrar nessa mistura de qualidades intensas me faz sentir uma felicidade irracional a seu favor. Ele trabalha muito e raramente tira tempo para aproveitar o sucesso.

Nos limites apertados da mesa, de alguma forma, ele consegue levantar o braço e colocá-lo nas costas da cadeira. Um pequeno movimento e esse braço poderia estar ao meu redor.

Me contorço um pouco, o suficiente para me pressionar contra ele, fazendo com que seu braço balance e caia nos meus ombros. Arrisco um olhar para ele e fico surpresa ao ver calor e desejo em seus olhos, o que só aumenta a minha determinação.

O pobre coitado não tem ideia do que o espera.

~

Hayden

Estou morrendo de forma lenta, miserável e dolorosa, enfiado nesta mesa com o corpo macio de Addie aconchegado a mim. Meu pau está tão duro por ela quanto uma pedra e não posso fazer porra nenhuma a esse respeito. Nem posso acreditar que a beijei quando chamaram meu nome. Não planejei fazer isso. Na verdade, planejei ativamente não fazer nada inapropriado no que se refere a ela esta noite.

Flynn me pediu para trazê-la como minha acompanhante para que ela pudesse compartilhar a comemoração que esperávamos ter com *Camuflagem*. Concordei, porque ele tinha razão: ela merece estar aqui depois do quanto apoiou toda a nossa equipe durante as filmagens cansativas.

Sendo honesto, também a queria aqui por mim. Gosto de olhar para ela. Adoro sentir o cheiro do seu perfume sexy e sedutor e fantasiar poder enterrar o rosto em seus cabelos loiros grossos enquanto trepo com ela. Quero me perder nela sem me afastar para pegar ar.

Mas não vou. Não vou colocar um dedo nela, ainda que resistir a um desejo que parece se multiplicar exponencialmente toda vez que estamos perto me mate.

Evito complicações como algumas pessoas evitam germes. Tudo na minha obsessão por Addison York é complicado. Além do fato de que Flynn iria me matar se eu a olhasse do jeito errado — não que haja um jeito certo —, pois ela merece alguém muito melhor que eu.

Ela deveria ser amada, não amarrada em uma teia de cordas e

completamente fodida por mim, exatamente o que aconteceria se eu deixasse a minha besta interior correr livremente com ela. Mas isso não vai acontecer.

Agora, se a porra do meu pau conseguir receber essa mensagem e parar, eu realmente poderia aproveitar esta noite incrível. Não vai acontecer nada com ela, não importa o quanto eu queira o contrário. Repito essa frase sem parar, mas quando ela se aconchega ao meu abraço e deita a cabeça no meu peito, meu pau manda eu me foder.

Olho para a esquerda e percebo que Flynn está me observando com um olhar astuto que diz que não o estou enganando tentando agir como se eu não me importasse com o fato de Addie estar deitada em cima de mim. Eu me importo. Me importo muito mais do que deveria, e Flynn sabe disso, mesmo que eu nunca tenha admitido suas suspeitas sobre meus sentimentos por ela.

Recentemente, ele me ligou, indo tão longe na conversa a ponto de insinuar que estou apaixonado por ela. Fiz o que sempre faço quando meu nome e o de Addie são mencionados na mesma frase: neguei. O que mais posso fazer? Todo mundo adora a Addie e a última coisa que preciso é que os meus melhores amigos e sócios se virem contra mim quando eu estragar tudo e magoá-la.

Porque é o que eu faria. Não tenho nenhuma dúvida quanto a isso, e essa é uma das muitas razões pelas quais mantenho distância. Ou costumo manter. Com seu corpo pressionado contra o meu, deixo minha mão se enroscar no ombro dela, aproveitando a rara falta de distância.

Imediatamente, percebo que cometi um grande erro ao tocá-la.

Puta merda. Sua pele é como seda, macia e suave. Um toque nunca será suficiente. E então... porra, ela geme. Tenho que sair daqui. Tenho que me afastar dela e da tentação maliciosa que ela representa. Só que não posso mexer sequer um músculo com toda a nossa equipe abarrotada nessa merda de mesa.

Sem mencionar que estou tão duro que não há como escapar sem me entregar a Addie e a todos os outros no salão. PUTA QUE PARIU! Começo a suar frio. Então sua mão pousa no meu abdômen, e eu quase perco o controle.

— Saia — resmungo para Jasper, que está ao meu lado.

— O quê? — ele grita sobre o barulho da música e das vozes.

— Preciso mijar.

— Ah, tudo bem. Deixem o Hayden sair, pessoal — ele diz para Kristian e Marlowe.

— Volto já — murmuro para Addie. Assustada pelo meu movimento repentino, ela se ajeita na cadeira com uma expressão atordoada no rosto, como se tivesse acabado de notar que estava deitada sobre mim. Não que eu me importe. Porque não me importo. Na verdade, gostei até demais. Quando saio da mesa, tiro o paletó e o coloco dobrado sobre o braço, esperando que ele esconda meu "problema" incontrolável.

Me lembrei da aula de ciências do oitavo ano, quando tive um tesão louco em Jamie, minha parceira de laboratório, no momento em que estávamos apresentando nossas descobertas na frente da turma. Ela teve o melhor desempenho de todas as garotas da nossa classe e eu fiquei excitado por ela o ano inteiro. Achei que todos deveriam ter notado, mas ninguém nunca disse nada — e teriam dito se tivessem visto. Nunca me esqueci de como foi humilhante descobrir que eu não tinha absolutamente nenhum controle sobre o que — ou por quem — meu pau escolhia endurecer.

Quando adulto, dediquei muito tempo e energia ao conceito de controle. Então é irritante, para dizer o mínimo, perdê-lo do jeito que perdi duas vezes hoje à noite.

Não me lembro da última vez que uma mulher me fez suar só por estar sentada ao meu lado. Sou um dominador, porra. Meu controle é lendário. Exceto, aparentemente, quando Addison York está pressionada contra mim.

Com o paletó estrategicamente posicionado, atravesso o salão lotado, aceitando apertos de mão e congratulações dos colegas a caminho do banheiro masculino. Ao chegar lá, me tranco em uma cabine, penduro o paletó no gancho atrás da porta e apoio a cabeça no azulejo frio da parede.

Controle-se.

Quero socar alguma coisa. Qualquer coisa para me livrar da frustração e do desejo que me possuem como um demônio e que não posso impedir, não importa o quanto eu tente. Em que *merda* eu estava pensando quando a beijei? Não estava pensando. Simplesmente agi. No momento mais importante da minha carreira, peguei o que desejei desde sempre. Eu *a* tomei. Reivindiquei Addie.

Me atrapalho com o cinto, os botões irritantes e ganchos na calça do smoking, quase xingando em voz alta pelo processo complicado. Então meu pau se liberta, quente e duro. Eu o seguro, procurando alívio do desejo mais doloroso que já experimentei.

Não *posso* tê-la. Não *vou* tê-la. Não *posso* tê-la. Não *vou* tê-la.

Os pensamentos desfilam na minha cabeça enquanto revivo aquele beijo, aquele momento mágico e fugaz em que tive absolutamente tudo que sempre desejei — o sucesso máximo da carreira e a mulher que eu amo. *Puta merda.*

Ouvindo vozes do lado de fora, disfarço um gemido. Nunca admiti a ninguém, nem a mim mesmo, que a amo. Puta que pariu, *não posso amá-la*. Não *posso*. Não *vou*. Aperto meu pau com tanta força que dói. Parte de mim não pode acreditar que estou fazendo isso aqui, a pouca distância de colegas e paparazzi, mas não consigo parar o que ela começou naquela mesa.

Não consigo controlar o que não pode ser controlado. Eu a amo. Eu a quero. Preciso dela. *Não posso tê-la.* No fundo do meu cérebro viciado em sexo, tenho a perspicácia de pegar o lenço segundos antes de gozar. Cada músculo do meu corpo participa da liberação de limpeza da alma. O alívio é imediato e esmagador.

Respirando com força, fecho os olhos e fico imóvel, deixando o oxigênio alimentar meus músculos famintos. Fico ali até que meu pau, finalmente, começa a amolecer, satisfeito por enquanto. Com as mãos trêmulas, me limpo e amarro o lenço sujo em um chumaço apertado que guardo no bolso do paletó.

Sei muito bem que não devo deixar um lenço com minhas iniciais cheio do meu DNA no banheiro público em um evento de Hollywood. Essa é a vida de celebridade.

"Não deixe nada para trás" é um dos nossos lemas.

Me dou mais cinco minutos para me acalmar antes de urinar, que é o que vim fazer aqui. Me visto e respiro fundo várias vezes, determinado a enfrentar o resto da noite, levá-la para casa e ir para o Club Quantum, onde vou encontrar alguém que possa ajudar a saciar a necessidade que ela desperta em mim.

Saio da cabine e vejo que o banheiro está vazio, exceto por um atendente. Graças a Deus pelos pequenos favores. Lavo as mãos e jogo água fria no rosto, enxugando com a toalha que o atendente me entrega. Suspeito que ele saiba exatamente o que acabei de fazer.

Que se dane. Com a evidência escondida no meu bolso, ele teria que provar.

Estou indo para a porta quando Flynn entra, colocando uma mão no meu peito para me levar de volta para o banheiro.

— Precisamos conversar.

— Não precisamos, não.

— Precisamos, sim! — Felizmente, ele mantém a voz baixa. — Então, essa coisa com a Addie... o que está acontecendo?

— Não tem nada acontecendo.

— Todos nós vimos o beijo. Vimos os olhos dela se iluminarem com surpresa e alegria por você, finalmente, ter feito *alguma coisa*.

— Foi só um beijo. — Mantenho o tom intencionalmente indiferente, mesmo que eu sinta um turbilhão dentro de mim. — Nada demais.

— Só que *ela* não está vendo dessa forma, porque você lhe deu esperança! Juro por Deus, Hayden, se você a magoar, vou te matar.

Flynn é uma das poucas pessoas neste mundo que eu realmente amo. Mas agora, quero esmurrar seu rosto de astro de cinema.

— Obrigado pelo aviso. Posso ir agora?

— Hayden, se você não estiver afim, realmente afim, você não pode provocá-la. De jeito nenhum.

Mantenho a voz baixa para que Flynn e eu não sejamos capa das revistas de fofoca amanhã por "brigarmos" na festa da Vanity Fair.

— Acha que preciso que você me diga isso?

— Então vá com tudo ou tire suas mãos dela — ele diz com os dentes cerrados. — Extou falando sério.

— Você é um hipócrita do caralho, sabia?

— O que isso quer dizer?

— Se lembra quando eu te disse que você não tinha nada que se envolver com a Natalie?

— Não é a mesma coisa.

— Não é? Não é exatamente a mesma coisa? Uma garota legal que merece alguém melhor que nós?

Com o pessoal da indústria e a imprensa entrando e saindo do banheiro, não podemos deixar que isso saia do controle. Mesmo que desejássemos colocar tudo para fora, sabemos que não devemos.

— Não é o mesmo. A Addie é...

Levanto uma sobrancelha em questionamento.

— *Especial?* É isso que você ia dizer? E a Natalie não é? — Nunca é uma boa ideia arrastar a esposa de um homem para uma discussão, mas preciso que Flynn reconheça seu próprio padrão duplo. Antes que ele possa atacar, eu o ataco. — Me deixe em paz, Flynn. Não vou tocá-la e, com certeza, não vou magoá-la. Por que você acha que mantive distância todo esse tempo? Não quero magoá-la.

Começo a me afastar, mas ele segura meu braço, me girando para encará-lo.

— Me dê a sua palavra.

Olho nos olhos do meu melhor e mais antigo amigo, meu sócio, uma das poucas pessoas que eu realmente amo.

— Vá se foder. — Solto o braço do seu aperto e saio do banheiro antes de cometer o grande erro de socá-lo.

Comprar Arrebatador

OUTROS LIVROS DE MARIE FORCE

Série Quantum

Livro 1: Virtude (Flynn & Natalie, parte 1)
Livro 2: Valentia (Flynn & Natalie, parte 2)
Livro 3: Vitória (Flynn & Natalie, parte 3)
Livro 4: Arrebatador (Hayden & Addie)
Livro 5: Voraz (Jasper & Ellie)
Livro 6: Delirante (Kristian & Aileen)
Livro 7: Escandaloso (Emmett & Leah)
Livro 8: Fama (Marlowe)

SOBRE A AUTORA

Marie Force é a autora de romances contemporâneos best-seller do New York Times, incluindo a Serie Gansett Island e Série Fatal da Harlequin Books. Além disso, ela é autora de Butler, da Série Vermont, da Série Green Mountain e da série de romance erótico Quantum. Duchess By Deception é o seu primeiro novo romance histórico da Gilded Series, que continuará com Deceived By Desire em setembro de 2019.

Seus livros já venderam mais de 8,5 milhões de cópias em todo o mundo, foram traduzidos para mais de uma dúzia de idiomas e apareceram na lista de best-sellers do New York Times 30 vezes. Ela também é best-seller do USA Today e do Wall Street Journal, best-seller da Speigel, na Alemanha, palestrante freqüente e apresentadora de workshops de publicação, bem como editora na Jack's House Publishing. Ela foi três vezes indicada para o prêmio RITA® - Romance Writers of America na categoria romance de ficção.

Seus objetivos na vida são simples: terminar de criar dois jovens adultos felizes, saudáveis e produtivos, continuar escrevendo livros pelo maior tempo possível e nunca estar em um voo que apareça nos jornais.

Junte-se à lista de discussão de Marie para receber notícias sobre novos livros e eventos futuros em sua região. Siga-a no Facebook e no Instagram. Junte-se a um dos muitos grupos de leitores de Marie. Entre em contato com Marie em <u>marie@marieforce.com</u>.

www.ingramcontent.com/pod-product-compliance
Lightning Source LLC
Chambersburg PA
CBHW070607170726
48291CB00003B/736